滄海叢刊

不拿耳朵當眼睛

——文學與思想

王讚源著

1989

東大圖書公司印行

不拿耳朵當眼睛：文學與思想／王讚源著--初版--

台北市：東大出版：三民總經銷，民78

〔6〕，342面：21公分

1.文學—論文，講詞等　2.思想—論文，講詞等

I.王讚源著

810.72/8422

© 不拿耳朵當眼睛
—文學與思想

作者　王讚源
發行人　劉仲文
出版者　東大圖書股份有限公司
總經銷　三民書局股份有限公司
印刷所　東大圖書股份有限公司
地址／臺北市重慶南路一段六十一號二樓
郵撥／○一○七一七五一○號
初版　中華民國七十八年三月
編號　E 83190①
基本定價　陸元
行政院新聞局登記證局版臺業字第○一九七號

自序

一八六〇年，赫胥黎（T. H. Huxley, 1825–95）給他朋友的信中說：「靈魂不朽之說，我並不否認，也不承認。我拿不出什麼理由來相信它，但是我也沒有法子可以否認它。我相信別的東西時，總要有證據。你若能給我同等的證據，我也可以相信靈魂不朽的話了。」赫氏的意思是有證據的東西才能相信。《中庸》說：「無徵不信。」這是說沒有證據的東西不要相信。孔子早就說過：「多聞闕疑，慎言其餘……多見闕殆（心不能肯定叫殆），慎行其餘。」而《水滸傳》裏那位王婆說的好，她說：「經目之事，猶恐未真，背後之言，豈能全信？」這是閱歷有得之言。親眼看到的難免失實，何況聽來的傳言，豈能當真。所以我們要養成一種重驗證，重事實的精神，不要相信一切沒有充分證據的東西。我曾用「不拿耳朵當眼睛」為題，寫一篇文章闡述這種精神，這篇文章已收入本書。現在我也用這句話做本書的書名，是希望年輕朋友培養這種求徵的心態，做一個不被人惑的人。

這本書收集十八篇作品和五篇訪問錄。其中大部分發表過，〈節育運動的拓荒者〉、〈科學叫人謙虛〉和〈哲人日遠風範長存〉三篇還未發表。前六篇，勉强算是批評文學，七篇以後，是屬於思想。一般來說，文學是思想的表現，思想是文學的內容和靈魂。這本書始終沒有離開「文學與思想」，因此把它做為本書的副題。

〈鄧肯和她的自傳〉，是我人生發表的第一篇作品，刊於五四年九八期的《文星雜誌》，沒想到《文星》就在這一期停刊，那時我才是大二學生。〈一本使人心靈顫動哭泣的書：《異域》〉，這篇書評是我擒着眼淚寫成的。幼獅公司有一次在南部舉行書展，曾拿它作廣告。〈桃花源的境界〉，六二年七月十五日發表於《中國時報》的〈人間〉欄。這篇文章刊出後，《中國時報》、《中央日報》對〈桃花源記〉連載的爭論文字，於焉落幕。當時他們爭論的焦點在：「先世避秦時亂，來此絕境，不復出焉。」到東晉時漁人才進入桃花源，其間相距五、六百年，內外並無交通，為什麼桃花源的「男女衣著，悉如外人」？除開這個問題，我這篇文章還解答了三個問題：⑴漁人要離開時，村中人為什麼特別叮嚀他：「不足（值）為外人道也」？⑵漁人離開桃花源，沿路作記號，後來為什麼又進不去桃花源？⑶為什麼要提出真有其人的劉子驥來做全文的結尾？我認為要能解答以上四個問題，才真正了解〈桃花源記〉。讀者不妨先想想答案，再看本文的說明。空大人文系主任沈謙博士兩次公開說：「〈不拿耳朵當眼睛〉這篇文章我在大一時看過，到現在還記住。不拿耳朵當眼睛，是有智慧的話。」〈認知的訓練：語意學與邏輯知識〉一文，是我大二時自修邏輯的成績。臺大名教授殷海光先生向我說：「像這樣的文章多一些，大家的頭腦才會清楚。」〈墨子的現代意義〉一文，是為了慶祝教育家黃金鰲校長八秩華誕作的，曾在七五年師大「文史哲的時代使命」學術研討會宣讀。美國加州州立大學吳森教授看過這篇文章說：「你能拿國際獅子會、扶輪社、青商會的宗旨和墨子比較，光憑這一點就有現代意義。」〈愛的哲學〉一文，是七〇年我在景美女中的演講稿。這次講演是有交換條件的，我講完之後不久，梁素霞校長對我說：「雖然有幾十張推薦信，我還是決定請尊夫人到本校來幫忙。」內子就這樣被聘往該校任教。梁校長的熱心教育，和她聘請教師的方式，在今天臺灣的教育界實在少見，令人佩服。有一天，警察學校季錫斌校長打電話來說：「我太太要我告訴王教授，她說：『沒有看過別人把愛寫得這麼深刻。』」這是對〈愛的哲學〉一文的反響。為了避免老王賣瓜之嫌，我的介紹就此打住。以上的說明以及各篇的價值，還是留給讀者自己去評斷。

智慧人物訪問錄，是我多年來精心設計的成果。訪問這些人物，就像挖金礦一般，必須具備專門的技術，要先了解他們奮鬥的過程，看他們的書，而且要有計畫性的提出問題，才能把他們生活的智慧，他們為學、思想的方法挖掘出來，提供給年輕人做學習的榜樣。站在巨人的肩膀上，可以爬得更高，看得更遠。我希望年輕朋友，多借助他們成功的經驗，使自己成長的更快、更好。附帶一句，這些訪問錄除最後一篇剛刊出不久，其他已被收進被訪問者的書中發表。可見這些訪問錄被重視的一斑。

最後我要感謝劉振强先生，沒有他的慨允出版，這些文章恐怕沒那麼快跟讀者見面。

王　讚　源

一九八八年九月卅日於永和書齋

目次

鄧肯和她的自傳

由一個故事說起

這個詼諧有趣的笑話，大概很多人不會陌生。有一次，一位美麗的女人向蕭伯納開玩笑說：「以我的美，配上你的聰明，生一個孩子，那多好！」蕭伯納回答她道：「萬一生出來的，竟是我的醜，配上你的愚笨，那該多糟！」這個笑話的女主角便是西方近代最有才華的奇女子——鄧肯．伊沙多拉（Isadora Duncan）。

鄧肯不但是近代藝術舞的開創者；也是現代女子服裝解放的先鋒；而且也是振興希臘藝術精神的健將。當你看了她的自傳（*My Life*, Viotor Gollancz）❶，在你的心目中便立刻活生生地躍出——一位瀟脫磊落才智超人的女子，一位憤世嫉時滿懷理想的大藝術家，一位反抗傳統敢於

---

❶倫敦出版。臺灣啓明書局有中譯本。

「順你自己的性，做你自己的人」❷的革命者，一位極爲熱情、富有性靈，深好文學思想的人物。

又有誰會想到一本並非純文學的作品中，處處可發現這樣雋永富有詩意的文句：

美麗的希臘啊！望着你的人他的心中是冷淡的
也不會有如留戀故土似的愛你
他的眼睛也遲鈍了，不會對你流淚
因你的牆壁毀壞了，你的宮殿沒有了。

這簡直近乎純文學的筆調了。最懂「生活藝術」的林語堂先生因此譽之爲「成熟滿意的文字」❸。

鄧肯一生充滿着神秘和詩意。她跟李易安有極多相似的地方，不但享過人生的美好，也嚐過人生的苦酒。她一生爲理想奮鬪的精神和毅力，堪爲現代青年的模範。只可惜的是她創造的藝術舞，當時並無電影代爲保存，使後人能有一睹其姿容的機會。鄧肯一生的熱誠、歡騰、苦笑和血淚祇好盡靠她的這本自傳遺留給世人了。

---

❷ 譯自美馬爾騰博士 *Inspirational Book* 一書。參考林語堂先生譯《勵志文集》（華聯出版社印行）七九頁。

❸ 參看《大荒集》林語堂先生〈讀鄧肯自傳〉一文。

為理想奮鬪的生命

如果看過雷馬克的《流亡曲》，就容易了解「無根而生存是需要勇氣」這句名言的意義。一個人在窮困中，不但勇於生存，而且抱有大志，不屈不撓的要達到理想，到了成功，尚不移素志，傾財辦學想完成她的藝術的夢，以致自陷窮苦潦倒而逝世。這種人的行爲是值得尊敬的。

鄧肯生於美國西海岸的舊金山。當她還在襁褓時，父親即投入另一個美麗情人的懷中。起初她同她的母親，兄亞克司丁、雷曼，姊伊麗沙伯在貧苦中生活。她們家人都是藝術家。而鄧肯最富天才，愛讀書，旣聞希臘的藝術與人生觀，於是遂下定極大決心，要改造當時拘守成法離開自然不美的舞蹈。以一個弱女子，在那連三餐無着的惡劣環境，負這樣大的使命，將是何等的艱難！虧得她有過人的天才、自信和堅毅，也虧得有了解她的母親，和能合作的兄姊，受盡磋磨，不屈不撓，才有最後的成功。她們顚沛流離，賣藝異鄉，由美而英而法，總找不到一位眞有識見的顧主，肯出資幫她完成她的願望。後來機會到了，在柏林表演的那一次，觀衆看她翩若驚鴻的，跳那種無拘束不知那裏學來的神妙舞技，儼然如到了另一境界。一時轟動，引起全國上下狂熱的崇拜。

鄧肯是一位理想家，她雖已成功，還想作一個大夢，以獨資來舉辦舞蹈學校，依她的理想去演奏貝多芬的第九合奏曲。由於她免費供給全部孩子們的一切衣食費用，而致陷於債務的深淵。

誰也想不到，曾交遊遍及歐洲權貴富商，藝術界名流；也曾爲英王愛德華第八、美國總統羅斯福所讚賞；爲希臘王、保加利亞王所傾倒的鄧肯，到了晚年，連屋裏的火爐都燒不起。後來她那二個乖巧的孩子，輾斃輪下，俄國丈夫逝世，她也於一九二七年，在法國尼斯乘汽車中，被一條捲入車輪的圍巾絞死。一代藝人就此與世人永訣，她預計寫下她一九二三年後在蘇俄生活的傳記，遂不得與世人相見了。

開創的藝術

近五十年歐洲藝術舞之產生，實由鄧肯一人倡導的。但幾乎沒有例外，一種事物的創始，總要遭受舊勢力的抗拒、壓力和攻擊；人們的不懂、譏笑和驚恐的包圍。可是鄧肯始終剛毅不移，勇氣十足。她不理會別人的反對，敢於揚棄傳統，打倒成規，志無反顧的「孤軍奮鬪」，最後達到輝煌的成果。

鄧肯改變傳統一拍一跳的舊 Ballet 舞式。她反對束腰捏裙，只立在足尖，旋轉翻滾的舞步，主張基於人體上自然行動的藝術，因此才有赤足露腿近於希臘式的服裝。而現代西洋女子去了三五十年的束腰短袖，易以長身的外服，也一部份是鄧肯的恩賜。就是我國小學生跳舞時，兩手作波動勢，也是由鄧肯有一天在意大利 Abbazia 城看見樱葉隨風搖動得了靈感而創設的❹。

---

❹ 同❸。

鄧肯想以解放的簡單的服裝表現人體美，是經過一段相當艱難的努力過程。有一次她在美國表演，一位有錢貴婦直接跑到化裝室規勸：「不行啊！坐在前排的人都看得淸淸楚楚呢！」

「初次在柏林表演 Tanba User 時，我的透明的襯衣，顯示我身體的各部分，引起了那些穿淡紅長襪 Ballet 舞女的恐慌。」❺這時雖有人送一件白裏衣給她，求她穿在她透明的團係下，可是她堅持不從，否則寧可不上臺。

「那時却有關於我的美麗的長腿的爭辯，討論我的溫柔豐潤的肌膚是否道德的，應否用沙門魚色的長襪掩藏起來。我多少次講到聲嘶力竭，那些長襪是如何的不雅，而裸體的人身是如何的美麗雅潔，如果是有雅潔的心地。」

「不久你要看見所有的送花仙女都與我服裝相同。」這個預言已經應驗了❻。

鄧肯的舞藝，雖說發端於崇拜希臘的藝術文化，見解立說卻是她的新創。她這方面的作爲，膽敢撇除俗套，特立獨行，獨來獨往。這正是她比那些墨守成規，一味臨摹的人強得多多，也正是她比那些不知不肯其實不敢捨棄舊「模子」的人高明的地方。雖然也許有人會說：「新的不一定就是好的，新的並不就是代表對的。」可是新的就是力量；新的就象徵有無限的可能性。創新就是一種進步的力量；是一種臻善的可能。尤其藝術沒有創新，實無異於死亡。藝術的精神，卽

❺❻同❸。

在不斷的求新，不斷的精進，不斷的揚棄舊傳統中的糟粕，擇取其精髓部份再加以自我心靈的創造，成立另一種型式的新傳統。從這方面來看，鄧肯一生的奮鬪更顯出她的貢獻和價值。就是這樣，她的教師並非希臘的石像，而是當代最偉大的哲學家、文學家和音樂家，如華曼的詩，尼采的哲理，貝多芬、華格納、蕭邦等的音樂。甚至自然界山川、河海、樹木、花草天然的波動，都是她最好的良師，所以馬克斯會稱她的舞藝是一種接近自然的眞理⑦。她的藝術是用姿態和動作表現生存的眞實所作的一種努力。她想藉着最自然的律動以表現人生，她要以雅潔的軀體去表現靈魂的思想和情感，將心靈中最秘密的心情獻給人們。這是她懇摯的地方，所以許多觀衆爲之下淚，引起瘋狂的崇拜也就很自然了。

鄧肯天機穎悟，她能把心中的感受透過律動以表達音樂家、文學家的靈感中的意象。一九〇五年的某天晚上，她在柏林表演，觀衆爲她的妙舞神醉的時候，忽然跳出一位自稱爲愛倫特麗(Ellen Terry)⑧之子的青年，大聲叫道：「你演的眞不錯！但是你怎麼把我的理想偸來了？」「不過你正是我理想的人，你是我一切夢想的活生生的表現。」又有一次，她根據音樂家奈文(Ethelbert Nevin)的樂曲——娜西色斯(Narcissus)、阿菲利亞(Ophelia)、水仙(Water Nymphs)編製跳舞，急得怒氣洶洶的奈文闖來喝止：「不行！不行！這不是跳舞音樂，是純音

⑦ 見譯本七二頁。
⑧ 愛倫特麗是鄧肯心目中認爲最理想最完美的女人。

樂，我不准用來跳舞。」當時鄧肯要求說：「請坐下，我用你的音樂來跳舞，假使你不喜歡，我誓不再跳好了。」令人驚訝的是，當她第二次重跳，餘音仍裊裊不停之時，這個年青人已從椅子上跳將過去，把她緊緊抱住，兩眼含着滿眶熱淚的說：「你是一個安琪兒！你是一個女神！」「你所跳的動作，就是我創製樂譜時所想像到的。」這是她的特殊天才，舞技到達此種境界，已經成爲一種創造的藝術了。

奇人奇事

鄧肯生性磊拓有奇行。敢言人所不敢言，爲人所不敢爲，一生可傳誦之事極多。她終生鄙視珠寶飾物。在 Stokes 書中記着她有一天同一位伯爵夫人談話，正當她們一致同意認爲婦人的粧飾的無意義時，她便把這位朋友身上掛的一條珍珠鍊及其他首飾，一併抓起，走到水邊，扔進海裏。

有一回，她在柏林表演回來途中，被一羣爲她着迷的大學生包圍，將她馬車的馬牽走，由學生拉車到 Sieges Allee（凱旋大街），他們要求她演講。她看了路旁全是些歌頌武功的石像，便站在馬車上這樣演講：

「世界上最高尚的藝術，莫如造型。但是你們諸位愛好藝術的朋友，爲什麼容許這些醜陋不堪的東西巍立城中？你們看看這些石像，你們是學美術的，如果你們真正是藝術的信

徒，你們今晚就應拾起石子搗毀這些東西。美術？這些東西叫美術？不是的！牠們不過是你們皇帝心目中的英雄夢。」❾

幸而警察及時趕來勸止，不然那些塑像可要遭殃了。

坦然的愛情

從愛情生活來看，她是頂率眞、頂坦然利落的一個人。她不像某些女人故作假惺惺狀——「千呼萬喚始出來」，她不會用百般折磨去考驗她愛人的誠意或忍耐，她也不會「不衡量他的頭腦，卻揣度他的荷包」❿。相反的，她敢忠於自己的感情，勇於愛她所愛的男人，而且愛得很乾脆，愛得很沉緬。她要挑有思想富性靈的男人，她「求剎那之快樂」式的戀愛⓫。她甚至會跟她所愛的一個窮光蛋的男人驅車度「蜜月」，而背悖反對她的母親。她的愛情生活是夠大膽夠浪漫，但卻是誠實的。在〈爲浪漫的愛辯護〉一章，她有一段極懇摯的文字：

「男子們總是愛好美麗，愛好那種無憂、無懼、無掛無慮，而又清醒激勵的愛。——現在我們要喝香檳酒，要有一個可愛的男子來讚揚我的美麗，神聖的肉體、熱情的嘴唇、環

---

❾見譯本八一頁。

❿參看李敖著《傳統下獨白》（《文星叢刊》⑤）一一頁。

⓫王爾德說：「應求剎那之快樂，莫戀永久的苦愁」，參看《鄧肯自傳》九五頁。

繞的手臂，在愛人的肩旁酣睡。——這種快樂又何害於人呢？——人的一生有不少的痛苦，長牙、拔牙、鑲牙，以及各種病痛疾患等等，那麼如果有機會，你為什麼要禁止你的身體去享最高度的歡樂？一個人終日用腦力，有時為許多疑難問題熬盡心血，為什麼不在他（她）的溫柔懷中，得片刻的安樂，尋一點美感，暫時忘形一下呢？我希望我給與快樂的人，也常有快樂的回憶如我快樂的回憶一樣。」⑫

真實的傳記

不論是誰，一個人能把一己眞實的生活筆錄下來，必是一部偉大的作品。但是就少有人敢於寫出眞實的自己。尤其是女子，自古以來不見一個，所說的祇是些外表的生活，瑣碎的事務和經歷的記載。盧騷（Rousseau）的《懺悔錄》勇於暴露他一己的心靈，與最私密的行動和思想，結果是他崇高的犧牲，替人類增加了一部偉大的佳作。而鄧肯也敢於將女人們絕口不談的，一己生活中喜、怒、哀、樂最重要過程裏的隱私，描寫得淋漓盡緻。她的這種勇氣實無異針對虛僞的人性作一次強烈的挑戰。這本自傳是難得的好書。在她的書中處處可看到最眞實的記載，這裏隨意摘錄幾段：

⑫ 原書第二十四章 An Apology of Pagan Love。

「他（藝術家羅丹）走近我來，把他的手摸着我的頸頂，我的高聳的乳房，我的手臂、大腿，又摸到我的臂部，我的赤着的腿子、脚。他摸遍我的全身，……使我燃燒，使我溶解，我的全部願望，是想把我整個身體供獻給他……」⑬

「我不知別的女人對於她們愛人的印象是怎樣的。我想她們一定是品頭、論肩、評手然後描寫他的衣服。但是我對於克雷格便是在藝室裏初見的時候，便看到他衣服以內的那種潔白、柔軟、輝耀的肉軀，好似萬道金光在我的眼前閃耀。」⑭

更妙的是：

「那有一個母親曾經告訴過人：『嬰孩咬着她的乳頭，乳從胸前湧出來時，是怎樣的感覺！』這種不顧一切而咬着的嘴，就好像愛人的嘴，而愛人的嘴，又使我記起嬰孩的嘴。」⑮

一首詩

這裏我想引美國馬爾騰博士的詩作結束，從這首詩我們不難領悟一個人的何以會成功和偉大。

⑬見譯本四四頁。
⑭見譯本八四頁。
⑮見譯本八九頁。

「當生命像柔歌般的流行，
那不難使人們覺得歡欣；
但真有價值的人，
却是那些能在一切逆境中含笑着的人。」⑯

一九六五年十月十日寫完，經二月修改，
一九六五年十二月刊於《文星》九八期

⑯ 譯自馬爾騰博士著 *Inspirational Book*。林語堂先生連馬氏那本 *Everyman A King* 二部書合譯爲《勵志文集》，原書極爲美國人士所傳誦。很值得現代青年人手一册的好書。

節育運動的拓荒者・・瑪格麗特・山額夫人

除非她能夠自己選擇做或不做母親，沒有一個女人說她是自由的。

一位傑出的女性

當全世界都被殘忍與愚昧的觀念籠罩的時候，二十世紀露出了一點光明，點燃這火把的是一位悲天憫人的女性。由她瀝血嘔心，畢生奮鬬的結果。她獨力倡導一次史無前例的大運動，她不僅爲已生的人爭自由；並爲未生的人謀福利。而且更可貴的是，她已替人類再爭得了一項基本人權：人有不生自己不願生的小孩的自由。她不是別人，她就是一九六六年九月六日離我們而逝的瑪格麗特・山額夫人（Mrs. Sanger, Margaret Higgins Sanger）。

到屋頂上去睡

山額夫人的娘家名字，是瑪格麗特・希金斯（Margaret Higgins），祖籍在愛爾蘭，搬到美國後，就住在紐約的古寧鎮（Corning）。父親是個藝術家，也是個離經叛道的異端，那股滿不在乎的血統，就這樣影響了以後山額夫人的一生事業。母親是個體弱多病的女人，這是因爲她替她的男人滴滴答答的生了十一個小寶寶，其中第六號就是未來大力倡導節育的瑪格麗特小姐。六小姐離開學校後就拿起教鞭，可是由於照顧母親的病，使她走進醫院當起白衣天使，也由於她當白衣天使，才在十九世紀最後一年被一位建築師帶進教堂，給她的名字後面加上一個字，於是希金斯家的六小姐就成了山額夫人。

一九一二年七月的一個大熱天，山額夫人拉着醫生往紐約的貧民區跑，去爲一個有着一大羣孩子的媽媽助產，這位太太因暗地打胎而釀成大病，當她剛從奄奄一息的險境脫離以後，一再羞怯的哀求醫生說：「請您告訴我，我到底要怎樣才能不再生孩子？」醫生微笑着說：「唯一的辦法就是，叫你丈夫睡到屋頂上去！」因爲他根本就不知道有什麼秘訣啊！

三個月後，這個女人又因自行打胎死了，山額夫人傷心的離開了這具屍體，走向街頭。她在街上轉着，墮胎、自殺、貧窮、棄嬰、法律、避孕術，這些問題在她腦中反覆起伏。這幾個鐘頭正是決定她一生事業的關鍵。事後她說：「那天，當我上床的時候，我已下定決心——我要爲拯救天下可憐的母親而奮鬪！」

渡海求方

由於多年的護士工作，對於女子生理狀況和生育問題，山額夫人已累積了不少經驗，她隨時向女工們解說有關醫藥健康等事情。一九一二年十一月十七日起，她更在《呼聲（Call）雜誌》上發表意見，指導每個少女，每個媽媽應該知道些什麼，甚至「陰道」、「白帶」等術語都提出討論，這在美國眞是史無前例的大膽。就在這時，那位大名鼎鼎的康斯脫克(Anthony Comstok)出來干涉了，郵政局因「康斯脫克法案（The Comstok Act）」開始檢查任何信件、包裹了。這個壓力迫使《呼聲雜誌》創下「開天窗」的記錄，一九一三年二月九日，《呼聲雜誌》山額夫人的專欄上，竟只登出如下的十三個大字：

What Every Girl Should Know Nothing By Order Of The Post Office Department（因郵政局的關照每個少女什麼都甭想知道！）她開始向社會傳統抗議了！

專欄不能連載下去，她改印小册子宣傳，但是，生育問題的嚴重性並沒多大改善。墮胎、自殺、棄嬰的風氣彌漫着整個社會。爲了發現「避孕秘方」，山額夫人如痴如狂的到處尋求。找呀！找呀！她遍訪醫生，她跑遍美國所有圖書館，翻遍了一切醫學著作，但結果還是一片空無。

雖然到處碰壁，可是，她並不氣餒。她決定到法國去看看。於是在一九一三年的十月裏，她舉家渡海去尋求避孕奇方。

一到巴黎，山額夫人成天到各地去拜訪醫生、助產士、藥劑師。她不單收集了許多秘方，而且學會了許多技術，更重要的是，她發現了「計劃家庭」的觀念。這時她決定回國向老頑固康斯脫克挑戰；要把她所學的東西貢獻給她的同胞。可是，山額先生卻有意賴在巴黎作畫，反對回美國。爲了理想，她毅然決然和她先生拆伙了，單槍匹馬帶着孩子回美國。這時正是一九一四年的新年夜。

女叛徒

爲了指出康斯脫克法案的不合理，爲了爭取國人對節育運動的同情，更爲了介紹避孕方法和技術，一九一四年三月裏，山額夫人撑起了《女叛徒（Woman Rebel）》的大纛。這個雜誌正式亮出了「節育（Birth Control）」的名字。雜誌的發刊詞這樣說：「抱着『我不入地獄誰入地獄』的決心，用我們的口，用我們的筆，用我們的行動，向束縛我們的傳統挑戰。」

《女叛徒》一發行，一夜之間便成了美國最暢銷的雜誌。讀者的反應熱烈極了。讚美的信件，詢問的信件，請求避孕技術的信件有如雪片般的飛來。

不到一個月，《女叛徒月刊》便收到禁令了。當山額夫人手拿禁令，她告訴自己說：「戰鬪開始了！」

這時，她認爲非把海外學來的秘方編印成書不可。於是她擷精採華編出一本《計劃家庭》（

Family Limitation)，費盡氣力，找到一家不怕死的出版商，爲她秘密印出十萬冊，分批藏在美國各大城市，聽候通知，準備一次付郵。

預期的事情終到了。八月裏的一個下午，兩個陌生人帶來了她的罪狀，說她觸犯了九條聯邦法律，可能被判坐牢。她當然不服她所不尊重的法律。於是，她出走倫敦，去搜求答辯的材料。她把這個做法告訴了法官。她在火車上也寫信給她的朋友說：

「十四年來，醫護工作的經驗，使我深信，工人們渴望得到避孕的知識。我在女工中的工作經驗，也充分證明了她們是禁止傳授避孕知識的法律下的犧牲者。」

「……監獄不是我最後的目的。還有別的工作要去做，而我將爭先去做。如果監獄跟着到來，我將呼籲所有的人幫助我。我要拿出直接的行動來，促成廢棄這種法律，擔當一切後果。……」

山額夫人丟下三個小寶貝登輪赴歐的第三天，她便拍電給她的朋友，一下子把十萬冊《計劃家庭》寄了出去。《計劃家庭》一問世，不僅轟動了全美國，而且震動了整個世界。這本書很快就被譯成了十三種文字。原來的十萬冊被一搶而光，再版了一千萬冊，尚供不應求。甚至很多的讀者，因爲四處買不到，只好親自動手來抄。

第一家節育指導所

一九一五年九月，山額夫人動身回國。她這時候有了不少收穫，更得到新馬爾薩斯派人士的許多鼓勵。這時正是康斯脫克命歸西山的時候，於是她準備出庭。由於海內外名流的支持，全國各地輿論的同情下，意外的，政府自動撤銷了這件上訴。但節育運動並未從此罷休。

一九一六年十月十六日的淸晨，美國第一家節育指導所正式揭幕。（全世界的第二家，荷蘭的已有四十年的歷史。）開張那天，一大淸早，求診的女人已排成一條長龍。這個指導所總共只有三個人，山額夫人，她妹妹艾慈，和一位支加哥小姐敏蒂。她們從早工作到晚，忙得連飯都不曾吃，可是求診的人仍繼續的來，這眞使她們吃弗消！

由於報紙的詳細報導，「訪客」日漸增多，有的從老遠的地方跑了來。可是，好景不常，僅僅開業十天，山額夫人就被「不是女人」的女警捉了去。雖然人交保，指導所卻被勒令停業。但山額夫人全不理會這一套，當她走出警局，照常開門營業。沒幾天她再度被警察請去了，這回她被判坐三十天牢。雖然滿庭憤怒的女人大罵法官「可恥！」可是在法律面前，她只得和女囚們爲伍。

地方法院的這項有罪判決，她決不屈服。這宗案子上訴到最高法院時，開明的法官克蘭（Judge Crane）雖仍維持原案，卻給了一個方便的解釋。他說：「今後，無論任何醫生，基於已婚女性的要求，如認有助其健康，就可作避孕的建議。」

這項解釋，已帶給節育運動一大勝利。因爲避孕已從非法一變而成合法了。

再接再厲勇往直前

山額夫人並不因這樣而滿足。她到全國各地演講，實地指導。她又集中全力擊潰羅馬天主敎的偏見，這下子，大大的增加了贊成她的人，歡迎她的請柬從四面八方飛來。於是她遍遊世界，極力勸導各國政治領袖從事節育工作。爲了有效推展這項運動，特發起了兩個組織。一個是美國生育控制同志會，另一個是國際節育協進會。

一九二三年，更在紐約設立了「臨床研究所」，這可說是美國醫學界的節育指導中心，規模相當宏大。並請得斯東博士當主任，在他全力的領導下，成績斐然。到一九三〇年，此類性質的指導所已有五十五個，分布遍及十二個州。因此，全美最傑出的婦科專家——狄鏗遜博士也樂得擔任該所的顧問。

到了一九三一年，紐約醫藥學會一致通過支持節育運動。這個單位在美國醫學界具有很崇高的地位。接着，很多醫藥、衞生、敎育機關，也都紛紛認定「計劃家庭」確是保持社會安定繁榮最重要的辦法。

在法律方面，一九二九年山額夫人打勝一場官司，爭取了「醫生有協助他人避孕的權利」。一九三六年，聯邦巡廻法庭將康斯脫克法案所加節育運動的桎梏撤消了。法院說：「醫生爲挽救病人生命，增進病人福利，可用適當方法協助其避孕，而這種方法的傳播，不得視作非法。」

至此，節育運動已可順利的進行了。

今天，世界許多國家把節育列入國策，聯合國更積極的從事倡導中，這正是山額夫人及身見到的影響。

與中國的關係

說到這裏，我應該把她和中國的關係報告一下。

民國十一年，國際生育節制大會假倫敦召開，山額夫人特地繞道日本、中國去赴會。當時日本政府不表歡迎，不給她入境證，但由於她的堅決，最後在英國官方的協助下，才算登陸了，可是卻不許她公開指導節育。

離開日本，她來到中國。胡適請她在北京大學講演，並且親自擔任翻譯，以示隆重。當時北大的禮堂，擠滿了兩千多名教授和學生。甚至連站的地方都沒有，很多人只好站到窗臺上去。兩個鐘頭的演講，「節育」已像電流一般傳播開來。第二天下午，她的《計劃家庭》馬上被翻印出五千本來，節育運動在中國點燃了第一把火花！

在這把火花的照耀下，《東方雜誌》、《婦女雜誌》都熱烈的討論這個問題。上海商務印書館也很快譯出了《節育主義》、《女子應有的知識》。

可是，山額夫人那會想到，這次日本謝絕她和中國歡迎她的情形，幾十年後卻來一個大翻轉！

四十八年的四月十三日，蔣夢麟振臂呼出「讓我們面對日益迫切的臺灣人口問題」。他明白的指出，石門水庫造成的增產，只消一年四個月就被新增的小蘿蔔吃光！因爲臺灣每年要多出一個高雄市的人口。雖然他嚴重的提出這項警告，可是他卻拒絕山額夫人要來幫忙的請求！五十年四月他對他的老朋友說：「如果你不來臺灣，我們這裏或許還可以無阻的推行節育，我們也正在臺灣沉默地做這件事；如果你來了，因爲你的名氣太大，成了衆人注意的目標，或許反而會引起困難。」

相反的，一九五四年，第五屆國際計劃生育協會在東京召開，她竟以大會會長的身份出席，日本上院特地請她去演說，日本天皇給她嘉勉。

日本的前倨後恭，和中國的前恭後倨，這到底是爲什麼？我想當時的山額夫人一定百思不得其解！

自從蔣夢麟倡導節育以來，我們的成績如何？十年代的中國和六十年代的中國，到底是進步還是退步？今天，一些愛國不以其道的人士還抱着　國父遺敎出來壓陣！壞了多少年的節育，我們仍然拿不出實際工作來。難道「廿年無成」的印度，活生生的擺在眼前還提不起我們的警覺？難道我們要走馬爾薩斯防止人口第三條的道路——混亂、貧窮和爭殺？我想，這就要靠我們的抉擇了！

瑪格麗特‧山額夫人逝世一周年了，此時此地，禁不住鈎起我們對她緬懷的心情！

一九六七年九月六日晨四時

一本使人心靈顫動哭泣的書：異域

多少年來，五味川純品的《人間的條件》，斯多威的《黑奴籲天錄》，雷馬克的《西線無戰事》、《流亡曲》，都曾經震盪過我的靈魂。我從這些曠世巨構裏，尋找到真實的人性的光輝，聽到人類理性的呼喊。一直等到最近我邂逅了《異域》，已經平靜多時的心湖，才重被掀起了洶湧的巨浪。

《異域》使我的感受，比以往更深，它使我的靈魂顫抖，它使我衷心哭泣。因為它是純粹的「土貨」。因為它寫出這一代中國人的災難和愚昧；也寫盡了人性失落後的悲哀。

一個男子漢的眼淚，是不易輕彈的；《異域》竟然使我哭了，而且使我哭得不能自己。這是同情的眼淚；也是悲憤的眼淚。

民國三十八年的冬天，中國歷史上最殘酷的刼難降臨了，這一代中國人的苦痛加深了。整個大陸開始變色，共產黨像決了口的黃河大水，洶湧的吞沒了全國所有的省份，只剩下雲南一片乾淨土。可是，誰也沒有料到，在這一片乾淨土上的首領，卻已決心向共產黨投靠。於是一支孤軍開始過着轉戰溝壑，顛沛流離的命運。他們從萬里外潰敗入緬，像一個棄兒般的無依無靠，任他病痛、哀號，沒人垂憐。任他飢寒交迫，也無人救助。煎熬困頓的十一個歲月裏，他們竟在這非人類所能生活的滇緬邊區建立了比臺灣還大三倍的游擊基地。十一個年頭，他們一次反攻大陸，兩次大敗緬軍，迫使緬甸政府不得不向聯合國一再控告孤軍的「侵略」。十一年間，這塊不適人居的原始叢林，灑遍了中華兒女的鮮血；也扮演了無數令人肝腸寸斷的悲壯事蹟。作者鄧克保先生正是孤軍中的一份子，他以勢無匹敵的尖銳筆鋒，和血淚俱下的澎湃感情，寫出中緬邊區孤軍苦鬪的史蹟；也寫下了他和他的妻子兒女以及伙伴們隨軍轉戰的苦痛。這一篇由英雄血淚編織而成的史蹟，便是使人心靈顫抖哭泣的《血戰異域十一年》。

《異域》只是《血戰異域十一年》的前半段，剩下的五年，尚未寫出。《自立晚報》本來已請原作者供給一個更完整的歷史，可是七年過去了，我們未見下文。雖然，這七年間，那批眞正的中國好漢還有更壯烈的犧牲，更悲切的遭遇；可是我想：我們再也見不到下文了！然而，僅就這六載浴血蠻荒的報導，已夠令人心靈顫慄，令人悲憤沉痛不已。我們看到多少壯士在戰場上犧牲，在疾病、飢餓和猛戰的爪牙下死亡；我們看到多少忠心赤膽的孤臣孽子；同時也看到出賣伙件，臨難脫逃的無恥罪人。在這裏我不想將《異域》的內容，再作贅述。我只隨意錄出幾段令人心驚的文字。

「在一個四十年來都一直過着戰亂生活的中國人看來，昇平的地方便是天堂，而我却不能在天堂久留，我要向北走，跳進一個和這二十世紀豪華享受迥然相異的原始叢林中，那裏充滿毒蛇、猛虎、螞蝗、毒蚊、瘧疾和瘴氣，沒有音樂，沒有報紙，也沒有醫藥，我的伙伴在那裏。那些伙伴中，有大學教授，有尚在襁褓中的嬰兒，有華僑青年男女，也有百戰不屈的老兵，他們大多數沒有鞋子，大多數身染疾病，病發時躺倒地下呻吟，等病過去後再繼續工作。世界上再也沒比我們更需要祖國的了。然而，祖國在那裏？我們像孩子一樣的需要關懷，需要疼愛，但我們得到的只是冷漠，我們像一羣棄兒似的，在原始森林中，含着眼淚和共產黨搏鬪。……我不知道我能活到什麼時候，我一個人獨處時，便感覺到孤單軟弱，但伙伴們却有一種別人不能了解的力量，使我們在憤怒哀怨中茁壯，……我想不出祖國為什麼忍心遺棄我們，但這件事情是太大了，我只談一些可能忍受得住的，《飄》上的女主角郝思嘉有一句話：『等我忍受得住的時候，我再好好的想一想！』我不能說我現在已忍受得住……我不為我自己說什麼……我只為我的伙伴們說出我所能够說的……」

作者就以如此驚心動魄的文字，拉開了喋血蠻荒十一載的序幕來。

雲南潰敗，他們打算渡過元江再圖大事。可是，到達元江前，必須穿越那絕地的亂叢山。這裏不見飛鳥，不見一根青草，萬丈深谷，卻沒有潺潺的水聲，只有爬不完的山，越不完的嶺，和令人心抖的風吼。他們的情況是：

「七天之後，我們還在亂山裏打轉，糧食已發生恐慌，但更為可怕的還是沒有飲水，我不能形容政芬（作者之妻）她們那些眷屬和孩子們的慘狀，她們滿脚是泡，幾乎一面哭，一面一步一步的往前挨，母親們用她們那只有少許津液的舌尖舐着孩子們枯焦的嘴唇，更把自己哭出來的眼淚拈來潤孩子們渴得一直伸着的舌尖，可是到了後來，她們連淚都哭不出來了。弟兄們抽了筋似的喘息着……大家唯一的盼望便是早一點到元江鐵橋，這點希望支持着大部份人咬着牙活下去，然而，仍不斷有人倒下，他們沒有一點預告的，正在茫然走着的時候，會猛然間撲倒地上，沒有人扶他，連作媽媽的栽倒，孩子在地上啼哭，都沒有人多看一眼，每個人都剩下一絲氣息，地獄就在脚下裂開，我們眼前不斷浮着水的影子，和浮着鐵橋的影子。」

終於他們挨到了，可是：

「那座多少日子來都在夢中出現的元江鐵橋，果然只剩下一個折斷了的，而且被扭曲成像一團亂蔴般的殘骸，六萬大軍緊集在江岸與叢山之間的狹小山坡上，面對着滾滾江水，哭聲震動山野，那是英雄末路的痛哭……上天有靈，聽到這哭聲，也會指示我們一條生路的，但是，我們看不到一點動靜……」

不幸的是在兩岸埋伏的土共夾攻下，他們進退無路，終於六萬大軍就如此的陳屍元江。只剩下不足一千人的孤軍退向緬甸。他們本可像許多人一樣，索性進入泰國轉回臺灣的。

「但是，大家仍決定留下來，我們不是替別人反共，而是為我們自己反共，一片血海深仇，和人性上對專制魔王的傳統反抗，使我們不和任何人鬪氣，何況人生自古誰無死？戰死沙場，固然淒苦，而一定要回臺灣，老死窗牖，又有什麼光榮？只不過多一個治喪委員會罷了。我們不怕別人踏在我們的屍骸上喝他的香檳酒，只要不嫌我們，不再拋棄我們，便心滿意足了。然而事實又是如何呢？……我們急需彈藥、醫藥、圖書，可是，我們得到的却是只有冷漠，和一些不能解決問題的會議，這不是我們後悔，我們從不後悔，我們每一滴血都為我們的國家滴下，假如有什麼感觸的話，我們只是憤怒和憂鬱。」

為祖國，為自由，為人性的尊嚴而反共，但他們得到的是什麼？

「我們得到的，只有隨時都會臨到的死，和無盡無休的煎熬痛苦……弟兄們多數都赤着脚，草鞋已斷，血從他們的脚趾上和脚趾甲裏流出來，我舉首祈禱，啊！祖國，看顧我們吧！我們過去的要求是太奢侈了，我們不再要求醫藥、書報、子彈，只要能給我們每人一雙皮鞋或是每人一雙膠鞋，我們便高興了，就是在陣亡的那一刹那，我們弟兄們看見自己脚下的皮鞋，也會在微笑中死去。」

無疑的，雷馬克是當代最偉大的小說家之一。他是如此的擁有着一顆善於體驗現代化戰爭的罪惡和苦痛的心靈。他在《西線無戰事》和《生命的光輝》這兩部令現代人驚心動魄的偉構裏，爲我們挖掘出人類在極端動盪和戰亂中表現的最後的一點人性。是的，在他的偉大的作品裏，充分的表現了「眞實」和「人性」。同樣的，鄧克保的《異域》也充分的表現了「眞實」和「人性」。就因爲雷馬克能爲我們證驗一個最眞實的眞理：唯有在眞正的艱困之中，我們才能眞正認識人性中蘊含着最後的一點光亮的眞心。我們一向認爲雷馬克是一位對戰爭體會得最精微深透的作家。可是當我們透過鄧克保的體驗，馬上覺得《異域》對戰爭的描寫，對人性的發掘，對生命苦痛的感受，比起《西線無戰事》來得眞確，來得深刻。也許有人要抗議說：《異域》只是一篇事實經過的報導，怎能比起《西線無戰事》這部偉大的作品呢？不錯，《異域》可說是一篇未加潤飾粉妝的文學資料，而《西線無戰事》無論在取材、佈局、人物刻劃方面，都顯現出一位偉大心靈的獨運，不愧爲一代的巨構。可是，一部成功而感人的作品，是看它能否挖到人類靈魂深處，找出些許人性的眞象；或看它能否觸及人類生存的問題，生命的意義。一部偉大的作品，往往能點出時代的命脈，開啓人類未來光明的前景。而不僅僅在於取材的新奇，佈局的完密，或性格塑造的逼像。如果，純以性格塑造，結構佈局來衡量一部作品，而忽視了它所表現的且隱藏於字句背後的主旨，那我們將永遠無法眞正去了解、欣賞一部偉大心靈的創造。

就以《復活》來說，無人敢於否認它不是托爾斯泰最成熟的一部名著。然而，它在結構佈局，性格塑造方面卻呈現着如此混亂，如此模糊。我們實不必諱言，《復活》的作者是一個極度笨拙的佈局者；一個不及格的人物描寫者。然而，儘管如此，這一切並不能貶損《復活》在文壇上的價值。托爾斯泰假借了書中人物的對白，作爲一個激烈的良心與習俗之間的戰場，究竟良心應否戰勝？究竟良心能否戰勝？這才是《復活》眞正所要表現的主題，也才是托爾斯泰眞心關注的地方。至於性格、佈局只是一件工具，用它來更深刻的襯托出它後面更深邃更玄遠的主題，在藝術上成功的透澈表現了這一個主題的精髓。這才是《復活》和托爾斯泰藝術的高度造詣。

至此，我們又該回到本題來。《異域》整個事實的經過，是介於滇緬的邊區，是在非人類所能生活的原始森林中。孤軍所接觸的是緬甸軍隊和中國共產黨人。緬甸軍隊撇開不談，可是，共產黨人同樣是中國人，他們對於同類所施的殘暴，其險惡狠毒的程度，實已超出人類的思想之外；他們蹂躪、虐待、迫害同胞的毒辣，有過於禽獸而無不及。我們除了沉痛、悲憤、惴慄之餘，實在不得不重視《異域》爲我們暗示的一個人類長存而又切身的問題，那就人性善惡的問題。在我們潛入感覺的深淵裏，的確可以傾聽到理性的呼喚；可以看見一羣骨頭架子之上，閃放着人性獨有的燦爛的光輝。誠然《異域》不一定偉大，然而，那些孤魂確曾觸動了人心背後的一點最眞實最感人的什麼這是無法用空洞的詞句去形容的，在那些渺小平凡的軀殼之上，是如何的痛苦的表現了生命的意義。相反的，在廿世紀科學高度進化的今天，人類假借曠古未有的厲害武器所製造出來的罪惡，其殘酷與兇狠，實令人恐懼，令人憂慮。面對着現代人所製造的重大罪惡，我們已無法僅拿傳統對人性的膚淺的體驗去理喩。面對着中共黨人戕害同類萬般狠毒殘忍的罪行，迫使我們對人性的本質，不得不再作一次重新的探測，和重新的了解。

羅素在《世界之新希望》引用了莎翁的兩段名言，一段大大的歌頌了人性的尊嚴與價值，而另一段正好相反，根本懷疑否定了人性的價值與尊嚴的存在。這個問題的關鍵何在，實在值得我們熟思，値得我們細想。

雷馬克在《流亡曲》提出了一個主題：「無根而生存是需要無比的勇氣的」。這句話對滇緬邊區的孤軍的感受是太眞實了！這眞是廿世紀中國人實存的感受。整個《異域》的報導就是一個「眞實」，「眞實」得令人可怕，令人憤怒。《異域》既然是全都眞實，那我們不該把它看得太文學化了，現在該回到現實來看。

我們政府退居臺灣，一切努力、奮鬪的大目標，就是反攻大陸。而我邊區游擊隊畢竟是反攻大陸最可靠，最堅實的力量。可是，當孤軍退駐緬甸向政府求援時，我們卻不與支濟——

「在那時候（三十九年四月），我們已和臺北連絡上，我們請求向我們空投，答復是叫我們自己想辦法，我們只好自己想辦法了，為了不餓死，我們開始在山麓開荒屯田，為了取得槍械彈藥，我們計劃在整訓完成之後，重返雲南向共軍奪獲。」（原書五二頁）

這種情形，也許我們可以了解：當時政府剛撤退臺灣，一切瘡痍未復，心有餘而力不足。

但，當我寫到此，正接到從前任孤軍參議、秘書長、顧問的丁作韶先生的來信，他信中有這樣一段：

「目前滇緬邊區游擊戰區的總指揮、副總指揮都來過臺灣，最近的一次，才沒有幾個月。據他們向我說的，他們的生活情形，同從前沒什麼不同，換言之，還是自力更生，與地方打成一片。……游擊部隊在邊區生活是沒問題的。問題在槍彈金錢。邊區是農業社會，槍彈要外邊運，金錢也要外邊的。我政府在兩次大撤退以前（卽四十二年與五十年以前）是有接濟的。但五十年後，就沒有了。現在也還是沒有。」

當我們看完這段，我們不禁又迷茫了！倒底這又是爲了什麼？我們不是明明在爲反攻大陸而「枕戈待旦」嗎？我們不是一切爲反攻，一切求勝利嗎？可是對於那些爲祖國而白戰蠻荒，而葬身異域的游擊戰士，我們能爲他們做些什麼呢？想到這裏，我已不覺失聲痛哭……

誠如丁先生信上所說的，東南亞畢竟是我反攻大陸最好的基地，我邊區游擊隊畢竟是反攻大陸最有希望最可靠的力量，不談反攻則已，要談反攻，捨輔植滇緬邊區游擊隊外，實沒有更有效的途徑。眞的，我們除了喚起全國上下對邊區游擊部隊的重新注意，我們又能爲那些荒野孤軍做些什麼呢？

寫到這裏，冥冥中我似乎聽到滿身鮮血的孤魂，在寸草不生的蠻荒哭嚎，在那不適人居的原始森林中呼喊：

祖國啊！在我們生死呻吟的時候，你怎麼忍心遺棄我們！

祖國啊！當我們需要關懷的時候，你在那裏？

一九六八年七月廿日刊於《反共世紀半月刊》

桃花源的境界

〈桃花源記〉是陶淵明〈桃花源詩〉前面的敍記。這篇敍記沒有生字，文句淺易，一個國中生都可看懂；但眞正能瞭解它的，還不多見。國文老師有的把它當一篇神話故事講，有的把它當「伊索寓言」看。最近有人考據中國歷代服飾，來爲桃文辯護❶；也有人說人類已登上月球了，應該走出「桃花源」。這些都是缺乏劉勰所說的「披文入情」、「覘文見心」的功夫，無法抓住作者眞正的意向。

❶幾年前有人考據中國歷代服飾制度，就「男女衣着，悉如外人」一語大作文章，在中副發表。不但浪費精力，反而遠離了桃文的眞正意境。殊不知這句話正同「屋舍儼然」、「良田、美池、桑、竹之屬」、「設酒、殺鷄、作食」等一樣，是陶淵明有意用來比較桃花源與外面世界並無差異，而強調其精神生活的價值，暗示那種人間天堂的可行性而已。

要瞭解一個思想，必先認清它的時代背景，要體會〈桃花源記〉的思想境界也不例外。我們翻開歷史，魏、晉、南、北朝是中國歷史上最混亂的時代，前後四百零九年，就有四十七位君主。只要看其間朝代的更替，帝王在位的短暫，便不難想像那時政局的混亂程度。在那種黨派對立，篡奪頻起的政治下，文人動輒得咎，命如鷄犬，像丁儀、何晏、嵇康、張華、陸機、陸雲、潘岳、劉琨、郭璞等人的慘死，已夠使當代的讀書人心寒、心碎。那時人們對傳統儒家早已失去信仰，老莊思想正可塡補人們心靈的空虛和無望。老莊哲學原是一種亂世的產物，一種對政治壓迫，人性摧殘，道德束縛過甚的反動。因此，老莊哲學成爲魏、晉思想的主流是很自然的趨勢。他們要求淸靜與無爲，逍遙與和平。他們厭惡一切人爲的法度與物質文明。他們夢想着回到原始無爭無慾的自然世界，去追求眞實自由的生活，這便是魏、晉時代人性的覺醒。可以說整個魏、晉、南、北朝是，政治混亂，文人生命不保，儒學衰落，老莊思想鼎盛的時代。而陶淵明正生長在這種時代的氣氛中。我們先認識這點，便不難聞到「桃花源」的眞消息了。

陶淵明是東晉末年的人，東晉的政治本來混亂，到了他的時代更是黑暗。他本想有番作爲，但面對着混濁的朝政，以及一羣朋比苟營，招權納賄，卑劣無恥的士大夫，使他痛心疾首，他既然無力挽回狂瀾，又不肯同流合汚，只好唱出「歸去來兮」而「歸田園居」了。但他的內心熱切的嚮往着一個高遠的理想，那就是〈桃花源記〉所表現的寧靜和諧，逍遙自適的人間天堂。

〈桃花源記〉描繪的世界究竟怎樣呢？桃花源中是否遍地黃金？吃的是否山珍海味？穿的是

否錦繡金銀？住的是否巍峨宮殿？顯然的，答案全都不是。桃花源的自然環境只是「土地平曠」，「有良田、美池、桑竹之屬」；吃的也不過飯、酒和鷄肉；穿的是「男女衣著悉如外人」；住的是「屋舍儼然」也不過整齊罷了；還有他們的男女也和外面世界一樣的要「種作」。可知這個人間天堂的物質生活，和外面世界並無太大的差異，所不同的只是桃花源中那種特有的宜人氣息，和它的精神境界。「阡陌交通，鷄犬相聞」，這是寧靜而和平的象徵。「見漁人，乃大驚，問所從來」「村中聞此人，咸來問訊」，這表示桃花源是一個人際關係和諧，沒有陌生人的社會，一個外人出現，馬上就被發覺，而且大家都來關心他。「村中人便要還家，設酒、殺鷄、作食。」這表明桃花源中人的好客，不但一人好客，而且「餘人各復延至其家，皆出酒食。」這種富有人情味，充滿人類愛的風俗，顯示整個社會是和平、安定而富足。更可貴的是男女各有工作外，老年人、小孩子皆各得其所，各適其樂。所謂「黃髮、垂髫，並怡然自樂」，這不正是〈禮運大同章〉的理想景象嗎？總括來說桃花源是一個和平、安詳、寧靜、和諧、逍遙自適而充滿愛的世界。陶淵明藉言避秦（實託秦罵晉），巧妙的把這樣一個美好的社會，呈現在人們的眼前。

桃花源中的生活環境和生活物質，諸如田地、池塘、動物、植物、房屋、衣着以及食物都與外面世界一模一樣。在這裏陶淵明已清楚的爲人們指出一件事：那就是桃花源的理想社會並非如何的奇特而高不可及；相反的，那個理想社會裏的一切是如此的平常，如此的簡易可行，只要人們把觀念扭轉一下就行了。但人間畢竟是充滿着矛盾和弔詭，儘管寧靜無爲，自由和諧的桃花源，是如此的美好，又如此的平易可行；然而，這種樸實無華的境界，豈是魏、晉時代那些熱心於爭逐名利的俗輩所能瞭解的。除非我們認識陶淵明這種心境，否則便無法明白爲什麼漁人要離開桃花源時，村中人特別叮嚀他：「不足（通値）爲外人道也」了。這裏還有一個玄妙的問題存在，那就是：爲何漁人走出桃花源以後再不能進去？我們知道，傳統中國文人眼中的漁人、樵夫是隔絕仕途，與世無爭，淸高脫俗的一種人，所以中國山水畫中，往往拿他們來點綴，象徵寧靜超俗的境界。這就是漁人能進入樸質無華的桃花源的原因。但當漁人拜見太守，報告所見所聞，率領大批人馬前來，他的作法與熱中名利的俗輩已無分別（其心境已遠離桃花源）；因此，儘管他依照先前做的記號前進，仍然迷路找不到桃花源。經過這一番解析，我們就不得不歎服陶淵明爲了暗諷當道、俗人，如何高明的應用了他的寫作技巧。

既然，桃花源純是陶淵明個人心中的夢想和幻境，固無其事，亦無其地，但文末竟然提出一位眞實的南陽劉子驥這個人來，這又是爲了什麼呢？這難道是陶淵明假借眞有其人，來證明桃花源的確有其事嗎？假使作如是觀，那你又掉進文字表面故設錯覺的陷阱中。其實這才是作者的神來之筆，一語雙關的喻人喻己，暗指混濁齷齪的時代裏，畢竟仍有唯我獨淸、獨醒的有志之士。他們有着高超的理想，也有滿腔的救世熱情，只可惜他們不在位，不然便缺乏實際的權勢，不能施展抱負，最後落個齎志以終。這實是作者對當時的社會委婉的道出他那失望的歎音。

〈桃花源記〉總共三百二十個字。陶淵明在這短短的篇章中，淸楚的繪出人間天堂的藍圖。

應用他那高度的文學技巧，爲人們揭出一個卓絕的哲學思想（儒道思想的精華）。如此巧妙的嘲諷當道。最後委婉的道出他對時代的慨歎。我們怎麼不對他欽服讚歎！他實在不愧爲中國文學史上第一流的大作家。

一九七三年七月十五日《中國時報》人間版

文心雕龍知音篇探究

「知音」的本義，就是曉解音律。正如《禮記．樂記》上說：「審聲以知音，審音以知樂，……不知音者，不可與言樂。」後來知音一詞引申作「知己」講。《列子．湯問》有一段記載：「伯牙鼓琴，志在高山，鍾子期曰：『峨峨兮若泰山。』志在流水，子期曰：『洋洋乎如江河。』伯牙所念，子期必能得之。子期死，伯牙絕弦，以無知音者。」知音難遇，自古已然。所以古人有「不惜歌者苦，但傷知音稀」的歎息了。

《文心雕龍．知音篇》正是解說知音難逢的原因，以及提示尋覓知音有效途徑的一篇佳構。從歷代文壇的史實眞象尋求難逢的原因；從作品的鑑賞角度出發，逆溯的去把抓作者的心聲，這是劉彥和的「知音論」，也是他的文學批評論的主要思想。

一、知音難遇的原因

彥和從兩方面來觀察知音難遇的原因，他說：「知音其難哉！音實難知，知實難逢。」「音實難知」是就作品說的；「知實難逢」是就讀者說的。他認爲作品和讀者本身，都蘊有知音難逢的因素存在。

讀者方面，舍人提出三個問題：㈠基本心態。㈡個性氣質。㈢學力知識。

㈠基本心態　他認爲歷來文人在基本心態上，普遍犯有兩種偏差，那就是：「貴古賤今」與「崇己抑人」。這兩種毛病確是文壇上的事實。然而，「貴古」「崇己」的心態，何以會成爲尋覓知音的障礙？因爲「崇己抑人」是只知自己，不知別人，這是自我封閉的心靈，是好勝心的奴役。有這種心態的人，總覺得自己比別人強，比別人高，他總認爲「自己的文章比別人好」，這種人如何能客觀的去欣賞，衡鑑別人的作品？這種人只能敝帚自珍，那能去尋得知音。「貴古賤今」這個現象，可謂其來遠矣，這是中國傳統文化的特性，尤其是儒家文化。儒家哲學，建立於孔子，孔子的「古帝思想」本是有所爲而發的，但到孟子只想奠定道統的系絡，便無心去分析孔子時代的背景，以及「古帝思想」的用意❶，到了漢武帝獨尊儒術以後，這種思想更爲定型，就

❶「古帝思想」是儒家道統的來源。參看五十八年五月臺北《水牛雜誌》第四期韋政通〈孟子〉一文。

一直成爲中國文化的傳統。這個傳統正是韋政通先生說的「退化的歷史觀」❷，這樣的歷史觀，很容易把人的視線引向後面，而忽視眼前和未來的成就。所謂「貴古賤今」的心態，就這樣巧妙的深印人們的腦中，支配着文化的各個層面，歷代政治上的托古改制，文學上的復古運動，都是這種思想的具體表現。在「貴古賤今」的心態下，一切今不如古，古人總是賢聖的，古制、古物總是好的，二十世紀七十年代的中國大學生，仍有人認爲古代的「禪讓政治」，比今日的民主憲政好，你說「貴古賤今」觀念的影響力多麼可怕❸。「貴古賤今」好比有色眼鏡，帶上有色眼鏡的人，你還能要求他正確的辨認東西的本色嗎？彥和首先提出「貴古賤今」、「崇己抑人」是難逢知音的心態，可說一刀切中問題的核心。

㈡個性氣質　人類個性氣質之不同，有如其面，雖然教育可以變化氣質，但效果畢竟有限，俗語說：「江山易改，本性難移。」卻很合經驗事實。個性氣質有別，則其喜好也各有差異，這是很難勉強。正如舍人說的：「慷慨者逆聲而擊節，醖藉者見密而高蹈，浮慧者觀綺而躍心，愛奇者聞詭而驚聽。」這種偏好的情形，也許易於找到自己所好，卻不能公正的品鑑文學作品，因爲他們很可能犯「會己則嗟諷，異我則沮棄」的偏私。

㈢學力淺薄　學力淺的人，知識一定貧乏，知識貧乏的人，就無法分辨眞僞，無法品鑑高

❷「退化的歷史觀」是韋政通首先提出的。看自由太平洋圖書公司版《傳統的透視》。

❸師大國文系的一位女學生堅持這種看法。

下。所以舍人說：「學不逮文，而信僞迷眞。」這種人往往以醜爲美，以賤爲貴。諺語說得好：「不怕貨比貨，只怕不識貨。」眞是至理名言。如果學力淺薄再加上個性偏好，那更容易以偏蓋全。他們是「各執一隅之解，欲擬萬端之變，所謂東向而望，不見西牆也。」

在作品本身，劉彥和認爲有兩個因素，造成鑑賞的困難：㈠是文非形器。㈡是篇章雜沓，質文交加。

器物有具體的形象，容易辨認，但居然有人把麒麟看作麇鹿，把山鷄比作鳳凰，把寶玉當作怪石，把礫砂看成寶珠；何況文學所表現的，是無形的、抽象的情思，摸不着，抓不到，更難加以分清，所以〈知音篇〉說：「形器易徵，謬乃若是；文情難覽，誰曰易分！」再者，作品的種類繁多，有韻文，有散文，有小說，有詩詞，有戲劇。或樸質，或華麗，紛然雜陳，要在其中作一正確而客觀的鑑賞，實非易事。這兩點是作品本身難逢知音的所在。

二、肯定鑑賞的可能

雖然讀者和作品本身，都存有難逢知音的因素，通往作者靈魂的橋樑似乎被截斷了，事實上並非如此，相反的，劉舍人認爲如果方法正確，走對了路津，正可以入情見心，喜逢知音哩。他說：

> 夫綴文者情動而辭發，觀文者披文以入情，沿波討源，雖幽必顯。世遠莫見其面，覘文

輒見其心，豈成篇之足深，患識照之自淺耳。夫志在山水，琴表其情，況形之筆端，理將焉匿？故心之照理，譬目之照形，目瞭則形無不分，心敏則理無不達。

從這段話看來，他是完全肯定文學鑑賞是可能的。

三、品鑑的途徑

舍人認清了知音難逢的原因，於是便肯定的提出品鑑文學的途徑。

首先，他認爲一個批評者，必須具備豐富的知識和經驗。有了豐富的知識、經驗，才能從各種不同的角度，去欣賞、鑑衡文學作品的價值。人性的大海深不可測，人生的遭遇禍福難定，情感的變化起伏無端，生活的內容千頭萬緒，社會的現象紛然雜沓，思想的引發雲譎波詭，還有許多數不盡的事物，都是文學取材的對象。如果缺乏豐富的體驗和知識，如何去一一肯定價值，品鑑高下？就以思想派別來說，古今有別，中外互異。如果對存在主義一無所知，又怎能看懂《卡夫卡》、《異鄉人》一類的作品？因此，唯有閱歷萬般的人，才能洞明世事，練達人情，才能鑑定各種各類的作品。〈知音篇〉說：「凡操千曲而後曉聲，觀千劍而後識器，故圓照之象，務先博觀。」唯有博觀才能具備豐富的知識、經驗，這是文學批評者的基本修養。

其次，就是公正客觀的心態。有了公正的心態，就不會犯「貴古賤今」、「崇己抑人」的偏失；有了客觀的態度，就不會囿於個性氣質的偏好，就能在喜好「大團圓」的情節之餘，猶能欣賞「悲苦結局」的境界。公正、客觀的心態，就是要使批評者做到「凱撒的歸還給凱撒，上帝的歸還給上帝」的良方。

具備以上的修養和心態，便可着手批評。於是舍人接着提出品鑑文學的標尺，那就是「六觀」。

將閱文情，先標六觀：一觀位體，二觀置辭，三觀通變，四觀奇正，五觀事義，六觀宮商。斯術既形，則優劣見矣。

觀位體，是看情志的安排，有否與文字的風格氣勢相應。〈定勢篇〉說：「情致異區，文變殊術。莫不因情立體，卽體成勢也。」觀置辭，就是看遣辭造句的妍醜，〈麗辭篇〉有專章討論。觀通變，在看作品是否模擬抄襲，或變古翻新，獨出心裁，〈通變篇〉有很好的見解。觀奇正，是說作品應有新奇的特性與雅正的姿態，如流於遊戲猥褻便不足觀了。觀事義，便是看文學的內容，舍人在〈附會篇〉把事義比作文學的骨髓。觀宮商，那便是文學的音樂美，〈聲律篇〉便發明這個理論。有此六個標尺，品鑑文學就比較能客觀的定出優劣來。傳統中國人的思考方式，一向重直觀，輕分析，多比喻，少推論，所以中國古籍很少有方法和條理的，尤其在文學史上，能像劉彥和提出客觀標準作評論根據的，還算破天荒第一人。

除了提示客觀的品鑑標尺外，他還指示我們一條通往作者心靈的捷徑。他說：「夫綴文者情動而辭發，觀文者披文以入情，沿波討源，雖幽必顯。世遠莫見其面，覘文輒見其心。」讀者想

「披文入情，覘文見心」只有一條路，那就是舍人說的「沿波討源」。換成現代語說，「沿波討源」就是要穿透文字背後，去把抓作者的心聲。因爲言辭只是符號，只是表達人類情思的工具，但言辭本身並無意義，言辭的意義是存在人們的腦裏。因此要瞭解作者的情思，有而且只有穿透文字的表面，從言辭背後去觀照作者靈魂。一千五百多年前，劉彥和「沿波討源」的見解，正合乎今天語意學（semantics）❹的原理，我們就不能不佩服他的先知卓見。

在欣賞方面，舍人又爲我們提供一個秘訣，那便是：「深識與鑒繹」。古語說：「書讀百遍，其義自見。」這全靠一個「熟」的功夫。朱熹曾說：「讀書者當涵詠自得。」曾文正公也說：「非密詠恬吟，不能探其深遠之趣。」這些話都是深識鑒繹的注腳。因爲要窺宮庭之美，不能只在牆外望望然而去；要欣賞優美的偉大的作品，不能淺嚐則止。惟有深識熟玩，才能與作者心靈相共鳴，才能體味、分享作者的生命的旋律，終於到達陶然忘機的意境。《論語》說：「知之者，不如好之者，好之者，不如樂之者」，樂之者是靠深識鑒繹才能達到的境界。

四、文學品鑑的重要

文學的鑑賞，眞正的衡量仍存在讀者的方寸間，所謂如人飲水，冷暖自知。有獨立判斷能力

---

❹ 語意學（semantics）是研究言辭與言辭所代表的事物之間是否符應的一門學科。這是最近幾十年新興的科學。這門科學很有助於澄清思想，使人看清問題，使人成爲「不受人惑的人」。

的人，並不感謝任何權威的批評，他寧願通過自己的體味，去聆聽作者的心聲，而不願接受別人先入爲主的主觀感受的左右。無論賞或鑑，實際上並不增損原作的價値；可是文學批評之所以需要，就在於普遍提高欣賞水準，在於汰去贋品和劣貨，亦所以鞭策創作的進步。有伯樂，才能使千里馬免於垂耳服車的委屈；文學上的「伯樂」，往往可使淹埋多時的偉大的心靈復活。如無清儒鄧顯鶴、曾文正的刊行，又有誰曉得王船山是澈底擺脫釋道的羈絆，恢復先秦陽剛精神的大哲人，寒山詩之見重於今世，亦是一例。〈知音篇〉贊語：「良書盈篋，妙鑒迺訂。」這是劉勰肯定文學品鑑的重要意義。

批　評

《文心雕龍．知音篇》經過我以上的解析，便可比較清楚的看出它的理論系統。劉彥和從解釋知音難逢的原因，到承認文學鑑賞的可能，並提出品鑑的途徑，終於肯定文學品鑑的重要，成爲一完整的體系。我們可以說〈知音篇〉是中國最早有規模而具客觀標準的文學批評論。但無可否認的，這個理論仍有不少的缺陷：

1.混淆了欣賞與衡鑑的層次。欣賞與衡鑑是文學批評的兩種態度，前者基於仰慕的心理，敍述個人對一種偉大創造的領悟及感受，啓廸導引，使別人可以循跡攀窺，獲得類似的體悟之趣；後者則以客觀的心態，燭照剖析，衡鈞論斗，揚長抉短，褒其所當褒，貶其所當貶，而後給予總的評價。二者之間容有相通點，但畢竟有所分別。〈知音篇〉卻混淆不清。

2.忽視作者的因素。文學創造，先有作者再產生作品；文學鑑賞，則由讀者通過作品，逆溯的尋找，捕找作者的靈魂。作品只是中間的橋樑，沒有橋樑固然通不到彼岸，但缺乏對作者的瞭解，則往往不能眞正領會作品的內容。但作者是人，人是不容易瞭解的。首先我們要知道，人是生來便「自我涵閉的」(self-enclosed)，各有各的「主感性」(subjectivity)，人與人之間的主感性不能彼此穿越，因此每個人的經驗都是「獨一無二的」(unique)，而且是無法出讓的，也不能由他人來代替，這是獨立自主體的意義和價值。人際的交通，只有賴「提示」(suggestion)、「推測」(inference)和人自己所發明的一切「符號」(symbols)來了解，這是知音難逢的生理極限❺。其次便是作者的生活遭遇及作品的關係，屈原放逐，蔡琰被虜，曹植憂鬱，陶潛隱居，都是個人特有的生活環境，這種環境產生的作品，正表明其個性與光輝。如果忽視作者生活背景、經歷，我們又如何去鑑賞像岑參任邊吏前後，產生那樣迥然有別的作品?再者，天才的作者，他的思想往往超越時空，站在時代的先端，而不爲當時代所理喻，這正是很多天才命定要過寂寞、孤獨的生活，鬱鬱以終的原因。

3.文字從來就不能將事物的眞象完全描述出來。這是作品本身阻礙知音的物理缺陷。語意學

❺參看仙人掌文庫二三一《無法出讓的權利》一書，頁一四五。

（semantics）的知識告訴我們，文字的意義只是抽選的過程（The Process of Abstracting）中比較靜止的特徵，放棄許多無法描述的瞬變過程。文字代表的含義從來就非物件的全部特性。如下圖❻：

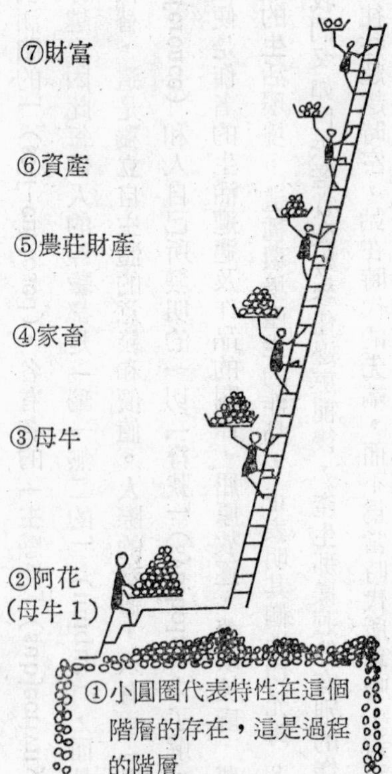

抽象的階梯（Abstraction Ladder）

圖上我們肉眼眞見的「物件」佔了最低的抽象階層，可是仍然是抽象的，並不包括眞的阿花

❻參看臺北文史哲出版社《語言與人生》一書，頁一三〇，這是語意學入門的一本好書。

——變動過程——的特徵。因爲照科學的分析，物件最後包括原子、電子等等，而且是瞬息萬變的。「阿花」（母牛1）這個字是語言最低的層次，它只抽出共同點，把別的特徵（昨天的阿花和今天的不同，今天的阿花和明天的不同）都不管了。「母牛」這個字，只顧到阿花（母牛1），阿黃（母牛2），小花（母牛3）……間的共同特徵，對阿花本身漏掉得更多了。「家畜」這字只抽出阿花和豬、鷄、山羊、狗相同的地方。「農莊財產」這個詞，只顧到阿花和倉庫、籬笆、家畜、傢具等相同點。「資產」這個字對阿花的特性，又略去好多。「財富」這字處在最高的抽象階層，阿花的特性，差不多完全不提了。由此可知，抽象層次愈高的字，它所放棄的特徵愈多，也就是說，愈抽象的文字距離事實愈遠，它所代表的意義愈難把握。而文學作品所用的語彙，大多抽象高的字，這便是文學作品給人的感受，人人不同的重要因素。也是作品阻礙知音的先天極限了。生長在齊梁時代的劉舍人就不能明瞭這個道理。

以上是我隨意舉出的幾點，確是〈知音篇〉的不足。但我們並不能以廿世紀的標準來衡量，我們應站在文學發展史的角度看。如此，在齊梁時代，劉彥和就能提出具規模而有系統的理論，我們便可確定他在文學批評史上的地位和價值。

一九七一年刊於《中華文化復興月刊》四卷十二期

爲什麼「中國女孩子缺少羅曼蒂克的氣氛」

一年前，我在臺大《大學新聞》上看到這樣一篇文章：＜中國女孩子缺少羅曼蒂克的氣氛＞。該作者從外表行爲的各方面，說明大多數中國女孩子是如何的馬虎不講究；如何的粗俗草率；和如何的不雅。進而慨嘆她們缺乏優美的氣氛和情調。可惜那只是一篇散文性的文章，沒能作更深入的分析和了解。一年來，也沒有看到這類討論文字。我以爲，如果這僅僅限於個人感受的美與不美，那倒不算什麼；問題在這種氣息普遍的影響我們的實際生活。它使大多數的男女交友，在奇奇怪怪，極端彆扭的情形下進行；使情感生活弄得烏烟瘴氣；甚至造成許許多多惡劣的拆離和不必要的悲劇，這一來就值得大家注意了。可是，這方面我們的教育缺乏績效，也很少人下功夫研究此種現象爲何存在，就連心理學家和研究男女問題的專家，都沒能善盡他們的任務。

本文對這個問題的分析和探究，在缺少心理學實測和正確的統計資料下，筆者願意就個人平時的觀察提出一些粗略的看法。

一、傳統禮教下的感情

咱們這個「文明」古國，自從很早很早的老祖宗開始，就有一個道統的社會，在這個社會裏，「聖賢」已經爲我們定下了完密的行爲規範，任何人不能踰越，稍有差錯，非但不見容於宗法，就是不相干的閒人也要來個「羣起而攻之」，攻得你走投無路，直到悔罪爲止。我們先看《禮記．昏義》中怎樣記載：「婚姻將合二姓之好，上以祀宗廟，下以繼後世也。」這是多麼堂皇！婚姻只是爲了「合二姓之好」，爲了「祀宗廟」「繼後世」，就是不爲個人！我們再來看《禮記．內則》：「子甚宜其妻，父母不悅，出。子不宜其妻，父母曰：是善事我，子行夫婦之禮焉，沒身不衰。」好一個「沒身不衰」！只要「父母不悅」，不管你多恩愛，也得把老婆趕出去。只要「善事」公婆的媳婦，就是再壞的，你還得勉強行「夫婦之禮」，壓根兒就不理會你愛情這回子事！不僅此也，我們的傳統裏，還有「七歲不同席」、「男女不雜坐」的紀律；「叔嫂不通問」、「男女授受不親」的教條；更有「女子足不踰閨闈」、「無媒不交，無幣不相見」的風俗。更妙的是，女人自己也迷信「女誡」，年輕寡婦還得「餓死事小，失節事大」。在這一道道戒律下，重重復重重的關卡下，中國女子只能「端莊」只有「嫻靜」的份兒。她們甚至不能哭（經書載寡婦不能夜哭），也不可以笑（褒姒一笑亡國的賬就記在她頭上）。幾千年來，感情早就被冰凍起來了，那裏還會散發出羅曼蒂克的氣氛來！雖然，女權運動自洋槍大砲打垮了天朝大國以來，已搞了幾十年，自由戀愛的風氣也開展了幾十年，可是我們的「弱者」女人，竟有那麼多還停留在傳統道德的陰影下徘徊！

二、經濟上的依賴

其次，經濟生活上的依賴，大大的吹開了羅曼蒂克的空氣。在我們這「嫁狗跟狗跑，嫁鷄隨鷄飛」的傳統下，在「男主外，女主內」的社會裏，結婚的婦女乃是「既嫁從夫」，一切依賴丈夫生存，無論柴、米、油、鹽悉靠男人供應。結婚，感情先擱在一邊，最重要的卽是取得長期飯票。結婚是女人一生最重要的大事。飯票又是維持生活所必需，情況如此，她們那可不愼重？這下子，她們只好勒住感情的野馬，選擇職業重於瀟灑的男友，金錢多於熱情的丈夫。這種情形目前依然存在。《徵信新聞報》曾經發表過一項調查，有百分之九十三的女性是以經濟因素作爲她們婚姻首要考慮的問題，有百分之六十的男子認爲婚姻不一定需要愛情。（參考臺大《大學論壇》十四期頁二九）從這篇報導，更能說明今日女子追求生活保障的急切。現實是那樣的咄咄逼人，結婚又當做一種謀生的手段，愛情畢竟成了奢侈品，誰還能把眞情盡量的流露？今天的女孩子，那個肯爲愛而愛？她們的母親從來就不這樣去指導她們。愛情的本身就這樣托着沉重的生活擔子，環境迫使女孩子一開始就以選丈夫的標準去選擇男朋友，那裏去找賈寶玉所說的「沈緬境界」?!

三、封閉的社會

再次，封閉的社會，正是窒息羅曼蒂克火焰的密室。我們的社會是那麼古怪，表面上儼然二十世紀現代化的進步和繁榮，一般人的思想觀念卻仍停留在十七世紀裏打滾。忽然看到男女在一塊兒，馬上敏感起來，要不是神秘兮兮的以她母親選女婿的眼光去衡量她的男朋友；不然就像煞有介事地假定那個男孩子就是她未來的配偶。這種習俗，假若那個女孩子多跟幾個男孩子玩，「不正經」、「賤貨」或是「水性楊花」的臭名準會滿天飛。這樣一來，膽小的女孩子不得不忸忸怩怩，躲躲閃閃起來，或者退而走她老祖母的路，找個媒人牽牽線了。更奇怪的是我們允許黑市酒家、咖啡室林立，甚至承認有公開嫖妓的自由，卻禁止青年男女公開戀愛，絕大多數是在偷偷地進行。今天的情侶們依偎得靠近些，仍會有人投以鄙夷或訝異的眼光。在假道學的面孔上，你還可發現厭惡的表情。

開放的心靈有賴於開放的社會的培育，而閉鎖的社會只能使心靈更趨閉鎖。開放社會裏的人，保有更多的人權。男女親愛自由的被尊重，也是衡量一個現代化社會的尺度之一。

四、盲目的「愛情專一」

自由戀愛的意義，是憑每個人的意志去尋求愛人或被愛。在尋求時，也許你幸運一下子碰上滿意的對象，「專一」下去，自然最好。若是中途發覺找到的對象不盡理想，那也應保持坦然的態度，愉快的分開。因爲戀愛既然須要選擇，而在選擇當中，必然免不了嘗試與錯誤的過程。何況像李敖說的：「感情這東西，不是陰丹士林，它是會褪色的。歲月、胃口、心情與外界的影響隨時會侵蝕一個人的海誓山盟。很多人不肯承認這事實，不願這種後果發生，於是他們拼命鼓吹『泛道德主義』，他們歌頌感情不變的情人，非議變了心的女人，憎恨水性楊花的卡門，同時用禮教、金錢、法律、證書、兒女、藥水和刀子來防止感情的變。」

「愛情專一論」是由「貞操觀念」演化來的。大家把「貞操觀念」的意象擴大，從夫妻的身上一直移植到情人的身上，碰上那個就拉住那個，抓得緊緊的，死也不放。

在這種「貞操觀念」之下，一旦發現愛人變了心，便「刀子與毒液齊飛；血肉共淚水一色！」他們寧願以強暴殘忍的手段表現嫉妒和無理性，就從來不會欣賞西方人在感情上流露的 Romantic Love。他們老是譏諷西方人的愛情太「兒戲」，太「不正經」、「不成體統」了。可是，人家再「不正經」，也不像咱們「文明」古國的「道學」家，一面高呼「愛情專一」，一面要娶姨太太。人家再「不成體統」，也不會打老婆或跑到新北投花錢買「初夜權」。這是多麼不像樣的對比。

的確，在這方面，我們的年輕朋友有向洋鬼子學習的必要，學習他們的坦率和俐落，開朗與盡情。大家敞開封閉的心靈，勇敢的去愛人，也大膽的去接受愛。如果必須分手，不妨學學洋人詩中所說的：

既然沒有辦法，
讓我們接吻來分離！

五、唯靈論與「貞操觀念」

再說，唯靈論的「神聖愛情」和「貞操觀念」，也是吹散羅曼蒂克氣氛的一陣怪風。在唯靈論觀念支配下，靈是神聖的、高尚的；肉是不純潔的、卑下的。如果男人在戀愛的過程中，稍微「侵犯」到她們的身體，一些女孩子就會嚴詞相拒，甚至責備你「下流」，弄得你尷尬而難堪。這種錯誤的想法，我們從歷史上去了解，便可明白「肉下靈上」的思想是中古時代所遺留。中古時期的基督教相信克制肉慾便可導致人類靈魂的得救，教徒們迷信於心靈昇華的重要，所以那些教棍子們慢慢將靈魂提昇，提昇到不近人情的程度。其實，愛情之所以神聖，是兩個生命的高度而和諧的溶合，生命本身包括了肉和靈，兩者佔着同樣的地位，無法分出那個重要。十九世紀，英國有位大詩人勃郎寧，他對靈和肉提供了最明確的概念，他在美麗的詩中這樣寫着：「……靈對肉的援助並不比肉對靈來得多。」戀愛的本質原來包括有性的吸引，感情和愛慾是分不開的。離開了肉，那有靈？沒有了慾，還有什麼情？放棄肉慾單單追求心靈上的愛情，在同性戀間尙不易談到「純潔」，何況在異性相吸的自然律左右之下的男女呢？

「貞操觀念」也是中國女孩子「以禮自防」的主要原因之一。「貞操觀念」本是男人爲女人設下的圈套；也是買賣婚姻制度下的產品。直到今天還有大多數的女孩子，自動的將這個圈子朝自己頭上套。因爲，我們這個社會裏，畢竟還有那麼多的男人重視女子初夜的貞操，雖然他們本身並不一定保持着童貞。

如果「貞操觀念」和「唯靈論」的思想，不從我們男女的腦袋裏澈底的淸除出去，女孩子只有「正經」，只有「規矩」，甭想有什麼羅曼蒂克氣氛會被散發出來。

六、「婦女至上」的怪調

「婦女至上」的想法是另一個掃走羅曼蒂克氣氛的原因。一些中國人從電影上學來一點西洋的禮俗，大家就「東施效顰」起來了。女孩子最是敏感的動物，她們馬上感覺到氣候在改變了，這下子可眞是大好機會，幾千年男性中心的社會，來個大翻轉，從「男上女下」躍進爲「女上男下」了，有些女孩子開始呼出「女男平等」，於是她們驕傲起來，架子也大了，她們不要遵守約會的時間，要用百般的折磨來考量男朋友的耐心和誠意。但是，她們就不知道，所謂「婦女至上」的觀念，是西方中古時代騎士制度下的遺產，是當時武士對弱者女人施捨的「憐憫的慈悲」，而絕不是什麼「至上」的尊敬。因爲那時保護婦女是武士的任務之一，他們以表演「英雄救美」顯示他們的氣概，以殷勤有禮的方式對自己妻子以外的女人，表現奉獻和服務，這就是後來發展成爲西方「婦女至上」(Lady first) 觀念的根源。因此，這種基於憐憫的施捨，實在有背於男女平等的眞義；是對女子獨立人格的一種諷刺；也是男人對女人一種高明技巧的侮辱。這種有損於女子獨立人格的施捨，應該爲現代開明的婦女所拒絕。可是，我們這個社會裏就有那麼多無聊的男人，嘴裏離不開「婦女至上」，而一些無知的中國女孩子也樂得醉迷迷的。這是多麼可笑而又可恥的事！她們早該知道，今日美國的娃娃們已不願意男孩子讓座給她們了。

結語

我以上這個簡單的剖析，可以讓大家瞭解，爲何中國女孩子缺少羅曼蒂克的氣氛，原因是很複雜錯綜的。其中有因傳統禮教的約束，有經濟的依賴，有社會的習俗，以及各種錯誤的思想在作祟。這些因素都急須改善和糾正。經濟上的依賴已因工業化的社會形態，逐漸在改變了，其他傳統、社會的因素和各種錯誤的想法，就須賴教育的啓廸。教育對生活應善盡其功能，再不可以教育歸教育，生活歸生活了。如何指導靑年去過正常合理的情感生活，應是今日教育急須檢討改進的重要問題之一。有了正確的觀念和合理的環境，我們的情感生活才能放出優美的氣氛和情調。

最後，我還希望中國女孩子，（尤其是受大學教育的女孩子）淸醒過來，自動的甩開禮教的桎梏，拋棄心靈的枷鎖，勇敢的走出來，坦率的去愛人，也大膽的去接受愛。不要畏縮，也不必忸怩，因爲，既然你是人，你就可努力去享受你做人的權利。生活不是爲傳統，也不是爲上一代的，而是爲自己。

一九六六年五月二日刊《時與潮》二一二期

中華文化復興的正確途徑

自從去冬總統高呼復興中華文化以來，這深具歷史意義的大運動，不久便滙成一股汹湧澎湃的潮流，向前推進。這誠然是可喜的現象，但如何把這一運動帶上正軌，帶進前景可望的康莊大道，確是此一運動成功與否的最大關鍵。行千里者始於足下。起步不能有錯，起步一錯，中途想扭轉方向，那就很難，不但花費氣力，浪費時間，甚至往往勞無所獲。近百年來的中國歷史，對我們應該有所啓示。因此，在運動的開始，一個時代的知識份子應該來作一番周密的思考和理智的認識，這是基本的要圖。

首先，我們借人類學的觀點來了解這一運動的本質。現在人類學者對文化的動理現象提出一個觀念來加以解釋，那就是本土運動 (nativistic movement)。這一觀念被林頓 (R. Linton) 首先提出，至今已爲人類學者及文化人類學者普遍的接受。所謂本土運動是指兩個文化接觸時，某一文化的部份成員（因感於外來文化的壓力）企圖保存或恢復其傳統文化的若干形相之有意的及有組織的行動。換句話說，本土運動即是一個主位文化因客位文化的衝擊之下而引起對主位文化的重整反應。重整反應的本土運動，依其性質觀察，可分爲兩種：

一種本土運動是存續式的本土運動（perpetuative nativistic movement）。存續式的本土運動包括類似宗教崇拜儀式和行爲。這種運動一方面爲了保存傳統符號、制度和生活方式；在另一方面是爲了反濡化（acculturation）。當傳統文化受到外來文化的衝擊而發生保存傳統符號、制度和生活方式的機制作用時，便會表現出心理學上所說的回反適應（reactive adaptation）。在回反適應中一個主要的現象是返退現象（regression）。這種現象表現着對舊有文化強烈情緒的頌讚和羡慕；對外來或新的文化採取排斥和抵拒的行動。如果原有文化受外來文化危及其核心價值時，最易與恐外症（xenophobia）合流。這種時際，很可能出現意志剛強的領導人物、民族救星、奇理斯瑪（charisma），和類似宗教並夾雜魔術的羣衆運動。美國印第安人的羣輪跳鬼舞就是一個例子。淸末義和團也屬這種本土運動。

另一種本土運動是同化式的本土運動（assimilative nativistic movement）。這種本土運動主張吸收外來文化，主張把原有文化中有價値的要素與所需新的要素合併起來，再創一新的文化整合。這種文化整合必經汰粕存精的濡化過程。這種本土運動是開創的。它涉及的級距很廣：從文化的基本前題到政治制度，從政治制度到經濟生活，無不在想要更新之列。而更新的程序往往是：從極不切實際的或不可能實現的烏托邦到政治性的民族主義，從政治性的民族主義到文藝復興；這些都會在「文化革新」者腦海中起伏盪漾。二次戰後的日本復興是一個例子。中國的五四運動也屬於這種本土運動。

第二種形式的本土運動是走上文化重建的康莊大道。

很顯然的，今天中華文化復興運動所走的路向，所要採取的應該是屬於第二種形式。第二種形式的運動才是覺醒的，理智的，也唯有採這種路向才能把古老的中國帶進現代化的正道來。

現階段的文化復興運動，它的意義，頗像歐洲的文藝復興。文藝復興的原文 Renaissance 本來就含有「再生」(rebirth) 和「新生」(new-birth) 二義。我們知道，歐洲文藝復興運動就朝着這個方針邁進，他們努力從中古僧侶階級統治，及煩瑣的經院哲學桎梏中解放出來。雖然，他們曾熱烈地向希臘、羅馬的古典文明「回慕」和禮讚，但是他們的「回慕」和禮讚只是一種手段，他們主要的目的還在「開來」。他們所回慕的是古文明的理性光輝和開創精神。也就是以「人」爲本位的人文主義。他們勇氣十足的穿過神學、宗教以「神」爲本位的迷宮，而回歸到人文主義理性的大道。在這一點上，五四新文化運動的精神，便是如此。五四領導人的心中都有這個願望，那就等待着中國能產生一個文藝復興。五四主要領導人胡適在他二十二年發表的「中國的文藝復興」就說：「緩慢的、平靜的、但卻無可疑地，中國文藝復興將成爲一件事實，再生後的產物，看起來使人懷疑是西方的東西，但是剖掉它的表皮以後，你將發現構成該事物的素材，主要乃是中國的根底。」原始五四的精神，是循理性的批判去重估傳統文化的價值，並恢復中華優良文化的創造智慧。他明確的指出「德先生」和「賽先生」兩大目標。這兩大目標正合乎時代的潮流，也緊緊扣住了中山先生締造現代中國的偉大理念。

按理論上說，五四新文化運動如能朝着原有理性的精神，向前推進，中華古典文化實有再生和新生走向現代的可能。只可惜的是，五四的路向中途迷失了，理性的精神逐漸被一股虛無主義的勢力所扭曲。原始的批判精神爲否定的意識所取代，重估的精神被打倒的意識所驅逐，整個古典文化被全面的曲解，甚至遭到空前的毀棄。凡是舊的，傳統的都在打倒之列，所有的線裝書都遭丟進茅厠三十年的命運，以致全盤西化的叫聲，響澈天霄，最後造成思想的眞空，而爲馬列思想乘虛進佔中國思想的正位。這一歷史的演變，對中國現代化的過程是一太大的不幸！

今天，我們從事中華文化復興運動，本質上是同化式的本土運動，是承繼五四原始精神的再啓蒙。它的意義乃是促使中華古典文化的新生與再生。它的目的，簡單的說，可分爲二：一是使中國能走上現代世界的境域；二是使中華古典文化澈底的創新，使中華古典文化能在未來的世界文化中扮演一重要的角色。

現代是世界的潮流，中國無法違逆這個潮流，而一廂情願地回歸到「傳統的孤立」中去。從這一點上，中華文化復興運動的出路，有而且只有一條可走，那就是文化復興運動要朝中國的現代化邁進。

釐清了文化復興運動的本質、意義、目的和方向以後，我們便可從認知的角度，對這次文化復興運動提出幾點應有的認識。

第一、復興不是復古。復興的意義是再生與（或）新生；復古只是返古與懷古的結合。復興是往前走的；復古則是向後倒退的。復興是出自理智的；而復古則是訴諸情緒的。復興是一種新陳代謝和推陳出新，含有創造的意義；復古則食古不化執着與拘泥，只是保守和頑固。許多人不自覺的把復興看成復古，這是沒有「變」的認識和勇氣，更糟糕的是缺乏時代的精神。我們說，幾千年前那麼多的老東西，誠然有不少優良有價值的貨色，但無可否認的，也有很多是不適用於今天的工業化社會。我們所要復興的是，有價值的，合乎現代用的，凡是不合乎現代用的，沒有價值的，我們都應公開的丟棄。一般復古主義者總認爲中國的文化優於西方文化，中國的文化又以秦漢以前的古文化最正統、最好。這種中國優於西方的心理是「我族中心文化主義」的意結。這種崇古迷古的心理，是農業性文化民族的特徵，也是缺少「歷史進化觀」的現象。這種維古是尙的精神最愚蠢。不過我們能說今天的憲法政府會比古代的堯舜禪讓差嗎？我們能說臺灣的三七五減租會比井田制度不如嗎？的的確確，扣緊時代性或現代性是復興運動努力的焦點。我們不問東西新舊，也不管東西來自何方，我們的選取標準只有一個：那就是合用不合用。合用的要發揚光大；反之，我們要將它揚棄拒斥。關於這點，陳大齊也有相同的看法，他說：

由於我國文化歷史悠久，廣大而龐雜，因此以「時代性」的需要，而對其加以抉擇是非常重要的。我們發揚適時的、優良的固有文化，同時我們也應揚棄失去時代意義的歷史殘跡。

又說：

我們一面發揚固有文化，仍應不忘吸收西洋文化的優點，以取其精進者，補我之欠缺處，使固有的文化注意時代的意義，那麼我們復興的固有文化，將更顯得活力、有生氣、具有時代價值。

中華文化復興運動是文化的再造工作，乃是要在新、舊、中、西四個層次之中，抉擇其可能抉擇的文化質素，以創造一文化的現代化。唯有如此才有光明的前景可達。西方現代最偉大的思想家羅素，在他的《中國的問題》一書中就這樣說：

我相信，假如中國人對於西方文明能夠自由的吸取其優點，而揚棄其缺點的話，他們一定能從他們自己的傳統中獲得一生機的生長(organic growth)，一定能產生一種揉合中西文明之長的輝煌之業績。

第三、優良倫理精神的闡揚。中華文化的主流是儒家思想，而傳統的儒家文化的重鎮在倫理。中華文化的特質即在道德主體性的實踐，與人際關係的謀求諧和。這方面是我們文化中的優良素質，我們首要復興的便是它。一九二〇年美國大哲學家杜威(Dewey)在北大演講，即指出：「中國一向多理會人事，西洋一向多理會自然，今後當謀其融合溝通。」人事的極則便是倫理。

未來的世界文化中，輸入中國優良的倫理精神是必要的。這裏所說的倫理精神並不是指傳統的德目。道德這東西是有時代性，有地域性的。同樣一個孝，古今的範疇不同，中外的形式有別。二十四孝的行範，對現代人來說，顯然是太不相宜了。精神不變，形式和做法是可以改變的。要闡揚固有的道德，把握住時代性做一番重整的工作，使更適合人性，更接近普遍的可行性，而不是死守那幾個德目，這樣才是發揚優良倫理的正途。

第三、恢復文化的原創力。一個文化的形成都靠活潑的創造力，缺少或者喪失了創造力，不可能有新文化或好文明的產生。中國古聖先賢在歷史上，曾一度發揮高度的創造力，放射出智慧的光芒。我們今天要復興文化，最主要的便是恢復文化的原創力，恢復推動文化向前的活力；而不是僅僅拿先人的遺產來誇耀，來陶醉，甚至阻礙我們努力的前程。唯有喚醒中國人的原創智慧，才可能發揮我們潛在的能力，繼續不斷的替人類創造新制度，發明新事物，闡明新理想，開拓新境界，這才眞正是中華文化復興的主腦。如何恢復創造力呢？有利於發展創造力的環境是必須的。但有利於發展創造力的環境又須有什麼條件？那就是民主與科學，是五四所高舉的兩面大纛。

第四、民主與科學。民主與科學是人類努力至今的大成果，也是人類理性的大表現。民主使人類從牛馬、奴僕的地位一躍而當起自己的主人。就這樣人類文明向前跨了一大步。民主使人充分的發展理性，提高自己做人的尊嚴，也就是說，使人活得像一個人。發展至今的民主，不僅是一個政治制度，也是一種生活方式。這方面西洋高度民主的國家，是我們模仿的榜樣。談到科學，生活在二十世紀的人印象最深，受惠也最大。科學對近代的世界來一次史無前例的大變動，所有人類文化的各層面，都受其影響，重新調整，重新建構。

民主和科學是人類文化的最高成績；同時它們也是促使文化原創力發展的導因。這一點，臺大歷史系主任許倬雲有極深刻的見解，他說：「民主與科學這四個平凡的字眼，正是有利創造力發揮的條件。民主的定義下，最要緊的是寬容與不執着。有了寬容的條件，與自己所持不同的觀念才不會被過早的揑死。有了不執着的態度，新的想法才可能產生。科學的內延中，包含理性與嘗試。理性可以化解講理之外其他不必要的附着物，嘗試則使一切理念都不致成爲僵固的獨斷。」民主和科學是目前我們很缺乏的，中國不想現代化則已，要想現代化，在這方面我們必得死心塌地的向西洋人學習。這已是一股莫可抵禦的時代潮流。

第五、善用科際整合。現代化運動是「多面向」(multidimensional)的工作，它牽涉到整個社會的內在問題。而今天科學的進展，使知識愈行分殊和精細，一個人所確實掌握的知識僅限於他自己所研究的那個範圍，若要處理龐雜無比的文化問題，顯然不是個人能力所能勝任。「一事不知，儒者之恥」的時代，老早飄過去了！像古時聖人爲萬民立法垂統的方式用來處理文化問題，已經行不通了。傳統文化中那些適合於現代，那些不適合，那些應該改造，那些應該揚棄，這些實質的問題必須動員所有的學科專家通力合作，應用各部門的知識進行科際整合，然後得出一個可行的方案。這種作法才是認知的作法。

中華文化復興運動不僅在發揚固有傳統文化，更要開出中國現代的道路來。我們不只在承繼傳統，還要再造傳統。一個有遠見，有理想的知識份子，不應只把眼光投向中國的過去，而要投向中國的未來，不應只滿足於中國文化的重建，更應以增進世界文化爲最終的目標。因爲這才是今後人類文化的潮流。

最後我們還要強調，中國現代化是我們唯一的出路，也是文化運動唯一的方向。這是整個民族，整個國家的大考驗，是時代的大挑戰。我們無法迴避，我們只有勇敢的接應，因爲這是我們自救的大道。每一個中國人，都必須拿出智慧拿出熱誠來參與這個偉大的工作。

一九六七年九月一日刊於《新天地》六卷七期

地理環境與中國文化

楔子

自鴉片戰敗，中國幾千年來的傳統社會，一下子就被推翻了。整個局勢頓時改觀。一向以「天朝」自居的「上國」一降而爲殖民地，社會開始解體，經濟也崩潰了；甚至連維繫中國人精神生活的儒家思想，也打從根基動搖。這眞如李鴻章所說的：「合地球東西南北九萬里之遙，胥聚於中國，此三千餘年一大變局也。」因此，一百多年來，許多知識份子都來討論中國的問題，他們從經濟、政治、宗教、教育……等各方面着手論析。這些基本的問題，也就是文化問題。然而，任何對於中國文化的討論都難免流於空泛和偏執。空泛，因爲中國具有這樣長的歷史和這樣廣的幅員，一切歸納出來的結論都有例外，都須要加以限度；偏執，因爲當前的中國正作變遷的中程，部分的和片面的觀察都不易得到應有的分寸。多年來的文化論戰都不能跳出這個窄巷子。

因此本文要把範圍縮小，只想從地理環境的影響作基點，來觀察中國文化的一些現象。

一、地理環境影響文化

所謂文化，人言人殊。根據最近的統計，西方學者（包括哲學家、心理學家、人類學家等）對文化所下的定義共有一百六十餘條之多❶，在這樣多的範圍裏討論，眞是衆說紛紜，莫衷一是。我們不想鑽牛角尖，這裏我們所用的「文化」一辭，僅是指一個團體爲了位育處境所制下的一套生活方式。（這裏我們特別用「位育」這個字是因爲它代表儒家的中心思想。潘光旦先生就曾將孔廟大成殿前那個匾辭——「中和位育」中的位育兩個字，釋成英文的 Adaptation，也就是普遍譯成「適應」的意思。它是指人和自然的相互遷就以達到生活的目的。）一個團體的生活方式是這個團體對它處境的位育。位育是手段，生活才是目的，文化就是位育的設備和工具。

人世間的事情，其促成的因素都是多方面的，文化的情形更不能例外。選擇地理環境作觀察文化的基點，並非視它是構成文化的唯一因素，只是因爲它的影響力最大。地理環境誠然是促成人類文化的許多重要因素之一，然而它確是人類最眞實而又最根本的生活背景。人不能離開土地

---

❶ 美國有代表性的人類學家克魯伯（A. L. Kroeber）和克羅孔（Clyde Kluckhohn）藉翁特瑞納（Wayne Untereiner）的協助，合著了一本書 *Culture: A Critical Review of Concepts and Definitions* 在此書中羅列着從一八七一年到一九五一年間關於文化的定義至少有一百六十四種。參見殷海光著《中國文化的展望》頁三〇。

而生存，卽使在工業化的今天仍然沒有兩樣。從自然地理看：地形的高低，山地平原的多寡，河川湖泊的分布，土壤的性質，氣溫的暖寒，雨量的多少，以至於風向、潮流……種種等等方面，都直接間接影響着人類的生活，影響着人類文明的創造。從人文地理看：礦物的儲產量，農作物的種類和產量，森林的面積，漁業的廣狹，以至於工業的盛衰、人口的聚散、海陸交通……等等問題，在在影響着人類的生存，在在關係着人類文化的開展。自然地理是人文地理的天然資據，而人類再同時靠此兩者以生存。人類的種種的社會型態，就植立在這個自然與人文兩種地理環境之上。種種社會所創造出來的不同的文化，也植立在這種不同的環境之上。西半球有西半球的地理背景；東半球有東半球的地理環境。因此東方有東方的生活方式；西方有西方的生活方式。地理環境不同，自然生活方式不同，生活方式不同，因此而產生的文化自然也就有東西的差異。

文化是人類位育（適應）環境而表現出來的生活方式。環境隨時而變遷，人類位育的手段也隨環境的改變而調整。因此，人類的生活方式也就隨時空而有所不同。這也就是說人類的文化是隨時在變動，隨時在消長的。從人類文化史看，許許多多文化寂滅了，另外有些文化在轉形中揚棄着他們的過去階段。巴比倫文化、亞速文化已不見了。美洲的馬耶文化（Maya Culture），印加文化（Inca Culture）都是頗高的，但是今日只有遺跡可尋。埃及文化已經改變得面目全非。近東的古文化已爲石油所淹沒。印度文化正在轉變的過程裏。自從中英戰爭以來，中國文化也一直在困難中變遷。

一個文化壽命之短長，除了生物邏輯（借用文化人類學術語）和自然環境的原因以外，通常是與它對內對外的適應相關的。歷史上的幾支古代文化，如埃及、巴比倫、印度、波斯、希臘等，他們的夭折，或轉易，或失去獨立自主的民族生命，都可從此得到解釋。可是綿衍四千多年的中國文化，除了近一百年來艱難變遷中的文化可用此解釋外，鴉片戰爭之前的中國文化，似乎是以自然環境的影響力為最大。因此，要了解中國文化，首先應從觀察中國的地理環境下手。

二、中國的地理環境

中國位居亞洲的東南端，面積廣大。歷代盛世幅員之廣約爲亞洲的四分之一。在這塊偌大的土地上，西面有帕米爾高原，西南有世界的屋脊青康藏高原，北有大戈壁，東南面海，形成一天然的屏障。在這個屏障之中，藏着各類的寶藏。它有豐富的礦產，有廣大的森林，有太多的漁鹽。在這個屏障之中，有高山、有河川、有湖泊，也有一望無垠的肥沃平原，而且這個天然屏障正位於暖溫帶地區裏。因此，在我們這塊遠東的大陸上，很古很古以前就開始有農業生活了。而農業生活正影響了幾千年來的中國文化型態。

說中國眞可說是一個道地的農業社會。從老古一直到今天仍然是以農爲主。我說中國是道地的農業社會是有根據的。近人費孝通在其《鄉土中國》中就有同樣的見解。他說：「凡是從這個農業老家裏遷移到四周圍邊地上去的子弟，也老是很忠實地守着這直接向土裏討生活的傳統。最近我遇着一位到內蒙旅行回來的美國朋友，他很奇怪的問我：你們中原去的人，到了這最適宜放牧的草原上，依舊鋤地播種，一家家劃着小小的一方地，種植起來；眞像是向土裏鑽，看不到其他利用這片地的方法了。我記得我的老師史錄國先生也告訴過我，遠在西伯利亞，中國人住下了，不管天氣如何，還是要下些種子，試試看能不能種地。——這樣說來，我們的民族確是和泥土分不開的了。」❷從土裏長出過光榮的歷史，自然也會受到土地的束縛，現在碰到西方文化的衝擊，就很有些飛不上天的樣子了。

三、中國文化的幾個特性

由以上對中國地理環境的簡略描述，我們很可以從此找出中國文化的幾個特性來。這裏說「幾個特性」，是暗示着中國文化並非僅具有這些特性，而只是說，這幾點與地理環境特別有關。

第一個特性爲「**悠久性**」——歷史上絕無像中國保留如此長久而有統緒的文化。我們常說中國有五千年歷史，從考古學看，並無誇大，因爲三千多年前殷商文化已相當成熟，如此成熟的文化，必有一段相當長的厚育時期，將來田野工作繼續發掘，中國歷史大概尚可拉長些。問題是；中國文化能流傳如此長遠，原因何在？我想中國的地理環境是最重要的因素。我國西北多高山、

❷ 見費孝通著《鄉土中國》〈鄉土本色〉一文。臺灣綠洲出版社印行。

東南面海，爲一天然屏障。因爲海運發達晚，古代的外患都來自北方，可是他們文化低落，他們僅以武功取勝，文治卻遠遠不如我們。他們騎在馬上是神氣十足，可是一下馬來卻莫奈我何，這和鴉片戰後西方文化的衝擊比較，中國文化實在是在一個世界性的大避風港裏長大。再說直接靠農業謀生的人是黏着在土地上的，他們以世代定居爲常態。這種靜態的生活、容易培養人悠久的意識，這對中國文化之悠久，幫助很大。龍山文化已有定居的農村發現，足可證明。

第二個特性是「統一性」——觀乎中國歷史，總是分久必合。有人提出中國文字的貢獻，及「天無二日，土無二王」的思想提倡作解釋，然其最大的因素，我們認爲是：中國無強大的鄰國。古代中國的鄰邦皆僅有攻擊力，缺乏文治。如漢唐時的胡人，宋時的金人，以至元、淸一至江南，立卽腐化。此爲中國恢復大一統的主因，觀乎近代，海防大開，這種局面已成歷史的陳跡，中國幾以全世界爲強鄰，我們若不自強，將來是否能繼續「分久必合」的先例，實在難說。

第三個特性是「保守性」——中國自古有「道之大原在天，天不變，道亦不變」的思想，加以儒家篤信道統的提倡，自有助於中國文化的保守。然而，農業生活更有助於保守性的根深蒂固。農業社會靠天吃飯，缺乏冒險、創造的精神。農業生活的內容，一切周而復始，極少變化，也沒有變化的需要，因此久而久之，容易養成人們保守的習性。

保守對於中國文化有過很大的影響。「首先，它有助於中國過去的統一——中國歷代末年，天下大亂，羣雄角逐，每每以倡舊口號以及恢復舊觀念受民衆歡迎。第二它能維持社會的穩定

——中國人認為創業是要冒險的，無論垂訓子孫、授業門徒，總以「守成」。由此看來，中國歷代無盡的變亂，所以總能恢復小康，不可不歸功於「保守」的習性。第三中國人向來寓創新於保守——這是中國文化很特別的一點，中國人要創新之前，必先以保守（復古）的姿態出現，以保守為創新的基礎。如漢武帝之「復古化」運動，漢光武之中興漢室，乃至更後之清同治中興皆是。這是保守精神一種很微妙的運用。雖然明知「傳統」眞正發揮的效能有限，但總非先亮出這個大招牌作為保障不可❸。

第四個特性是**「天朝型模的世界觀」**——世界觀（Weltaïschavungen）是吾人對於生命、社會，及其制度的全部展望。世界觀又是一個價值體系。這個價值體系是以全體為對象，或以已知的或可知的東西為對象。世界觀是一個民族或羣體所定的文化公設(Cultural axioms of groups)。因此，世界觀是一個民族或羣體當做現成的東西來接受。它是一種信念，無須證明，也不能證明。它是長時期發展成的，依此出發，一個人或一羣人可以觀察或解釋他或他們所在的世界。「天朝型模的世界觀」只是世界觀中的一例。這個世界觀究竟是什麼？

中國文化發展出一種觀念，就是自視為一個自足的系統（A self-sufficient System）在這個系統裏，不僅一切人理建構（如法律、倫理、社會結構、政治制度等）是優於一切，而實際的物

---

❸ 現代學人韋政通民國五十六年十二月十一日在師大演講辭——「中國文化的十大特徵」。

質生活之所需也無待外求，外人則必需中國的貨物。因此，中國一向擺出「天朝君臨四方」的架子，視其他國家爲蠻夷之邦。在這種心理狀態之中，中國與外國於一八六一年以前根本不曾有過近代意義的外交。也在這種心理下使中國幾乎亡國，這在近代中國史上，眞是一頁血淋淋的記載！

這種世界觀的形成，我們可藉萊特（Arthur F. Wright）在一九六三年，論及中國歷史研究裏的推廣應用時所說的話來了解，他說：「由於中國是在相對的孤立狀態之中，中國在技術、制度、語言、和觀念上都發展出一種高度的自我滿足感。在悠悠的歲月裏，受過教育的中國知識分子之精華，不知世上尚有在何方面足以與他們自己的文明相頡頏的其他文明。試看陸地上東亞草原民族和野蠻民族，或者看海岸彼處較差的海島文化，中國人有理由抱持兩種看法。這兩種看法是中國知識分子的自我影像之基礎。第一種看法是以爲中國在地理上乃文明生活中心。第二種看法是以爲中國文化在一切方面優於別的一切文化……基於後一種看法，中國人以爲他們在東亞負有一種「使人歸向文明的使命」。這種看法形之於殖民政策和對外政策，就是把中國的一切鄰國看作臣服的附庸。第一種看法則結晶爲「中國」這個最常使用的名詞。第二種看法反映爲另一種常用的名詞「中華」。（位於正中的文化之華）……」❹從這段話可看出地理環境有多大的影響力。

---

❹ Arthur F. Wright, On the uses of Generalization in the study of Chinese History, in the Writing of History edited by Lowis Gottschalk, 1963. 本譯文引自殷海光《中國文化的展望》頁九。

第五個特性是「**家族本位**」的文化——前面講過，傳統的中國是道地的農業社會。農業生活又以家族爲單位，今日的黃家村或陳厝莊仍然是古時家族的遺留。馮芝生氏有幾句話說：「在現代工業社會，家庭只是社會許多制度之一。但在傳統的中國，家庭制度就是社會系統。家庭是社會的基石，所謂國家，我們無妨稱之爲聯合家庭（United families）的制度」❺在古典中國，家庭實是社會的、經濟的、及政治的單元。盧作孚也有極深切的說法：「家庭生活是中國人第一重底社會生活；親戚鄰里朋友等關係是中國人第二重底社會生活。這兩重社會生活，集中了中國人的要求，範圍了中國人的活動，規定了其社會的道德條件和政治上的法律制度。……人每責備中國人只有家庭，不知有社會；實則中國人除了家庭，沒有社會。就農業言，一個農業經營只一個家庭。就商業言，外面是商店，裏面就是家庭，就工業言，一個家庭裏安了幾部紡織機，便是工廠。就教育言，舊時教散館是在自己家裏，教專館是在人家家庭裏，就政治言，一個衙門往往就是一個家庭，一個官吏來了，就是一個家庭來了。……人從降生到老死，脫離不了家庭生活，尤其脫離不了家庭的相互依賴。任可以沒有職業，然而不可以沒有家庭。」❻

❺ See Feng Yu-Lan, The philosophy as the Basis of Traditional Chinese Society; in F.S.C. Northrop eds, *Ideological Difference and World Order*, Yale Press 1949. 本譯引自金耀基著《從傳統到現代》頁六四。

❻ 盧作孚著《中國的建設問題與人的訓練》。本文引自梁漱溟著《中國文化要義》，香港集成圖書公司印行。

第六個特性是「**重倫常**」——這種倫常思想其來源甚早，在《尚書》《易經》中就可找出很多有關倫常的語句。降至孔子及以後的儒家，均以此爲其學說的中心。而孟子更是提倡和維護倫常精神的最大功臣。二千多年的中國政治，可以說都以德治爲其最高的理想境界，漢朝以孝治天下的政治是最爲顯著的例子。

中國文化中重視倫常的思想，正是農業生活的必然結果，前面講到，家族本位是傳統中國的社會結構，政治制度經濟組織的單元，而家族是緣於農業生活來的，倫常正是用以諧和家族中人與人間關係的紐帶。因爲傳統的家族，係多代聚居，解決家庭的糾紛，祭祀祖先，宗敎活動以及長幼相處之道都必須有一套標準來加以規範。這套規範正是歷代儒家所倡導的「禮」。因此可知中國人幾個重要觀念加「國本在家」、「家齊而後國治」以及「內聖外王」的思想，都是由家族中倫常的觀念孕育產生出來的。中國文化可以說是「人」的文化。而「人」的文化卽表現在倫常上。因此我們可以說中國文化的重鎭在倫理。卽儒家所說的「禮」。這個字和英文 Sportsmanship 的意義很相近。Sportsmanship 是承認自己所處的地位，自動的服從於這地位應有的行爲，也就是儒家所說的禮。這套知足、安分守己的思想，配上靜態的農業生活，確曾阻礙了中國人的開創衝力和文化的進度。但是幾千年來中國哲人研究的人際間的諧和原理和精神，卻最有助於促成今後人類的和平與大同。

四、對世界文化的貢獻

以上我們從地理環境，來描繪出中國文化的種種現象，其中有優點，也有缺點。今天擺在眼前的責任是把中國帶進現代化，進而謀求世界的大同。我們應以認知的精神揚棄糟粕，發揚精華。在此我們願特別重視的是，發揚倫理精神以貢獻世界和平。因爲唯有靠人際關係的諧和，才可能躋世界於和平大同的境界。而這不應單限於人對自然的利用範圍下功夫，應當及早擴張到人和人共同相處的道理上去。我們這個世界，亟須再來一次「文藝復興」，這次復興應該是以人事科學爲主題。這將是人類文化的再見曙光。

我想這是東方文化最能表現出貢獻的地方，也是我們這一代知識份子最應該努力的方向。

一九七二年一月一日刊於《幼獅月刊》三五卷一期

現代教師的角色

教育商業化，是美國教育的弊病，這股歪風已吹向我們。大多數的教師與社會脫節，這種教育現象，給社會帶來那些隱伏的危機？現代教師應扮演什麼樣的角色？

傳統教師的角色

傳統的教師和現代的教師有很多不同。傳統的教師，地位非常高，中國古代受人崇敬的，除了天地、君主、父母親外，便是老師了。

《呂氏春秋．尊師篇》說：「事師之猶事父。」也有人說：「一日爲師，終身爲父。」可見師與父是同等的。所以人們常拿「師父」「弟子」來稱對。〈尊師篇〉又說：「爲師者弗臣」，《禮記。學記篇》說：「君之所不臣於其臣者……當其爲師則弗臣也。大學之禮雖詔於天子無北面，所以尊師也。」為了尊師，帝王不拿老師當臣子看待，這在漢朝的皇帝是親自實踐的。老師坐著講課，皇帝反要站著聽，這種地位與現在比起來，實在夠高了。孟子說：「人之患在好為人師。」為什麼「好為人師」呢？因為位子太好了。王艮說過：「出則必為帝者師，處則必為天下師。」古時的讀書人都很希望做老師，老師是他們追求的理想。

傳統的教師扮演什麼角色呢？韓愈的說法是：傳道、授業、解惑。用今天的話來講，就是道統的繼承者和宣揚者、知識的傳授者，以及問題的解答者。古代的道與師是分不開的，老師代表道統，因此有很高的地位，受人尊敬。古時有經師人師之分。經師，用現代話來說，他只是傳授知識，講得不好聽，他是知識的販賣者。人師除了傳授知識以外，還是人們行為的模範。《韓詩外傳》就說：「智如泉源，行可以為儀表者，人師也。」《資治通鑑注》也說：「人師為謹身修行，足以範俗者。」而《呂氏春秋。勸學篇》說的：「師必勝理行義然後尊。」明白指出「勝理行義」是老師受尊敬的條件。「勝理」是通達事理；「行義」是行為正當。這兩方面可以為模範才是人師。所以〈學記〉說：「記問之學，不足以為人師。」

師道的衰微

唐朝師道已經破壞，柳宗元在〈答韋中立論師道書〉那篇文章就提到，沒有人敢做人家的老師，韓愈敢當人家的老師，大家都認爲他是怪物。那是爲什麼？因爲漢朝接著是魏晉南北朝是個亂世，那時代在思想上，儒家是不受重視的，儒家沒有地位，道統搖搖欲墜。既然沒有道統，老師就是要傳道也無道可傳，自然沒有立場了，所以只好當當經師，販賣販賣知識，當然就沒有受到那麼大的重視。至於近代師道破壞的原因，最重要的是新思潮湧進。西風東漸，很多的思想，使得道統失去原來的地位，像五四運動，不但不遵循道統，反而要打倒孔家店，還要把線裝書丢到毛坑，這個道統當然站不住脚。再來是知識的分科太細，學校就好像大量製造商品的工廠一樣。而現代是工商發達的社會，商業社會是重利的，講現實的，當然它的價值標準和農業社會不同，商業社會衡量人的價值，是以金錢做標準。你辛辛苦苦的教書，可是社會上的人看你一個月賺不了幾個錢，上不了大飯店，比較高級的地方又進不去。到百貨公司買東西，店員看你的樣子，就曉得你是教書的，他會告訴你：「這個很貴哦！」這句話等於看不起你。所以說，在這麼多的因素激盪之下，我們的社會對尊師重道，已成爲一句空口號。

現代教師的角色

現代的教師，不如古代受人尊敬，你個人可以不當老師，但是站在國家社會的立場，教師卻是一個很重要的角色。因爲從社會的需要、國家的前途、文化的發展，最根本的還是要靠教育，教育要辦得好，則非靠教師不可。衡量價值，不是只有金錢一種標準。如果只從金錢來看，那我們當老師就沒有什麼味道了。所以底下要講的現代教師的角色，是站在社會的需要和中國的前途來談的。從這個立場出發，我認爲現代的教師應該而且可能扮演重要的角色。這個角色應具備幾個特質：

一、知識專業者

當一個現代的老師，除了教育的熱忱之外，首先要具備專業化的知識。具備所教科目的專業化知識，正是良師的先決條件。現代是知識爆發的社會，各種學科都有很快的進步。要做現代的教師，應該繼續研究。一個教師最重要的工作，除了教學，就是研究，教學與研究是教師本份的工作。

二、科學的精神

中國人雖然已經叫了七、八十年的科學，可是科學在我們這兒仍然沒有生根。今天我們國家的前途、文化的方向，依然要看科學搞好了沒有？這個工作，教師責無旁貸。如果教師沒有科學精神，所教的學生也很少會有科學精神的。到目前還有很多人把科技和科學等量齊觀。原子彈、太空梭是科學產品，那是科技，但不是科學。科學最重要的是精神、基本態度和方法。科學可以發展工商業，工商業發展才能過現代化的生活。現代化，任何一個國家都逃不掉，你說我不要現代化，那你這個國家一定會被淘汰，這是沒有辦法的。要現代化，一定要發展科學。我剛才提到科學的基本態度，譬如懷疑的精神，也就是無徵不信的態度。其次是，是什麼就說是什麼。這就是所有的經驗科學家努力想達成的目標，也是一種獨立人格的表現。再來就是不知為不知的精神，也就是「少蓋」。什麼叫「蓋」？用一個罩子把人家給蓋住了。可是，他們以後會有能力把你的蓋子掀開來看一看，哦！外面的世界並不像你所講的那樣，這時候他對你會整個改觀，所以不要蓋，不懂就是不懂。還有不要自認為是眞理的代言人。多少中西偉大的智慧人物，都在追求眞理，但是追到的並不很多。你認為是絕對的眞理，其實未必。以學術來說，比如自然科學一直在改進，愛因斯坦的相對論，現在已有人修正，其他行為科學、社會科學更不用說。最後一點就是要勇於認錯。你要培養學生「吾愛吾師，吾更愛眞理」。敢在學生面前認錯，學生對你會更加信服，不要以為認錯沒有面子，那是不會的。

三、民主的素養

二十世紀是民主的時代。但是「民主」這個名詞和「自由」同樣的被濫用。共產國家照樣稱自己是民主。最近有人玩文字魔術，說什麼韓國式的民主、越南式的民主等等都是。民主就是民主，縱使文化環境有別，其基本性格無異。因為民主從人人平等出發，就是康德說的把人當目的，不能拿人當工具。而民主的實質是自由，有幾分自由便有幾分民主，沒有自由便沒有民主。

自由是民主的權衡。自由有內外之分，內在自由指個人的情意；外在自由指個人的行爲。外在自由受到保障，內在自由才能發揮；民主政治的目的就在保障個人的外在自由。在政治層面上，自由等於權利。憲法上列舉人民之權利（包括未列舉的），就是人民的自由。人民有身體言論的自由，就是有行爲言論的權利；人民有集會結社的自由，就是有集會、結社的權利，這是民主的實質。民主不僅是一種政治制度，也是一種思考方式和生活方式。思考和生活方面沒有民主素養的話，民主就不能生根。諸位看看教過你的老師，有的很權威性，你若稍微跟他辯，他就不高興，甚至給你不及格。在家裏父母不允許你跟他們辯論，這是中國的傳統，你如果跟他辯論，他會說：「我給你吃、穿，你現在倒回來訓我了。」你想，如果一個小孩，生長在權威的家庭，又接受權威老師的教導，他長大了，會講民主嗎？不可能的。到時他一朝有權，非聽他的不可。所以爲什麼中國的政治，都喜歡奴才，不喜歡人才，很簡單，奴才聽話嘛。這也就是爲什麼我們叫了半個多世紀的民主，而民主仍然沒有生根。中國政治的前途在民主，民主能生根，中國的政治才有救。而民主要能生根，只有在人們的生活上、思考上培育民主的素養，這就要靠教育了。教育最重要的當然要靠老師。老師本身要有民主素養，才能培育出有民主性的國民。現代教師最少要有的民主素養是：

1. **重視權利的觀念**：享受權利是民主的目的，也是民主的價值所在。但是歷史告訴我們，權利不會自動送上門來，它是爭取來的。你要享受權利，就得重視它、爭取它。重視權利的觀念，是民主社會的常態。

2. **不迷信絕對論調**：人在思考時要有相對的思想方式，因爲經驗界的眞理都是從歸納而來，或者從統計而來，這是或然率，不是必然的。你說天下烏鴉一般黑，但你不能保證沒有變種的白烏鴉出現。經驗的眞理，有很多例外，或然率再高還是有例外，所以經驗界的事情很少是絕對的。絕對論正是獨裁的特徵。

3. **容忍的態度**：容忍是寬容、忍讓。容忍別人不同的思想、行動、言論，彼此才能和諧，彼此才有自由。胡適寫過一篇〈容忍與自由〉，就強調「容忍是自由的根本，沒有容忍，就不會有自由」。人所以不容忍，原因有三：第一是懶惰。因爲每個人都有思想的習慣、生活的習慣，習慣了就熟悉不費心力，很安全，但是你發表不同的看法與做法，使人不習慣，不安全就會有懼怕的心理，害怕改變，所以新思想就不容易被接受。其次是自私。那是嫉妬別人的想法比自己好。第三是無知。自以爲是，總認爲自己不會錯，眞理只有一個，而且就在我的手中。既然眞理在我手中，怎麼會容許你講話呢？這種思想會使人狂熱，羣衆瘋狂。譬如歐洲宗教革命，原是爲了爭取信仰的自由，但是當他們爭取到自由之後，又不容許別人爭自由了。那時宗教革命的領袖高爾文（John Calvin），他不允許別人批評他的看法，他把批評他的塞維圖斯（Servetus）活活給燒死，還說這是上帝的意旨哩！法國大革命後來變成恐怖政治，當時羅勃斯比爾（Robespierre）取得政權之後，就迫害原來的貴族，不允許他們提出意見，提出者一一送上斷頭臺，根據記載，僅僅巴黎一個地方，就有二千五百多人被砍掉腦袋。歷史上這種悲慘的事件太多了。因爲他們自以爲站在眞理一邊，意見不同就是反對眞理，反對眞理就該死。這就是不容忍。但爲什麼要容忍呢？最基本的就是經驗的眞理只是或然率，免不了例外。再來，人人要自由、要過和諧安定的生活。你要自由，就要先讓人家自由，你才能自由，你不給人家自由，他也不給你自由。所以彼此容忍，大家才有自由、幸福可言。

4. **講理和協調的習慣**：心理學家高登說：「我們是互爲分開的個人，都有自己獨特的需要，以及滿足那些需要的權利……我尊重你的需要，但我必須也尊重自己的需要。因此最好讓我們經常努力去尋找那些你我雙方都能接受，而可以解決我們無可避免的糾紛的辦法。用這種方式，你的需要滿足了，我的需要也滿足了，沒有人吃虧，大家都勝利。」這就是說，有問題互相討論，要協調、要講理，這樣大家的需要都能滿足。

5. **多元價值觀**：多元價值觀是從多種不同角度去欣賞重視事物。這樣才有彈性，才有適應力，這是生命力的表現。表現在思想上，對任何學說不會深信不疑，深信不疑，就不容易接受新學說，那就不會進步。所以多元價值觀比較能接受新觀念和新做法。表現在生活上，你的生活情趣、生活目標也就多樣化，這樣才有多種選擇，有變化。你不會死心眼，你會欣賞自然、人生各種各樣的美。這是使人樂觀、進取的泉源。

四、愛能的培養者

教育是一種愛的工作。

愛是人類心靈交通的橋樑，愛是人類進化的原動力。人如果沒有愛，就活得太乏味了。愛是一種能力，它表現在給予。因爲你有，才能給人家，在給予當中使你自信、快樂和滿足。心理分析學告訴我們：除了給予，愛還包含關照、責任、尊重、知識等特性。不論愛人或愛物都具有這些特性。有些人在男女之愛表現得很不美。他們只想佔有征服或獵取對方，甚至「我愛不到，別人也休想愛到」，這是禽獸，不是人。他們不懂愛是要使對方快樂幸福的。爲此，有時要容許對方說：「對不起！我不能愛你」，因爲不愛你，他才快樂幸福。愛可以提昇和擴大。東西方的智慧人物，都在這一點上表現他們的偉大，像孔子的仁愛、耶穌的博愛、釋迦的慈悲、墨子的兼愛等等，都是愛的提昇。一九七九年諾貝爾和平獎得主泰莉莎，爲平民工作五十年。晏陽初一生從事世界農村改革運動，都是愛的提昇和擴大。

「愛能」是需要學習的。現代的教師對學生愛能的培養應該多多用心，使人類到處充滿愛，世界和平才有希望。

五、知識份子

一般來說，今天教師給人的印象，是老實、規矩、不管俗事、與社會隔絕。不管社會發生什麼事情，他們都不大吭氣。社會聽不到他們的聲音。這樣下去，那我們的國家還有什麼希望呢？國家最根本的資源就在教育，而教師跟社會脫離關係，教出來的學生，怎能適應社會的生活？教師只在學校的小圈子裏兜圈，不了解社會問題，也不能提出改革社會的方案，這不但是國家人力資源的浪費，也是嚴重的問題。正常的情形，一個教師應該成爲社會大衆思想行爲的輔導員，當然這種教師要具備很多的能力才行。一個現代的教師應自覺到自已角色的重要性。一個現代的教師也應該是一個知識份子。知識份子是時代的眼睛、社會的正義和社會的良心。時代的眼睛，就能看清時代的問題、時代的危機。你要看出問題來，就必須有豐富的學識，獨立的判斷能力。面對社會問題，你還要發出社會正義之聲，寫文章批評、呼籲。所以一個現代教師必須擴大生活領域和知識範圍。有了豐富的生活經驗與知識做基礎，才能針對現代問題，提出你的看法或批評。秉持社會良心，關懷社會問題，或主持正義仍然不夠，有時要進而參與社會活動，以開風氣之先。不久前，一羣大學教授發起「公益促進會」，希望憑藉民間力量，達到社會公平、正義的維護目的，這是實際的參與社會。還有像「消費者基金會」、「教師人權促進會」也是實際參與的例子。這不只是大學教授能做，中小學教師一樣能做。事實上，只要你有熱情、有觀念，運用比較新的技巧，就可以做好社會的服務工作。注意社會的需要，熱心去帶動社會工作，慢慢建立風氣，教師就不會像現在被看成沒有力量的一羣人。

六、春風化雨

最後我認爲一個現代的教師，要幽默、多微笑。一般的教師患有職業病，老是拉長臉，那是不合健康的。常笑，才不會消化不良，也不會肝硬化。中醫原理告訴我們，肝胃是互相影響的。動肝火動多了，肝會硬化，胃會潰瘍。有人說：「一臉微笑，一室春風。」我記得張起鈞教授家裏有一副對聯是「一怒一老，一笑一少」眞是至理名言，大家應謹記心中。趙滋蕃先生說：「與呆板的人相處，你的臉型會下垂；與風趣的人相處，你的臉型會縮水。」微笑幽默照樣可以處理「正經」事，那又何必把臉拉得長長的。我們老祖宗也有笑嘻嘻把事情辦好的，像魯仲連的「談笑卻秦軍」，諸葛亮的「談笑間，強虜灰飛煙滅」。漢朝的東方朔又幽默又機智，因此辦好很多事情。有一次他偷吃皇帝的長生不死藥，皇帝發怒，他笑著說：「藥不靈，我沒罪；送藥的人有罪，你殺我幹嘛；藥靈，我長生不老，你殺我也沒用。」皇帝啼笑皆非，只好作罷。所以我希望現代的教師多想想彌勒佛的臉，好讓莘莘學子有春風可沐。

一九八七年十一月一日刊於《國文天地》三〇期

不拿耳朵當眼睛

上帝創造人類，給了兩個耳朵，也給了兩個眼睛。耳朵供我們聽，眼睛供我們看。職司分明，不該混淆。可是，事實不然。如果我們仔細觀察，當可發現有很多糊塗的人們，慣於拿耳朵去當眼睛，把聽到的作爲看到的。他們善用耳朵，卻不善用眼睛。雖然，他們有時也用眼看，但結果還是「看沒有見」。就像這樣，他們的眼睛的功能已被寵壞了！

假如，耳朵眞的可以代替眼睛，旣司聽又司明，那我們倒是有福了，因爲單用耳朵畢竟要比旣用耳朵又用眼睛來得省事啊！但是，實際上並沒有這樣簡單，實際的情形是用耳朵當眼睛，往往發生錯誤，往往離事實更遠；甚至往往要受騙。單看人事上的許多糾紛都由謠言或傳言所造成的，便可了解耳朵實在代替不了眼睛。《水滸傳》裏那位王婆說得最好，她說：「經目之事，猶恐未眞；背後之言，豈能全信？」這是閱歷有得的話。親眼看到的都難免與事實不符；何況聽來的傳言，豈能把它當眞的看。

聽來的話（包括文字）為什麼不可全信呢？這除了語言本身有問題外，傳話的人本身也有問題。語言本身有問題指的是，語言是用來代表事物的符號，但人類的語言符號，從來就沒能把事物的本質或特徵完完全全表示出來。這是說，語言符號與它所代表的事物不能百分之百的相符，其間仍存有一段距離。這也就是說，語言並不眞正代表眞實。這是屬於語意學（Semantics）研究的範圍。我們不在這方面說。我們可從「傳話者本身的問題」上說。

傳話人本身的問題，最主要的是他們思想的模式和眞誠的有無。說到思想模式和眞誠，那問題就大了，而牽涉的範圍也就廣了。這已觸及學問的方法和態度，整個學術尊嚴的核心問題，就在此了。我們暫不談這個，我們先用科學方法的或然測算，來說明耳朵聽來的話其可靠度是相當低的。凡是讀好高中代數的人，都應該會或然率的計算。在或然計算中有這種情況：若是有二個或多於二個相依的期遇事，B的發現，依於A的發現，C的發現，依於B的發現（但A發現時，B可發現可不發現；B發現時，C可發現可不發現），要求「A發現時C的發現」之或然數，其答數用A發現的或然數，和「A為B的記號」之或然數，和「B為C的記號」之或然數，相乘便可得到。依據這個原理，聽來的話可信的價值是很低的。譬如有AB兩個人，同時請他們當見證人。A親眼看到事情，B是聽見A說的。假如A尋常說話，四次有三次可信，B尋常說話，五次有四次可信，那就是說「A的發現」之或然數（就是A的話可信的價值）為$3/4$。「A為B之記號」之或然數（設A所說的話是眞實可信的，B所說的話在這個眞實之中祇有$^4/_5$是眞實可信的）為$^4/_5$。由這兩個或然數進一步推測，「A發現時B發現」之或然數（就是對於這樁事的證明，B的話可信的價值）為 $^3/_4 \times ^4/_5 = ^3/_5$。若是再有C，是聽見B說的，也請來作這樁事的證人，那麼他的話的可靠度，就更低了。明白這種情形以後，喜用耳朵代替眼睛的人敢不特別小心嗎？

上面我說，思想模式和眞誠是傳話者本身的問題，是使人不能拿耳朵當眼睛的主要理由。不同的思想模式就有不同的思想方法。不同的思想方法就有不同的思想結果。而不同的思想結果就會產生不同的實際行動。這關係太重大了。如果思想的方法是正確的，那思想的結果就能符合眞實；反之，思想的結果就只能違背眞實了。教育和文化背景最易於塑造人類的思想型模。如果教育從來就不教導人做理智而正確的思想（如科學方法和邏輯推論），只是一味拿傳統、宗教、禮教、主義種種等等，教人作思想的判準，那麼很自然的，由此教導出來的人，他的腦袋瓜所能思想的很少能跳出「一條鞭」似的固定反應。如果文化背景是禮教、名分重於一切的社會，處在其中的人，他的思想基準，也就只有那些不該這樣不該那樣的教條了。可是，我們發現傳統、宗教、禮教、主義是不能當思想的判準的。在這個地球表面,有許多不同的傳統,不同的宗教，不同的禮教，不同的主義，也有不同的政治。這許許多多不同的傳統、宗教、禮教、主義和政治，各是其是，各非其非，於是也就各有不同的思想判準。這麼一來思想的結果，誰是誰非，最有把握的辦法便只有拿來與經驗事實驗證。在這種情形下，多用眼睛去看事實是太重要了。說到眞誠，儒家說的：「不誠無物」算是的論。眞誠就是「是什麼就說是什麼；不是什麼就說不是什麼」。也就是「知之爲知之；不知爲不知」。這是學問的基本態度；也是作人的基本修養。只可惜天下人不是個個眞誠，也不可能如理學夫子所說的「滿街都是聖人」。實際的情形是，有的眞誠，有的不眞誠。有的是什麼就說成什麼，有的卻把不是什麼說成是什麼。這樣子，我們怎可閉起眼睛養神，專派耳朵去當差呢？

一八六〇年赫胥黎（Huxley, 1825-1895）給他的朋友金司萊（Charles Kinsley）的信這樣說：「……靈魂不朽之說，我並不否認，也不承認。我拿不出什麼理由來信仰它，但是我也沒有法子可以否認它。……我相信別的東西時，總要有證據；你若能給我同等的證據，我也可以相信靈魂不朽的話了。」這種科學的精神，嚴格的不相信一切沒有充分證據的東西，便是存疑主義（Agnosticism）的主腦。胡適一生受他的影響，也一生都在躬行這種主義。（他很多書只寫上册便停止，沒有證據，寧可存疑，正是存疑主義的典型）胡適終其一生，對近代中國最偉大的貢獻，除提倡白話文運動外，我認爲應該推他對存疑主義精神的傳播工作。他在民國八年發表的〈多研究些問題，少談些主義〉一文中說：

一切主義，一切學理，都該研究。但只可認作一些假設的（待證的）見解，不可認作天經地義的信條；只可認作參考印證的材料；不可奉為金科玉律的宗教；只可用作啓發心思的工具，切不可用作蒙蔽聰明，停止思想的絕對真理。如此方才可以漸漸養成人類的創造的思想力，方才可以漸漸使人類有解決具體問題的能力，方才可以漸漸解放人類對於抽象名詞的迷信。

他播種的這種存疑精神，對「五四」以來的學術思想，起了革命性的大變動，它像一股洶湧澎湃的大潮流，排山倒海似的向前推進，其震撼力之大是無可倫比的。這是他的大功德。

胡適教人不信任一切沒有充分證據的東西，教人把主義、學說看作待證的假設，教人多問「爲什麼?」」這些話無非都在教人重事實、重驗證。我說的「不拿耳朶當眼睛」，也正是要教人重驗證、重事實的意思。

從前禪宗和尚說，「菩提達摩東來的目的，只要尋一個不受人惑的人」。諸君你想做一個不受人惑的人嗎?赫胥黎胡適之告訴你的法子是，「拿證據來」！多問「爲什麼?」我今天要告訴你的是：「不拿耳朶當眼睛」！這都是防身的法寶。

諸君，不要「蒙着眼睛被牽着鼻子走」（胡適語），睜開眼睛看事實吧！努力去做一個不受人惑的人。

一九六七年四月十六日刊於《自由青年》三七卷八期

科學叫人謙虛

自古以來，不管中國或外國，大都把謙虛視作一項美德；把謙虛看成處世做人的一種行為規範。因此，我們幾乎隨時可以聽到或看到，諸如「滿遭損，謙受益」一類用來規勸人的名言警句。這樣的謙虛是屬於人理世界的事；這在道德範疇中是基本重要的一個項目。

在人理世界裏，謙虛之所以必要，至少有幾個理由：

第一、生物的限度。「人生不滿百」，每一個人都跳不出生、老、病、死的大關。不管你多大成就，不管你多偉大，在這些關卡之下，你和人人都是平等的；甚至你和其他生物也沒有兩樣。《紅樓夢》中那首「好了歌」眞是體察精微，人，到頭來總逃不過生物的極限。

第二、求人際間關係的和諧。人人都有被認可或被尊重的慾望，既使你強人多多，你仍要虛懷若谷，不亂輕視人，不傲氣逼人，那麼你才能受欽羡，才能避免反感，也才能與人和睦相處。

第三、獲取知識。人獲取知識，可以自己覓得，也可以靠他人授給。但無論何種方式，謙虛總是重要的。它好比空着的肚子，吞食容易，吸收也容易；同時因爲它，別人也樂意把知識傳授給你。

時至今日，謙虛的必要性已重要的增加；它的範圍也大大的擴伸。不但在道德層界需要它，認知層界更需要它。時至今日，謙虛已不僅是個人人格修養的表現；而且是追求眞理的基本態度。近百年來，科學的突飛猛進，更深切的助長這一趨勢。在認知的領域裏，在眞理的追求中，爲了獲得更多的知識，爲了更能逼近眞理，謙虛對我們關係重大；而且更重要的是，在眞理的追求中，一個知識分子勢必要被迫謙虛。這種情形完全是由於科學的進步所給予的啓示。爲了進一步的了解，我們可就各種科學加以討論。

首先，我們從生理學的角度來觀察。

從生理構造上說，人的確是屬於高級的動物。人的生理機構要比其他動物，複雜得多，而且也完整得多。最明顯的如神經系統的發達和集中，語言機構的特有，以及各種器官功能的加細和分殊。但是這種遠較任何動物複雜和完整的機構卻也帶來了許多麻煩。在複雜上說，人類幾乎不可能像其他動物一樣，有「絕對的健康」，這也就是說，在嚴密醫學檢驗下，任何一個人不可能是沒有一點點毛病。在完整上說，人類的器官，任何一點小毛病，可以影響整個神經，也無形中會影響其他器官的運用。這種情形我們是可以經驗到的。

此外，在這個極度緊張的現代化社會，一個複雜完整的肉體，也幾乎無法完全合於生理的健康在生活。一個人很容易睡眠不按時，飲食不按量，起居無規律，工作過度，娛樂無節，以及烟酒嗜好種種等等。而疲倦的情緒，女人經期的脾氣，消化不良等等現象，都可促使生理器官作用的失常。這些都是人的生理限度。不管你是販夫走卒，也不管你是英雄偉人，你都無法超越這一限度。有了這個生理限度，人的思想、判斷和行爲，都不可能絕對正確，相反的任何人都可能有誤失和偏差。有人說，拿破崙小腹上有一塊癬，他的東征西討，塗炭生靈可能是由於癬上的細菌在作怪；而希特勒的狂妄是由於他的神經失常所致。我想這都有可能。

如果一個人對生理限度有點認識，能謙虛的憑這個常識去了解自己和了解別人，他就不會相信人的意志或判斷有絕對的正確的。

其次，從心理學的角度來觀察。

心理學的知識告訴我們，人的情緒很容易受不同的情境所左右，而不同的情緒又最能影響人的思維和判斷。同一個情境，對不同的個體有不同的刺激。同一個體，對不同情境有不同的反應。卽使同一個體，同一情境，在不同的時空裏，一樣有不同的刺激和不同的反應。更嚴重的是人的思維和判斷最容易爲先入爲主的觀念所支配。如此，人類思想的正確性，和逼近眞理的可能性，往往就要大大的受限制。這種情形借精神分析學來說明，就更爲淸楚。

在佛洛伊德學說中，人的心理可分爲三屬：

第一層是 Id，完全是無意識的，大多是原始的衝動要求。它祇關心這些衝動的滿足。

第二層是 Ego，大部份是有意識的從經驗與理性獲得智慧，用來估計環境控制 Id。

第三層是 Superego，屬於無意識的，它是自幼的道德傳統的訓練，可說是良知，在決定Ego是否可允許 Id 的滿足。

Id 只求滿足所慾而尋取對象，但它往往不能分辨對象，因而往往混取對象，造成思想的歪曲。這種歪曲的思想，叫做附合思維（Predicate Thinking）。如以貌取人；如種族偏見，都是附合思維的結果。Id 這種憑附合思維得的假對象，是無法眞正滿足所慾的，這時就得靠 Ego 幫助達到滿足。但 Ego 能力有時而窮，這時 Ego 便無法滿足 Id 的慾求；當它不能滿足 Id 的慾求時，Id 就又回復自己的妄動。人所謂失去理性。也正是 Id 的猖獗。

Ego 的建立。是一個人從小分別自己腦中的幻覺與外界的現實逐漸訓練而來的。而Superego乃是一個人自幼訓練成的道德傳統。它無形中禁止 Id 和Ego 的推動。它是以傳統社會，教育所塑成的固定模式爲一切的判準。

這裏我們必須了解，構成人類心理的這三部分是有說不盡的各種衝突。這些衝突可統括爲二種：一種是 Id 和 Ego 的衝突；另一種是 Superego 與 Ego 的衝突。Id 與 Superego 不會衝突，因爲其中會引起 Ego 的作用。Id 與 Superego 雖是完全相反的東西，但是有一點相同卽是二者都不顧到事實。前者只求衝動的發洩，後者只作良知上（規範上）的約束。Ego 有二種作用，一種約束 Id 不要妄動（Anti-Cathexes），一種是選對了對象在可行時發洩（Ego-Cathexes）。Superego 雖也有二種作用，但它與 Ego 不同，只問該不該，而不問是不是。即是否爲良心（規範）所許，並沒有理性。所以人的心理衝突可說是推動力（Cathexes）和約束力（Anti-cathexes）的衝突。所以，在佛洛伊德學說的探照下，人不過是背着社會文化與傳統，自己整天在衝突的動物。如此，人在認知領域裏，心理上就有了限制。

接着，我們要從較高度的科學中去觀察。

科學的眞實，可分爲三種：一爲認定的眞實，是無從證明而我們必須認定的；二爲方法的眞實，是由邏輯推論得來的；三爲經驗的眞實，是由直接的觀察試驗得來的。這三種眞實的價值，依科學家的意見，以第三種爲最高。然而經驗的眞實，都是絕對的眞實嗎？不然！不然！經驗的眞實，雖經最嚴密的科學方法得來的，但它仍不過是逼近的（approximate），不是絕對的。這是爲什麼？

一、凡與我們相接觸之物，無論是天然的，或人爲的，都有很多的因——大的小的極小的——同時對這些物發生影響，決不能有個完全的性質，和恰如一定數的分量。

二、縱然有物是有完全的性質，和恰如一定數的分量，然而我們有限的器官和儀器，也沒有方法尋得出來。

這種原因，我們且拿幾個事例來說明。

幾何學中常說，完全的點，完全的直線，都不過是假定的，是逼近的。其實宇宙間並無「完全」存在着。完全是不會有的，點一着迹，便有體積，有體積就不能是完全了。客觀界裏也沒有完全的直線，卽使把隕星向地球隕落看作直線，也不是完全的直線。因爲各方面空氣的抵抗力不同；空氣流動的攙擾；以及其他星球的吸引，在在不能使其爲完全的直線。縱令天然界中有完全的點——算學的點，完全的直線，然而我們所用的顯微鏡，無論如何精巧，決不能察見完全的點；我們所用的繩尺，決不能辨別直線究竟是否完全。

物理學中硏究力、速率、電流、光熱，種種分量，常常說此分量恰等於彼分量。此分量恰爲彼分量之若干倍數，都不過是假定的，是逼近的。縱有恰相等，恰爲倍數，然而我們的度量的儀器，也決不能證明這個「恰」——這個完全。

基於這種原因，科學硏究的定理定律，都不過是逼近的眞理，相對的眞理。就以科學中最眞實最普遍的牛頓引力定律和波義耳定律來說，似乎是可以完全的眞實了。然而詳細考察起來，也不過逼近而已。因爲，這兩個最眞實的定律，都只能透過簡約的方法，歸納出來的。波義耳定律忽略了氣體分子本身的體積，和分子之間互相的吸力，後來由方德華（Van de waals）加以修訂。但方氏的修訂，仍然逃不出時空的縮小和取平均數的簡約方法之外。

牛頓拿引力定律解釋太陽系的行動，先認定太陽和行星都是完全的圓球。又認圓球的吸力都發自中心點。因爲吸力定律所說的二物相吸，原指二點說的。星球既不是點，那麼這個解釋，只能算是逼近的。這是一層簡約，他然後把地球赤道凸起甚於兩極的情況，計算進去，但卻忽略了海陸不平所生擾攘的情況。這又是一層簡約。他這種解釋當然不能與外界的事實完全符合。

這樣我們可以看出，科學的定理定律，都不過是一種供我們描寫現象的工具罷了。因爲這些定理定律，都是從簡約得來的，都是逼近的，若再行前進，又可以更加逼近，雖然有人叫喊「大道其在斯乎」，其實他和眞實還相隔十萬八千里呢！

最後，我們要從語意學（Semantics）的觀點來考察。

語意學是近三十多年來才新興的科學。它進展速度之快，令人驚訝。它進展的快速，已使我們不得不去正視它，研究它。語意學的進展對於行爲科學提供了無比的大貢獻。依我所知，沒有語意學的提攜，幾乎不可能有現代學術的輝煌成就；而所有的經驗科學也可能仍停留在混沌的迷宮蹣跚。

語意學告訴我們，人類的思想和感情都受制於語言習慣，而且人類的語言從來就沒能把事物的眞象完完全全的表示出來。

對於前者，我們可聽聽亞爾多斯。赫胥黎的話：「言辭有形成人類的思想，調節他們的感情、指導他們的意志和行動的能力。」——「言辭和它們的意義」。殷海光在他的《思想與方法》中也說「無論是自然語言，還是符號語言，在一習染和約制的實際心理程序中，都有塑形（formulation），同化（assimilation）甚至於型固（stereotyping）思想意念的作用。」

對於後者，我們也可聽聽羅斯·黑須柏格的卓見：「你們……把東西叫了什麼名字，以後就一生都會受他們的影響。你們看不清楚事情，因爲你們在自己和現實的世界間，建立了一個語言的屏障。」

只要了解這一層，就可明白語言和事實之間仍存有一段相當的距離。這也就是說，語言仍不能表達完全的事實。依此進一步推論，便可了解人類到目前爲止，仍沒能說出絕對的眞理。這一認識已一刀切入謙虛意義的核心。有了這個認識，便可看出，謙虛在眞理的追求中是何等的重要。到此，若退一萬步說，縱令人類不受生理、心理和智慧的限度，可以找到「絕對的眞理」；但它們還是跳不過語意學這道關卡。所謂的「絕對的眞理」，到了語意學的關卡前，也只能說聲抱歉，「此路不通」。

根據以上這些粗略的分析，我們便可看出，獲取知識，追求眞理，人類要受多大的限制和阻礙。科學愈進步，我們愈能看清這種限制和阻礙。時至今日，科學告訴我們，「絕對的眞理」是辦不到的；科學的眞理，有而且只有逼近的可能。

時至今日，謙虛已不僅僅是一項德目，而且已是一種認知的態度。不僅僅是個人品格修養的表現，而且已是追求眞理的必備條件。更重要的是，科學已迫使我們不得不謙虛。因爲，我們想更逼近眞理；同時也因爲，我們還懂得太少。

一九六七年六月

認知的訓練：語意學與邏輯知識

不然我們就變成厭惡辯理的人，一個人沒有再比厭惡辯理更糟的了！因為正如人間有厭惡人類的人一樣，人間也有厭惡辯理的人，而這兩者都起於相同的原因。這個原因，就是對世界的無知。

—蘇格拉底

引言

人生在世，除了滿足生存條件之外，還應有更高一層的追求。這就是說，人除了過生物生活而努力，還得要高於一般生物，做些比較有價值的活動。那便是對人生的意義，宇宙的眞理之追求。人類對眞理的探求，才從低級動物中提昇到萬物之靈的地位來。今日文化的成果，是靠古今中外許多人努力辯理的賜與；今日科學進展的神速，全憑科學家對眞理鍥而不捨的追尋。假使，我們希望有一個更文明的世界；假使，我們希望過着更充實、更有意義的人生，那末，我們不但不可厭惡辯理；反而，更應勤於辯理。

追求眞理是人生的最高意義。但是，眞理女神卻羞意答答的立在遠方，你非得拿出追求異性的狂熱和勇氣，休想獲得對方的青睞。依據經驗事實，只是單憑著勇氣和狂熱未必能追上，還得具備素養，講究方法。同樣的，只靠一股熱誠和十足的勇氣，仍然無法逼近眞理，事前具備相當的技術訓練是必要的。追求眞理如此；傳佈眞理亦復如是。我們就看近年來的「科玄論戰」，「文化論戰」，以及不久前的「新舊文學論戰」，非但愈論離眞理愈遠，甚至論得青筋暴漲，破口大罵，揪入公堂者有之，隱形陷害者有之。這十足表明我們學術修養的「水平」，也顯示這一代知識份子的「心胸」！但有意義之事竟然變質，這是爲什麼？當然其中因素複雜，然而，論戰者缺少認知的態度是一個基本的原因。因此筆者認爲，爲了追求眞理，或傳播眞理，除非接受認知的訓練，否則很少有績效可言。本文就在指明人是易犯謬誤的動物；並且將指出如何去避免。

首先讓我們釐清辯論與討論的不同，以及種種運思的謬誤，再來說明需要那些認知的訓練。

討論與辯論

一般人幾乎認爲「討論」與「辯論」是相同的事。這眞是嚴重的誤解！其實，「討論」和「

辯論」是屬於不同層次，不同性質的兩回事。「討論」是一種認知的活動。它根據事實，以語言的認知用法和邏輯的推論程序，作意見交換，希望獲得公認的論點。「討論」的目的是想獲取事實眞象，或進行邏輯推論。它所爭論的，只是事實眞假或對錯的問題。只要是眞的或對的，便贊成，便接受；只要是假的或錯的，便放棄，便修正。絕用不着參入不相干的因素。像階級、名份、年齡、關係種種等等一類的東西，在「討論」之時都派不上用場。在這裏有而且只有事實或證據才是最重要的，才能使人心服。而參加討論者都要有認知的心態，那就是：隨時準備放棄自己假的或錯的論點；隨時準備接受眞的或對的論點。

所謂「辯論」就不同了。「辯論」是一種比賽勝負的活動。「正」「反」雙方都以誇張自己的主張，並且藐視對方的主張爲職志。不管他們如何旁徵博引，如何聲嘶力竭，無非用來支持、圓說本身的觀點；否定、打擊對方的說法。一切證據、理由，都沒有改變辯論者主意的力量。因爲他們並不關心眞理不眞理，他們關心的只是個人或團體的「輸」或「贏」。所以，對追求眞理而言，「辯論」是不相干的。有而且只有「討論」才可接近眞理。

不相干的謬誤

1. 理由化 (Rationalization)

理由化又稱文飾。這是一種自衞的法寶，至少，對一些人來說，這是保衞面子的障眼術。中國人似乎是世界上最愛講面子的民族，我們隨時可以碰到這種例子。小姐追不上，便說「她並不漂亮。」考試不及格，便說：「題目超出範圍。」最近我們外交失利，有些地方是未能善盡防患的工作，如中日斷絕邦交便是，但卻有人拿「田中政府雖然媚匪，但大部分日本國民是支持我們的」說辭搪塞。種種等等，不勝枚舉。這和狐狸吃到檸檬，說檸檬是甜的；吃不到葡萄，便說葡萄是酸的，一樣的可笑。

2.訴諸權威的謬誤(Fallacy of appealing to authority)

是非眞假的決定，完全要靠事實和證據，不考驗相干的事實或證據，只憑「道理」出自某權威之言，便用來論斷是非或眞假，這便犯了「訴之權威的謬誤」。

如果我們承認權威可以決定一切的話，那就必須滿足這個條件：凡是有權威的人就是最有知識的人，而且凡是最有知識的人就是最有權威的人。但事實並不如此。事實上，有些人有權威，而且有知識。有些人則有權威，但不一定有知識。而所謂權威，完全靠他把握更多的證據，發現更多的事實，和提出更有價值的建樹。權威之所以應受尊重，是在他所研究的學術裏有專精的心得和成就。他能陳述出最多的事實或對的論點。也可以說，在他研究的學術圈裏，他能提供最多量或較多量的眞理。可是，千萬可別忘記，權威提供的眞理，仍然要依靠他握持的事實或證據以爲斷。如果要論斷一個論點，不拿出事實與證據，而只訴諸權威，那就錯了。我們說他錯，並不表示那個人陳述的論點就必然的假或錯。相反的，如果他引據的權威是可靠的，他陳述的論點常常是眞的或對的。問題在他想斷說一個論點，不依據證據，卻訴諸不相干的因素，在方法上便犯了錯誤。所以，訴諸權威的謬誤是方法上的謬誤。道學夫子往往引了「子曰」「詩云」之後接着便「所以……」結論就出來了，這便犯了這種錯誤。

訴諸權威還有一種特例，就是濫引不相干權威的謬誤。譬如說，女人的音帶是否比男人短？隨地球轉向和逆向進行的光速爲什麼相等？這類問題，我們是憑政治學家的權威呢？還是靠生理學和物理學的權威呢？如果是前者，那末便犯了訴諸不相干權威的謬誤。我們要重視權威的論點；但要愼防被牽着鼻子走。這裏有兩條原則可作爲相信權威的依據：第一、權威不可越界。第二、不承認有「超越一切」並「包括一切」的權威 (above all and embr acing all)。前者是說學術分殊化，學術權威也應分殊化。以現代學術研究的專精，一個人很少可能是物理學家；同時又是哲學家或生化學家。像羅素、愛因斯坦一類絕頂聰明的人畢竟不多。絕大多數的專家在這門學科有權威，在另一門學科卻未必有權威。因此專家應守「行界」。後者是說，我們不能相信人間有萬能、全能的人存在。既博古今，又通中外，無事不曉。

最近科學研究證實，「中國人權威人格傾向較強」[1]。我們更得提醒自己，極力避免這種謬

[1] Snigh, P, N, Huang, S, C, and Thompson, G, C: A Comparative study of selected attitudes, Values, and personality Characteristics of American, Chinese, and Indian Students, Journal of Social Psychology, 1962, pp. 123-132.

誤。

3.**訴諸大衆的謬誤**（Fallacy of appealing to popular）

眞理的確定，不以事實或證據爲依歸，反而取決於多數的贊否，便是訴諸大衆的謬誤。在人們論斷問題時，常常可聽到：「大家都認爲……所以……。」「大家都這樣做，……所以……。」等等例子。然而，我們要問，多數人同意或多數人贊成的是不是就對？是不是就眞？無疑的，稍有認知訓練的人是不敢肯定的，因爲大衆是一個被動的函數。這話是說，多數人的贊否，往往容易出自被激動的情緒。人類的情感，表現在傳統禮教、習慣、風俗上有固定的好惡；教育的方式往往也塑造了固定的思想型模。凡此皆爲激起相同情緒反應的因素，如果再經宣傳家、革命家的煽動，在那巧計的「心理工程（Psychoengineering）」的利用下，羣衆的情緒被激起、被導引是很自然的。讀者如果看了賀佛爾（Eric Hoffer）的《羣衆運動》❷，當能明白此言不虛。君不見中古歐洲基督教的屠殺異端，法國大革命後的暴民政治，清末義和團的蠻幹，以及今天共產黨搞的「人民公審」，不都是訴諸大衆嗎？

當然，我不能說是非眞假皆不可由大衆作決定；我要說，有些事非取決於大衆不可。這就得

---

❷ 賀佛爾（Eric Hoffer）名著《羣衆運動》（*The True Believer*），將羣衆運動的原因、性質及種類說明得很清楚。這書告訴我們：人的思想、行爲是可以被製造和導引的。熟讀此書可免於盲從，可以不被野心家牽着鼻子走。中譯本由今日世界社出版。

視事情的性質而定，凡屬於知識的問題，不能由大衆來決定。如愛因斯坦的「相對論」與牛頓的「相對定理」是否相同？這就不能靠大衆決定了。同樣的，一個人的有無學問，也不能用衆人舉手作表決的。不過，凡屬於意願或利害的問題，我們最好聽取多數人的意見。譬如，歡送會是聚餐方式或吃茶點；旅行的目地，是阿里山或野柳；縣長選舉，是選張三或選李四。種種等等都是服從多數人的決定。這才是民主的第一課。

4. 攻擊人身的謬誤 (Fallacy of attacking on character)

攻擊人身的謬誤又稱訴諸品格的謬誤。攻擊人家的品格，用來否定或反證他所說的論點，便犯了訴諸品格的謬談。這是方法上的錯誤。因爲一個人品格的好壞，與他陳述的論點之眞假對錯並無必然關聯，論點之眞假對錯，有而且只有取決於事實或證據。不過我們要分清「批評人品」與「攻擊人身」是不同的。批評人品並不就是攻擊人身，因爲學術可受批評，照樣的，人品也可受批評。只是我們不可拿一個人的品格高低，用來作評論他的學術之根據。

另外，要袒護一個人，不提出有力的理由或事實，只以他平常優良的品格作根據，可算訴諸品格的特例。譬如，一個犯竊盜罪的人，有人以「他是孝子不會當小偷」代爲辯護，便犯了謬誤。因爲「孝子」不是「不當竊盜」的必要條件；也不是「不當竊盜」的充分條件。只有法院公正調查的事實才是相干的論據。

5. 訴諸成見的謬誤 (Fallacy of appealing to prejudice)

所謂成見，是指已被接受的見解或主張。被接受的見解或主張，並不蘊涵它必然眞或必然對。如果論斷一件事情的眞假對錯，不考察事實或證據，而只拿成見爲依憑，便犯了訴之成見的謬誤。人往往在不經意之下接受一個主張或觀點，而且很少人再去分析、考察它的眞假對錯。卽使被接受的見解是眞的對的；也是因爲它所依憑的證據，而不是因爲它是成見。

再說，被接受的見解或主張極易與情感混凝一起，隨着日月進行疊積、硬化、根深難拔。這樣的成見常被用來當作衡量新觀點、新主張的標尺，這種標尺只要以情緒的好惡作決定，就算把證據吊在他的鼻樑上，也不能改變他的信心和武斷；因爲他已慣於對事物作固定的反應。這就可明瞭爲何許多新觀念常不被人接受。

一般人易於固執成見，一個最重要的理由是，相信時間長久必蘊涵着眞理。殊不知，僅僅單純的時間是考驗不了什麼的。古聖先賢有「垂之百世而不惑」的嘉言；同樣的，專制政體，奴隸制度，種族歧視，殘刑酷罰，不也有其「悠久的歷史」？一個不被成見所蔽的人，是要時常考察他運思背後所依憑的基設；同時要常做「自我修正」的功夫。

6. 二元價值觀（The two valued orientation）

很多人的思想與行爲都有二元價值觀的傾向。他們的思想簡單到可把一切的事物截然的二分：不是好的一定是壞的；不是壞的一定是好的。不贊成就是反對。不是朋友就是敵人。不是好人便是壞人（在淺薄的作品以及電影裏，一方面總是值得人人歡呼的英雄，另一面準是令人唾棄的壞蛋）……種種等等。這種僅由正和負，熱和冷，愛和恨……的二元價值傾向觀察事物，就和小孩看戲時問你「這個人是好人還是壞人？」同樣的天眞。這種思想的二分法，其謬誤在未能窮盡一切的可能，容易流於武斷。譬如說：贊成與反對的關係，至少有如下的組配：①全部贊成，②全部反對，③不贊成也不反對，④一半贊成一半反對，⑤大半贊成小半反對，⑥小半贊成大半反對。如此多的可能，我們怎可一口咬定，別人不贊成我的意見就是反對我的意見呢？

二元價值觀點一經定型化，對於異己者的思想、行動常戴有色眼鏡去觀看。從這種態度衍發，有意無意間會想置異己者於不利之境。各種論戰中動輒亂戴帽子，就是這種思想在作祟。如果這種觀點成了羣體的思想模式，那就更恐怖了。二次大戰時，德國國社黨說：「任何與國家社會黨爲敵的人，都是德國的敵人。」卽使你最愛德國，只要你在什麼事最能裨益德國這一點上，和國社黨意見相左，你就要被清算。當時，希特勒將他統治下的事物劃分爲「雅利安」和「非雅利安」二種。「雅利安」代表一切好的東西；「非雅利安」代表一切壞的東西。好壞之間截然分開，絕無商量餘地。但上帝偏與他作對，原子彈就是出自「非雅利安」的物理學理論，對他眞可謂不幸之至。

二元價值觀與情感色彩濃厚的成見拉在一起，在思想上便養成惰性，思想一養成惰性，便不能面對經驗或事實作理智的思考。不能作理智思考問題，思想方式多半成爲一種固定的反應習慣，這種習慣一經養成，如果環境變遷，便會失去適應能力，最後成了「適應不良症」。而適應不良的人就無法解決新的問題。如果多數人適應不良，那末，社會許多問題不得解決，於是這個社會便呈現文化落伍（Cultural Lag）的現象❸。在「西潮」衝激下的中國，便有許多地方出現這種現象。

爲了不掉入二分法的窄坑裏，我們看事情就得從各種角度着眼，培養多元價值的觀點。這也是一種民主的修養。

認知的心理

我們須知，撇開人類認知能力的極限，僅僅是權威、成見、情感、風俗、傳統……等等因素，只要有一點滲進認知活動裏來，便足以攪亂認知作用，或使認知活動突然夭折。這些因素都是通往眞理的暗礁，如果我們想逼近眞理，只有小心躲開暗礁。躲開暗礁的方法無他，那便是多作認知的訓練。

認知的訓練，可從心理和技術兩方面來實施。我們先談認知的心理訓練。

首先，我們必須遵守一條思想的基準，它是一切行爲科學或經驗科學的共同基石。這條基

---

❸ 見早川（S. I. Hayakawa）名著《語言與人生》（*Language in Thought and Action*）。中譯本由文史哲書局印行。

準，早在紀元前三百多年就被亞里斯多德提出了：

To say of what is that it is not, or of what is not that it is, is false, while to say of what is that it is, or of what is not that is not, is true.

譯成中文就是：把不是什麼說成是什麼，或把是什麼說成不是什麼，便是假的；然而，把是什麼說成是什麼，把不是什麼說成不是什麼，便是眞的。

一個人如果「是什麼就說是什麼」，那末他所說的就是眞理；反之，他所說的就不是眞理。忠於事實，忠於經驗，忠於推論，是一個知識分子基本的認知態度。

雖然，從古到今，追求眞理者爲了「是什麼就說是什麼」，不知丟過多少腦袋，流過多少熱血！（房龍名著《思想解放史話》是一部血淋淋的記載）可是，握持巨棒的權威，除了砍去人頭以外，對於眞理來說，他什麼也變更不了。因此，一個知識份子必須認淸：唯有是什麼就說是什麼。這正是我們的天職。

針對「是什麼就說是什麼」，我們再推出一條基準，那就是：「知之爲知之，不知爲不知。」後者是前者的必要條件。如果一個人強不知以爲知，那就很可能把不是什麼說成是什麼；把是什麼說成不是什麼。混亂黑白，顚倒是非。因此，有認知眞誠的人，無論著書、立說、探究、討論，都該守住這個原則：知之爲知之，不知爲不知。不知並非恥辱，只有強不知以爲知，才是眞正的恥辱。

針對「知之爲知之，不知爲不知。」我們又要進一步推出第三條基準，那就是：在眞理的面前要有放棄或修改己見的勇氣。簡單的說，就是在眞理的面前要有認錯的勇氣。這對權威人格深厚的人，對死要「面子」的人來說，眞所謂「礙難照辦」了。尤其在講究名分的文化環境，要名分高的人在名分低的人面前認錯，其難有如登天。可見胡適費盡苦心要教導青年養成「拿證據來」，「不要相信沒有證據的東西」的治學態度，不是沒有道理的。

沒有「認錯的勇氣」和「知之爲知之，不知爲不知」，進而「是什麼就說是什麼」的眞誠，我們得不到眞理；可是，如果僅有「認錯的勇氣」，和「知之爲知之，不知爲不知」，進而「是什麼就說是什麼」的眞誠，仍然不一定能得到眞理。這就是說：我們只具有認知的心靈，對逼近（Approximate）眞理的工作仍是不夠的；進一步我們還須要認知的技術訓練。

認知的技術

在技術方面，相干的認知訓練至少有：語意學和邏輯。我們先談語意學。

一、語意學的訓練

語意學（Semantics）是一門新興的科學。這門學科對中國人來說還相當陌生。它與大學中文系所開的「語言學」似同而實非，不可混爲一談。語意學研究的題材，是在記號（以語言記號爲主）與記號所指涉的事物之間的關係和性質。在這範疇下，語意學與語法學（Syntax）（此指邏輯非一般文法），同爲記號學❹。依我的了解，沒有現代語意學與邏輯尤其符號邏輯的發展，幾乎不可能有現代學術的輝煌成就。而語意學對行爲科學❺（如經濟學、心理學、人類學、社會學、政治學、歷史學）正做了前所未有的大幫忙，它使這些學科脫離混沌的狀態，逐漸邁進科學的領域裏來。

然而，語意學那來這股偌大的力量？自然語言（Natural Language）經過語意學的消毒、過濾，所作語言認知使用的研討，是一個最重要的基本因素。任何一種自然語言在實際的使用中，不僅含有認知的意義（Cognitive meaning），而且含有非認知的意義（non-cognitive meaning）。前者是指語言的記述用法，後者是指語言的情緒用法。記述的語言才有眞假値。也就是說，記述的語言才可能被檢證，或解析出語言所指涉的眞假來。如綜合述詞（Synthetic Statement）「臺大建有一座學生活動大樓」，我們只要去觀察一下，便可證明這句話的眞假，分析述詞（Analytic

---

❹ 在科爾西布斯基（A. Korzybsky）派所創的「一般語意學」（General Semantics）是一種經驗科學。在邏輯實證派的用法中是解析科學。在這方面葉爾（A. J. Ayer）的《語言，眞理和邏輯》(Language Truth and Logic)，摩立斯（C. W. Morries）的《符號語言和行爲》（Sign, Language and Behavior）都是劃時代的巨著。

❺ 行爲科學（Behavioral science）這個美國當代的「顯學」，是一種新的思考方式，更是一套新的研究取向和方法。這門新的科學，已使傳統的人文及社會科學的研究起了革命性的變化。讀者想對它有個認識，可看陳少廷編譯的《現代行爲科學》一書，商務人人文庫。

Statement)「黑貓是黑的」或「1＋1＝2」，我們也可以邏輯解析得知這語句的眞假。相反的，情緒用法的語言就不是這樣，它無眞假値可言，頂多它可被查出是在傾吐情緒，激促他人的情緒，或導引他人的行爲而已。如「醉人的花香，甜意的和風，輕輕的吻着我的臉。」這個句子不在肯定什麼，也不在否定什麼，它只是在傾吐個人心中激盪的情緒。又如「孝順是一善行。」這句話不算眞，也不算假，它只是說：「我認爲孝順是好的行爲，希望你照着做。」這只是一種導引，一種價值判斷。能證出眞假的語言用法才有認知的意義；不能證出眞假的語言用法無認知的意義。有認知意義的語言用法才能供討論；無認知意義的語言用法便不能供討論。也就是說，記述的語言可做認知活動；情緒的語言便無法做認知活動。因此，自然語言不通過語意學的洗刷，直接拿來作討論的工具，那末非認知的因素（如情感、情緒、希冀之念、規範規約、價値判斷等）很容易藉語言符號走私進來。如果非認知的因素走私進來，那末就會搗亂認知活動。如果認知活動受到搗亂，那末便無法使討論獲得客觀的論點。這樣研討的結果，只有白費精力，白費時間。要免去這種障礙，就得靠語意學的知識和訓練。這是一切經驗科學可能進展的必要條件。

在語意學中，語意的界說❻，語言的層次，和語言抽離性的認識，是基本而重要的。

語意的界說（Semantical Definition）語意的界說是對語詞意義的闡釋和界定。語詞的意義

---

❻ 界說的下法，吳洛波（H. Walpole）的廿五種定義方法可供參考。見徐道鄰著《語意學概要》，友聯出版社。

可從指謂（Denotation）、意含（Signification）和詞似（Connotation）三方面考察。一個語詞的「指謂」，就是與語詞相呼應的事物。一個語詞的「意含」，就是語詞所指謂的事物具有的性徵。兩個語詞的「指謂」與或「意含」相等，我們稱兩個語詞互相「詞似」。如果我們要對一個語詞下界說，那麼有三個不同的角度着手：指出一個語詞所指謂的是什麼，這是指謂界說；指出一個語詞所意含的是什麼，這是意含界說；或者指出兩個或兩個以上的語詞互相詞似，這是詞似界說。這只是界說的一種分類，此外還可依下界說的媒介、情境等等來劃分。但不管何種界說，都只在避免歧見（Ambiguity）和混含（Vagueness）的發生。

語言的層次　語言的層次，相對的可以分爲對象語言（Object Language）和後設語言（Meta Language）。在理論上，語言的層次可以是無窮的，我們可以有後設語言，也可以有後設的後設語言，依次類推下去。邏輯經驗論的語意學家指出，混淆了不同語言層次得不到眞假，只能引起不必要的爭論。好比A說：「宇宙間沒有絕對的眞理。」B駁斥道：「那末你這句話是絕對的或不是絕對的？如果你這句話是絕對的，則宇宙間就不一定沒有絕對的眞理。」這個例子就是沒有分清語言層次的糾纏。所謂「宇宙間沒有絕對的眞理」乃是一「後設語言」，它是針對「對象語言」而言，而對象語言是指用來表現眞理的那些語詞，二者屬於不同的層面，不可混淆。

語意的抽離性　語意的抽離性可從語意的抽選過程（The Process of Abstracting）顯示出來，不同層梯代表不同的抽離意義。如「水果」的層梯比「香蕉」高，食物又比水果高。但不管層梯多高的抽象語詞，應可循着抽象的階梯（Abstraction Ladder）❼，找到與該語詞相應的事物。如左圖：

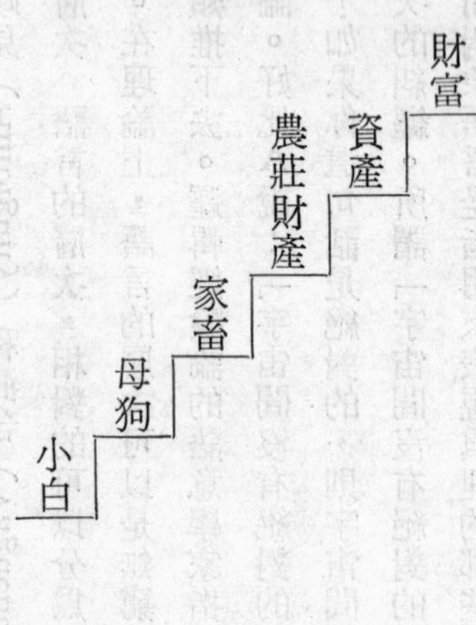

「財富」一詞的抽離性最高，故其抽象性也最高；但它可循抽象階梯下降，去尋找它所指謂的具體事物。一個語詞的指謂，可用抽象階梯檢驗出是否有具體的事物與之相應。語詞的指謂有相應的事物，則該語詞有認知的意義；否則便無認知的意義。有此認識，你便可發現許多狀似高深，足可唬人的語詞都是沒有認知的意義。譬如：「絕對的眞理」、「超越存在」、「理性的發展」、

❼同❸。

「本體」……種種等等。這些說詞，高深是高深，卻無法找到相應的事物，它們既不能說眞；也不能說假。其實，什麼也沒說。在此筆者敢大膽的告訴諸位：具備語意學的訓練，可以發現語言對思考與行爲的重要；可以使你不做文字的奴隸；至少至少，可以讓你免於掉進玄學鬼或道學夫子的迷魂陣。

另外，語意學啓示一點：言辭從來不能將任何事物完全的描述出來。由這點我們還可進一步的推論出：從來沒有人說出「絕對的眞理」。這一點非常重要。這一點讓人在心裏存有一個觀念，那就是：也許我所瞭解的有錯，聽聽別人的吧！這下子，你可看出容忍、謙虛、認錯等等心態對人類是何等的意義。如從這裏再去瞭解心理學、生理學及生物學顯示對人類智力的限制，那末你便不難替理智自由主義，個人主義，以及民主政治的理論基礎找到根源⑧。

二、邏輯的訓練

嚴格說，邏輯是西方文化的傳統。亞里斯多德是這門學問的鼻祖。自他以後，邏輯經過中世紀學人的詮釋，以及十九世紀至廿世紀許多邏輯家和數學家的革新，其領域已大爲擴展，精確度也大爲加深。廿世紀以來，邏輯不但進展神速；由於它的影響更帶動其他學術的突飛猛晉。凡是接近現代學術的人，很容易看清這個行情。

---

⑧ 徐訏〈個人的覺醒與民主自由〉（《文星叢刊》）即從生物學、生理學和心理學的角度，來闡釋個人主義與民主自由。爲什麼個人主義是民主自由的基礎？讀者可在該書求得答案。

邏輯之傳入中國，自李之藻、Francisco Furtrad 合譯亞里斯多德《名理探》算來，已三百多年；如從嚴復譯穆勒「名學」，也有六十多年。六十多年已超過半個世紀，在這不算短的時光，不談成就，至少中國人對這門科學也應有淸楚的認識。但其實不然。此時此地提起邏輯，不免令人感慨！坊間那些啼笑皆非的「理則學」，暫且不談；號稱最高學府之中，雖然有些系裏把邏輯列爲選修或必修，但眞正教好這門課的人，卻寥若晨星。其能抱殘守缺講些亞里斯多德傳統邏輯的，已算不錯了；至於把形上學、知識論或文法當邏輯教的，亦有人焉。更離譜的，甚至有將「唯物辯證法」也視爲邏輯的，其荒謬至此，寧不爲中國學術前途悲哀！

有不少人認爲邏輯是研究思想的學問。這是一種誤解。邏輯是研究前提到結論之間的關係。更確切的說，它是研究符號與符號之間的形變關係。雖然由於邏輯的應用，可以規正人類的思想，可使人思想謹嚴；但它的目的不在研究思想本身是很明顯的。

那末，邏輯究竟是什麼？我要引用哈佛大學一流邏輯家蒯英在 Elementary Logic 的說法：

邏輯是必然推論的科學。

所謂「推論（inference）」與「推理（reasoning）」不同，雖只一字之差，卻大有分別。「推理」是拿各種特定的理爲前提而進行的推衍程序。「理」有很多種：像物理學有物理學的理；化學有化學的理等等。拿這些各種不同的理當前提，可以構成一組一組的「推理」。可是，我們可以把那些當前提的各種「理」一一抽出，剩下的就是純形式的推衍系統。這個系統是依語法關係運作或演算。這就是「推論」。可見，「推論」不從任何特定的「理」出發，在推論之中，無任何「理」可尋。因此，可以說邏輯是有「則」而無「理」的。純形式的推衍程序，通常有固定的型構（Construction），這些型構雖然只是空架子，各種不同的「理」卻須靠它才能「推」衍。可見「推理」是邏輯的運用。

為進一步了解「推論」，我們舉例子說明：

1. 凡動物都需要空氣　　（前提）
   凡人類都是動物

   所以凡人類都需要空氣（結論）

2. 所有有機體都會死亡　　（前提）
   所有狗類都是有機體

   所以所有狗類都會死亡（結論）

3. 一切小孩都該受教育　　（前提）
   一切在這屋子裏的人都是小孩

   所以一切在這屋子裏的人都該受教育（結論）

以上有三個論式，這三個論式所用的文字、物項，各不相同。表面看來，三個論式好像互有差異。但是，仔細檢查，三個論式都有同樣的關係。我們把「人類」、「空氣」、「狗類」……

等語詞抽去，馬上顯示一個共同的型構如下：

所有的B是C (前提)

所有的A是B

所以所有的A是C (結論)

這個型構可以看出：「推論」就是純形式的推衍程序。這個程序所關心的是，「結論」如何從「前提」推衍出來。B既含於C，而A又含於B，那麼A當然含於C。因此，不管型構中的A、B、C等等符號替代什麼，這個推論型構本身一點也不受影響，而永遠有效(Valid)。這種有效性就是蒯英所說的「必然」性。

蒯英又說邏輯是一種科學。這句話不夠清楚，仍須進一步解說。所謂「科學」，通常分為經驗科學和演繹科學兩種。我們知道，科學的目標是求眞理。就求眞理這一點來說，經驗科學和演繹科學的目標是相同的。但就求眞理的出發點和採用的方法上說，兩者大有差別。因其出發點和採用的方法有所差別，所以兩者求得的眞理，在性質上，也大異其趣。

經驗科學求眞理的出發點，是在假設，或已公認的原理，或已建立的定律。經驗科學的對象是經驗事實，因此它的眞理必從經驗事實中找。要在經驗事實中求取眞理，其採取的方法就是觀察或實驗。而演繹科學是從一組規約出發。它所面對的是純形式的推衍系統。演繹科學的眞理，就在我們建立它們之前公定的設基或規律之上。證明演繹科學的眞理，有而且只有訴諸決定程序

(Decision Procedures)。如此說來，經驗科學的眞理要合乎經驗事實；演繹科學的眞理要合乎公定的規律。邏輯這門科學，是從一組規定出發的。在整個推衍系統裏，先將各種基本概念規定好之後，再根據它們進行推衍。例如，先規定：$(p \cdot q) \equiv \sim(\sim p \vee \sim q)$；$p \supset (p \vee q)$ 等等。邏輯裏的種種推衍，就是根據這些規定進行的。可見，邏輯是規定的科學。邏輯之爲科學乃是演繹科學。

既然邏輯是演繹科學，則邏輯的眞理與經驗科學的眞理，雖同名爲「眞理」，但其性質上，卻完全相異。兩種眞理各分屬於不同的層次，各有自己的系統，它們好比兩條平行線，永不相交。爲易於分辨，我們將「邏輯的眞假」稱作「對錯」，將「經驗的眞假」稱作「眞假」，因爲一般稱眞假都屬經驗的。如此，我們可以說：邏輯只求對錯，不管眞假。而經驗科學只求眞假，又須爲對。經過以上的解析，我們對邏輯的性質便可以深一層的認識。

一般人都拿經驗常識作判斷，他們分不清眞假對錯的關係。他們總以爲：有眞的前提就可以推得眞的結論；有假的前提就可得到假的結論。殊不知邏輯是不跟經驗常識走的。且看下面例子：

1. 凡狗是胎生的　（眞）
沒有烏鴉是狗　（眞）
――――――――
所以沒有烏鴉是胎生的　（眞）

2.凡狗是胎生的　　　　　　　（眞）
沒有貓是狗　　　　　　　　　（眞）
∴所以沒有貓是胎生的　　　　（假）

很顯然的，這兩個例子的前提都眞，而結論卻一眞一假。若仔細比較兩個論式，只是把第一式的「烏鴉」換成第二式的「貓」，其餘各項完全一樣。但是，爲什麼所得的結果卻完全不同？這是邏輯的問題，不是經驗的問題。邏輯管的只是規約的問題，它是純形式的。現在我們把「狗」、「烏鴉」、「貓」、「胎生」等名詞抽去，用M、S、P等符號代入，立刻得到一個普遍的形式如下：

凡M是P
沒有S是M
所以沒有S是P

檢查這個形式，馬上知道它是「錯」的推論。因爲它觸犯了一條形式規律，那就是：凡在前提中未普及（Distributed）項，在結論中也不得普及。這個形式中的「P」項，在前提中是沒有普及的，但在結論中卻偷偷的變成普及。所以這個論式是錯的。既然論式是錯的，爲什麼會出現一眞一假的結論？因爲，前提和結論的可靠關聯是推論關係，推論既然錯，表示二者之間的推論關係不存在，所以前提和結論之間的關聯也就失去了。我們便無法從前提之眞去決定結論是否爲眞。因爲一個語句之眞只限於它本身，如無邏輯關係存乎其間，我們不知道一個或一個以上的語句爲眞，別的語句是否也眞。因此，沒有推論關係存在，可以說在一個錯的論式中，得到眞的結論是碰上的，得到假的結論照樣也是碰上的，沒有「必然性」。

我們再看以下的例子：

1 一切玫瑰花是蘭花　（假）
一切蘭花都有刺　（假）

所以一切玫瑰花都有刺　（眞）

2 一切豬是狗　（假）
一切狗都會說話　（假）

所以一切豬都會說話　（假）

這兩個論式，前提都假，結論卻一眞一假。這也是違反一般的經驗常識。我們把論式中的名詞抽出，用符號替代，同樣顯出一個普遍的形式如下：

一切X是Z
一切Z是Y

所以一切X是Y

這是一個「對」的形式。所謂對，是說這個推論形式合乎邏輯規律。至於它與經驗事實，沒有必然關聯。因此，前提雖假，結論卻有眞有假。

現在，我們把眞假與對錯作可能的組配，進一步研究二者之間的關係。

1. 前提眞，推論「對」，結論旣眞又「對」。

2. 前提眞，推論錯，結論或眞或假，但必然錯。

3. 前提假，推論「對」，結論或眞或假，但必然「對」。

4. 前提假，推論錯，結論或眞或假，但必然錯。

這個表很重要，如看懂這個表，就能懂得邏輯的基本性質。它顯示：一、第一、二條合着看，僅僅前提眞，結論不必然眞。也就是說，結論有時眞有時假。二、第三、第四條合起來看，前提假時，結論也不必假，有時假，有時眞。三、第一、第三條合起來看，不管前提或眞或假，也不管結論或眞或假，只要推論對，結論一定對。因此可以斷言：有而且只有推論對才可保證結論對。四、第二、第四條合起來看，不管前提或眞或假，結論或眞或假，如果推論錯時，結論一定錯。五、綜合的看，推論對的，結論必然對；推論錯的，結論必然錯。六、第一條最重要，有而且只有前提眞同時推論對，結論必然眞又對。

經過以上的說明，讀者對邏輯應有相當的認識。不過大家也許要問：邏輯是必然的推論科學，推論靠純形式的關係，他們只是一堆空架子，有什麼用？是的，邏輯本身沒有「實際用處」，也無「直接用處」；但它能使別的科學發生實際和直接的用處。這話怎麼說？因爲一切科學都靠語言傳達，語言有語法，語法問題弄清楚了，科學問題可說解決一大半了。而邏輯的任務在製定普遍的語法結構，及其推論程序。科學因此建立了；也因此進步了。費琦教授說得好：

> 二十世紀五十餘年來，邏輯特別發達。人類首次得到一種有力的工具。這種有力的工具，足以幫助我們推論種種關係，以及一切種類底性質。符號邏輯已經應用到生物學、神經生理學、工程、心理學和哲學。將來有一天符號邏輯家能夠像物理學家之久已能夠研究「毫無顏色的」物理學觀念一樣，清楚而有效地思考社會、道德、和美學概念。邏輯這一新學科之充分的功用尚未被大家所感覺到。這一部分是由於邏輯之理論的發展尚未完成，一部分是由於許多能夠很便利地應用符號邏輯的人還不知道有符號邏輯存在。當着符號邏輯底功用被大家感覺到時，則一個比較豐富的，比較合於人類需要的，和比較理性的哲學，可以漸漸建立起來。現在，如果我們對於數學沒有堅實的基礎，那麼我們便不能攻習物理學。同樣的，將來總有一天，我們如果沒有符號邏輯的澈底訓練，我們便不能研究倫理學與政治學⑨。

這段話已說明了邏輯對促進學術發展的重要性。試觀今日符號邏輯之革新，以及現代學術進展之神速，更可相信費氏廿多年前的說法。

建造房屋先打好地基；一樣的，發展學術也要先有基礎。不打地基，房屋不能建立，沒有基

⑨ 引文用殷海光之譯文。見《民主評論》四卷十一期「邏輯究竟是什麼」，筆者談邏輯部份很多參考該文。

礎，學術無法開展。而「認知訓練」便是發展學術的「奠基」工作。今日文明先進的國家，無不重視認知訓練，以美國來說，所有大學都將語意學、邏輯列入大一必修課程，甚至中小學已有語意學訓練的試驗。反觀我國仍有很多大學院系未開此類課程，這眞是我們探求高等教育課程革新所應該注意的重要問題。

一九六五年五月刊於《時與潮》二三八、二三九期
一九七三年元月十日改寫刊於《師大國文學報》第二期。本文曾經邏輯專家林正弘先生審定。

傳統邏輯與現代邏輯

引言

邏輯這門學問可以說歷史悠久，源遠流長。在西元前第四世紀，亞里斯多德（Aristotle, 384-322 B.C.）的「工具論（Organon）」已爲這門學問奠下相當深厚而穩固的根基。因此亞氏也就被公認爲邏輯的開山祖師。自他以後，經過中世紀哲人的詮釋，十九世紀及廿世紀許多邏輯家和數學家的革新，邏輯的領域已大爲擴展，精確度也大爲加深。廿世紀以來，邏輯不但進步神速；而且由於它的影響，更帶動其他學術的突飛猛進。

一、傳統邏輯與現代邏輯的分界

邏輯成爲一種獨立的科學，遠比算術、幾何爲早。從亞里斯多德創立，一直到廿世紀七十年代，邏輯已有二千三百多年的歷史。但從發展的過程或階段看，現代邏輯爲時甚短，而傳統邏輯卻長達二千二百多年。這是爲什麼？其主要原因有二：第一是亞里斯多德的邏輯系統被過分的崇拜；第二是十九世紀以前的邏輯不與數學發生關係。亞氏以後的希臘哲人及中世紀的學者，雖然對邏輯也有不少的發現，但亞里斯多德的名氣太大，因此他們發現的價值都被忽視了。這是權威主義妨害學術進步的明證。十九世紀以後，畢科（Peacock），洛白徹（Lobachevsky）等人的努力，新代數與非歐幾何相繼出現。邏輯家從新數學的觀念獲得啓示，大量使用符號，吸取數學方法，於是邏輯如虎添翼，日進千里。自此邏輯便充滿了數學的氣息和性格。這種新邏輯我們稱爲數理邏輯（Mathematical logic），或演繹邏輯（Deductive logic），或符號邏輯（Symbolic logic），或稱爲現代邏輯（Modern logic），以別於舊的傳統邏輯（Traditional logic）。

然而，傳統邏輯與現代邏輯的分界在那裏呢？最簡單的回答是一八四七年布勒（G. Boole 1815-1864）的《邏輯的數學分析》（*The Mathematical Analysis of Logic*）。布氏這本八十二頁小書是現代邏輯的開端，在此以前的邏輯爲傳統邏輯。

二、傳統邏輯非亞里斯多德邏輯

這裏有一個問題必須澄清：有些人以爲傳統邏輯就是亞里斯多德邏輯；或亞里斯多德邏輯就是三段論式。這是錯誤的看法。

如不把邏輯看成演繹科學，則歸納推理（inductive reasoning），三段論式（Syllogism）以及謬誤的分類等，都屬於傳統邏輯討論的問題。若視邏輯爲演繹科學，則三段論式被看成傳統邏輯的核心。三段論式又可分爲三大類：卽定言三段論式（Categorical syllogism），設言三段論式（hypothetical syllogism），及選言三段論式（alternative syllogism）。通常稱亞里斯多德邏輯僅僅指定言三段論式而已，雖然它是三段論式中最重要的部分。

與亞里斯多德邏輯大約同時形成的另一支傳統邏輯，是馬加拉（Megarian）和斯多噶（Stoics）學派的邏輯。前者約在紀元前四百年到二七五年間完成；後者則成於紀元前三百年到二百年之間。馬、斯學派創立的邏輯，其推理形式是設言三段論式及選言三段論式。他們認爲邏輯有五個格（schemata）：

1. 如果P則Q
   而且P
   所以Q
2. 如果P則Q
   而且非Q
   所以非P
3. 並非P和Q兩者

而且P

所以非Q

4. P或Q（「或」字取互斥的意義

而且P (exclusive sense)，

所以非Q　即P、Q不全眞，P眞則Q假，P假則Q眞。）

5. P或Q（「或」字取兼容的意義

而且非P (inclusive sense)，

所以Q　即P、Q至少有一爲眞。）

很顯然，這五格的形式與亞里斯多德邏輯不同。亞氏邏輯討論的是涵蘊結構的推理形式，這五格顯示的是論證結構的推理形式。更重要的是，亞氏在三段論式中使用的變元(variable) S、P、M只替代語句中的主詞和述詞；而馬、斯邏輯這五格所用的變元P、Q，卻用來替代整個語句。此外，馬、斯學派對於語句「如果……則」的眞假情形討論得很多，多到有人說：「連屋頂的鳥都在討論這個問題。」現代邏輯中使用的「如果……則」語句，羅素稱它爲實質涵蘊（Material implication），也不過承繼馬、斯學派的一說而已。

以現代邏輯的眼光看，馬、斯學派討論的是語句連詞邏輯，比亞里斯多德邏輯更爲重要；可是亞氏在傳統邏輯中的地位太高，使得馬、斯學派的創見，好幾個世紀以來被人誤解和忽視。「一直到了廿世紀，才由波蘭的邏輯家爲我們指出，馬、斯學派處理的邏輯正是命題演算。

三、現代邏輯的來源

從傳統邏輯到現代邏輯，依照倪里崎（P. H. Nidditch）的看法，是由四條不同的思想線索融會而成的。

⑴亞里斯多德的舊邏輯

馬、斯學派的語句連詞邏輯也包括在這一系中。亞氏在邏輯方面的努力，是想找出三段涵蘊句各種可能的形式，以及一組檢驗其是否有效的規則。在此他已做了一個很穩固的起點。但亞氏邏輯不是一個很好的系統，因爲它與數學遠遠的分開；而且文字以外的記號使用得太少，對於構作一種理想的推理技術沒有多大的用處。可是他使用變元（variable）以獲得普遍規律的方法，卻是一個很重要的觀念。亞氏以後二千二百年，英國數學家布勒發明邏輯代數。他就以變元代表類，而以「乘」與「和」的運算，把三段論式轉換成一種推理數學。這是現代邏輯發展上的一個重要里程碑。其後葉芳斯（W. S. Jevons, 1835-82）改變並發展了布氏的類代數。約與布勒同時的狄摩根（A. de Morgon, 1806-71）從馬、斯學派邏輯得到啓示，發明了關係邏輯。這是他對現代邏輯的貢獻。他指出三段論式只是關係邏輯的一小部分。布勒以後推進邏輯代數最有成績的，要算美國的查理、斐士（C. S. Peirce, 1839-1914）。他幾乎論列了邏輯的每一分支，其中對於類代數、關係邏輯、語句連詞邏輯和量詞邏輯，都提出不少重要的新觀念。尤其他的關係理論，使我們甚至可把所有數學的觀念分解成邏輯的觀念了。另外，史樂德（E. Schroeder, 1841-1902）、懷德海（Whitehead, 1861-1947）及漢廷頓（Huntington, 1874-1952）對邏輯代數系統的推展，也都下過一番努力。

⑵為推理而設想的一種完全而機械化的語言觀念

拉爾（R. Lull, 1235-1315）約在十三世紀末，最先提出為推理而建造一種完全而機械化語言系統的構想。自他以後，在哲學裏已有普遍科學之普遍語言的想法。但這種語言要到十七世紀中葉，道加諾（G. Dalgarno, 1626-87）的《記號藝術》及韋金（J. Wilkins, 1614-72）的《眞實的記號與哲學的語言論集》兩書出版以後，才開始發展。他們的努力提示後來的邏輯家，可特別設計一套比日常語言更好的語言。笛卡兒似乎是第一個具有如算術一類普通語言觀念的人。然而實際從事設計這種新語言的人，那是萊布尼茲（Leibniz, 1646-1716）。他認為如有一系記號適合於談論我們所有的觀念，其清楚、眞確和詳細，就如算術之談數或解析幾何之談線一樣，那麼科學裏所有依靠推理的工作，都可藉記號的改換、互換以及藉代數的運算來完成。其所得的結論不但可叫人相信，也可叫人如法泡製一番。萊布尼茲以數學似的新語言，來控制思想的操作，其努力雖然徒勞無功；但那普遍語言及推理演算的思想，使他對現代邏輯做了許多重要的發現。普遍語言的構想促使邏輯符號化。

⑶代數和幾何學上的新發展

一八二五年以後，代數和幾何的形式與目的都起了很大的改變。這一改變對數理邏輯的成長，具有決定性的影響。畢科（Peacock, 1791-1858）首先提出代數應像幾何一樣，是一門演繹科學。舊代數的運算（如四則運算），我們都不知不覺的做下去，到底由什麼法則支持這種運算，也暗然莫明。不像幾何有固定的出發點和有推理程序的結構。因此畢科認爲，代數的運算記號及運算程序都必須根據定律進行，不能多也不能少。從這種觀點便產生了抽象代數（Abstract Algebra）。布勒是現代邏輯誕生的主要功臣，他便深受這種新代數的影響。其次，亞培爾提出平常求四次方程的算學程序，不能求得五次以上方程的數值。他這一驚人的發現，對科學和哲學工作者的衝擊很大。這種衝激之下，抽象代數的第一個分支—羣論（Group theory）、矩陣代數（Matrix Algebra）也相繼被發明出來。在舊代數裏 $a \times b = b \times a$，恒能成立，但在此新系統中則不然。這一事實提醒我們：所謂「眞」和「假」是要看領域才能決定的。新代數歷經一百年（一八三〇—一九三〇）之久才充分成長起來。這種代數的改變，幾乎對其他每一數學領域的發展都有影響。現代邏輯就從代數的發展中吸取養料，日益茁壯。

紀元前三世紀，歐基理德（Euclid）把幾何造成爲一種推理系統。其後幾何被當做最完美的一支數學；同時也是提供眞知識的最佳方法。但到了一八二五年，幾何學上來一次連根拔起的大改變，那就是洛白徹（Lobachevsky）新幾何的發明。新幾何的基礎與歐氏幾何不同，在歐氏系統裏，認定過平面上一已知直線外的一點，有而且只有一條直線與該直線平行；但在洛氏系統裏，則不只一條。從這個根本的不同，其結果也就不同了。例如，畢氏定理在歐氏幾何裏爲眞，而且也可依演繹程序推得；但在洛氏幾何裏則爲假，而且也不能依演繹程序推得。除了歐氏幾何系統之外，現在我們還能有另外一個幾何系統。這種改變搖撼了整個數學界，迫使人們對數學做重新的探討。而這種風潮，便促成二十世紀以來多系統的邏輯建造。諸如：模態邏輯（Modal Logic）、多值邏輯（Many-valued Logic）和命態邏輯（Deontic Logic）等是。

(4)把數學看做演繹系統的想法

這裏說的演繹（deduction）系統，是指與邏輯規則相符合的一組推理序列所構成的系統。這裏說的規則，是指當有效論證從眞的前題引到眞的結論時所依據的力量。

數學領域中首先具有演繹系統觀念的是幾何。這是歐基理德在幾何上的創見。新數學發展之後，演繹系統的想法普遍存於數學的每一分支。同時，演繹系統的想法也使現代邏輯的成長，向前邁了一大步。好比設基（axioms）的一致性（consistency）與完備性（completeness）概念。所謂設基是一個系統的推演起點，它是不待證明卽可成立的敍述；但一組設基彼此間必須一致。所謂一組設基彼此一致是說，一個語句「S」及其否定句「非S」不會由這組設基推出。而一組設基一定可推出語句「S」或其否定句「非S」，則這組設基有完備性。一個設基系統如同時具有一致性與完備性，那麼我們恒能演證或否證此系統中的任一命題。顯然這對邏輯是很重要的問題。

因爲一個一致而又完備的設基系統，我們可以它爲標準，來判斷命題的眞假。另外是設基的獨立性（Independency），所謂設基的獨立性是說，一個系統的任一設基不能從其他設基推出，設基之間互相平行。諸如這些演繹系統的問題，皮亞諾（peano, 1858-1932）貢獻過很寶貴的意見。而德國希爾伯（Hilbert, 1862-1943）的工作成果，對後來的發展影響更大。那就是後設數學（Metamathematics）、後設邏輯（Metalogic）的研究。

傳統邏輯由以上四種線索的交融促進，很快向著現代邏輯的大道上邁進。直到懷海德(A.N. Whitehead）與羅素（B. Russell）的《數理原論》（Principia Mathematica）出版，現代邏輯成長已到了一個顚峯。這眞是一部不朽的巨著。這部書把布勒到史樂德的邏輯代數，和弗列格、康托及皮亞諾的理論，統一成一套符號邏輯的系統，並且把它當作整個數學的基礎。它不但包含了前人的工作，肯定了前人的成就；而且留給後來邏輯發展以無比的啓示。

四、現代邏輯的特徵

從以上邏輯演進的過程看，傳統邏輯已經消融在現代邏輯系統中。有人說，傳統邏輯與現代邏輯好比算術之與代數。這種比喩很恰當。因爲二者研究對象的性質相同，不同的只是方法的巧拙，範圍的廣狹。

新數學的啓示，使得現代邏輯發展迅速，而發展後的現代邏輯，又反過來資助新數學的建立。在羅素的《數理原論》中，不但可用邏輯來定義數學觀念，也可用邏輯的設基和定義來演證數學定理。這是先前皮亞諾稱現代邏輯爲數理邏輯的理由。另外，現代邏輯的形貌著實也像數學。它之會像數學，那是因爲⑴大量使用符號，⑵採用演繹方法。這兩點是現代邏輯的特徵；也是它與傳統邏輯不同的關鍵。由於前者，現代邏輯又稱爲符號邏輯；由於後者，現代邏輯又稱爲演繹邏輯。

傳統邏輯雖已知利用符號，但用得太少，現代邏輯則大量使用專技符號。起初借自數學符號，很快的，現代邏輯就自創許多專技符號。現代邏輯所用的符號可分兩種：一是邏輯變元（Logical variable），一是邏輯常元（Logical constants）。前者是指代替任一詞分或命題的字母p、q、r等等。後者是指代替命題的連接詞或量詞的專技符號，如以「～」代「非」，以「∨」代「或」，以「∧」代「而且」，以「⊃」代「如果……則」，以（X）代「所有的……」，以（EX）代「有的……」等等。使用這些符號，現代邏輯可以很精確而經濟的表達自然語言的複雜敍述，這是傳統邏輯辦不到的。比如下面這個論證：

「如果採礦是有危險性的行業，則它是應付高價的；但採礦是有危險性的行業；所以採礦是應付高價的。」

我們用「p」代「採礦是有危險性的行業」，「q」代「採礦是應付高價的」，則可將以上冗長的語句，寫成簡單而且便於演算的邏輯式如下：

$((p\to q)\wedge p)\to q$

使用符號另一種功用，那就是抽離出論證的形式或結構，使我們能用一般邏輯規則來檢驗論式的有效性。也就是說，使用符號足以表達邏輯規則的普遍性。

現代邏輯和傳統邏輯，同樣可用以檢驗自然語言的論證，不過現代邏輯還提供方法，檢驗傳統邏輯所無法檢驗的論證。同時，現代邏輯更提供一套分析程序，用以分析命題的結構。這種分析在哲學的論證上很重要。

最後，依個人的經驗，我同意巴克（S.F. Barker）在 *The Elements of Logic* 序文中的見解，對於初學者來說，尤其學文的人，傳統邏輯（包括歸納推理、謬誤分類）比現代邏輯更能獲益。因爲傳統邏輯較能指導人的實際思考；而且與哲學問題的關係也較爲密切。

一九七〇年五月刊於《鵞湖》五卷十一期

---

❶ 本文有關現代邏輯四條線索的敘述，是從 P.H. Nidditch 的 *The Development of Mathematical Logic* 提鍊出來的。參看水牛文庫劉福增譯本。

❷ 現代邏輯的特徵一節，參考 Basson, O'Connor 合著的 *Introduction to Symbolic Logic* 第一章。商務書局有劉福增的中譯本。

❸ 讀者對設基觀念如想進一步瞭解，可參看蒲棱茨《設基法概說》，水牛文庫有劉福增譯本。

❹ 讀者對演繹方法如想進一步瞭解，可參看近代邏輯大家 Tarski 的《邏輯及演繹科學方法論概論》一書。商務書局有吳定遠中譯本。

尚同與極權

尚同是墨子的政治理論，也可以說是他的政治理想。所謂「尚同」，就是「取同乎上」，或是「向上看齊」的意思。墨子認爲政治必須由賢人掌權，一同天下之義，消除一人一義，百人百義交相非的紛亂局面，以達成「安危治亂」，「爲萬民興利除害」的目的。但是他的這個政治路線，正是一條通往極權之路。

一、政治組織

尚同的政治結構，主要可分兩部分：一個是政治組織，另一個是行政命令。我們先看他的政治組織。〈尚同中篇〉說：

天下之人異義，是以一人一義，十人十義，百人百義，其人數茲衆，其所謂義者亦茲衆。是以人是其義，而非人之義，故交相非也。……是以天下亂焉。明乎民之無正長，以一同天下之教，而天下亂也。是故選擇天下賢良、聖知、辯慧之人，立以為天子，使從事乎一同天下之義。天子既已立矣，以為唯其耳目之請（情），不能獨一同天下之義，是故選擇天下賢良、聖知、辯慧之人，置以為三公，與從事乎一同天下之義。天子、三公既已立矣，以為天下博大，山林遠土之民，不可德而一也，是故靡（細）分天下，設以為萬國諸侯，使從事乎一同其國之義。國君既已立矣，又以為唯其耳目之請（情），不能一同其國之義，是故擇其國之賢者，置以為左右將軍大夫，以遠至乎鄉、里之長，與從事乎一同其國之義。

這段文字，〈尚同〉上、中、下三篇都有記載，內容大同小異，只是天子之上還有一個天。〈尚同下篇〉說：「天之欲一同天下之義也。是故選擇賢者立為天子。」這是上中兩篇沒提及的。從這裏可以看出政治組織的階級，由上而下：最高的是天；其次是天子，三公是天子的輔弼大臣；其次是諸侯國君，將軍大夫是國君的輔佐；其次是鄉長，再其次是里長。這是層層向下的統治系統。

此外，還有幾點應加以說明：

㈠「一人一義」是天下的亂因。治亂的藥方便是「一同天下之義」。選立正長，設置政治組織，就是為了要「一同天下之義」。可見「一同天下之義」是尚同政治的原則。

㈡「一同天下之義」是「天之欲」。

(三)天選立天子，其餘諸侯國君、鄉長、里長以及三公、將軍大夫則皆由天子選立。

(四)天子以下的各級正長，都由賢者來擔任，而他們都是用來幫助天子「一同天下之義」的。其實，天是抽象的，天選立天子是經驗的不可能；「天之欲」也無從表達，因此「一同天下之義」，事實上必然是「天子之欲」。以天子的欲望來一同天下之義，這正是墨子政治理論的大病根。這留待後文分析。

二、行政命令

我們先來看看他的行政命令。

〈尚同上篇〉說：「正長既已具，天子發政於天下之百姓，言曰：聞善而(與)不善，皆以告其上；上之所是必皆是之，所非必皆非之；上有過則規諫之，下有善則傍(旁，徧也)薦之；上同而不下比者。此上之所賞，而下之所譽也。意(抑)若聞善而(與)不善，不以告其上；上之所是弗能是，上之所非弗能非；上有過弗規諫，下有善弗傍薦；下比不能上同者。此上之所罰，而百姓之所毀也。上以此爲賞罰，甚明察以審信。」

這段文字，〈尚同下〉記載較略，〈尚同中〉文字略異，大意無別。合三篇所言，可歸納他的行政命令如左：

一、聞見善與不善，必以告其上。

二、上之所是必皆是之，上之所非必皆非之。

三、規諫上過，傍薦下善。

四、上同而不下比。

第二點以上之所是非爲是非，就是第四點向上看齊的「尚同」，所以二、四兩點其實爲一點。第三點後半「傍薦下善」，與第一點見善必以告其上相合。故四點可合爲三點看。這三點當中，最主要的還是「上之所是必皆是之，上之所非必皆非之」一項。「上」是誰呢？當然實際上就是天子。以天子的是非爲是非，才能「一同天下之義」。而「聞見善與不善，必以告其上」，「規諫上過」都只不過用來輔助第二點罷了。於是各級正長就根據這三項命令來行政，率領百姓逐級向上看齊、向上學習。他們做的好，就給賞；做不好，就給罰。所謂「上以此爲賞罰」便是。可見整個政治的運作，就靠賞罰的強制力來推動。就像墨子自己說的：「富貴以道（導）其前，明罰以率其後，爲政若此，唯（雖）欲毋與我同，將不可得也。」❶

三、尚同的功用

挾着賞罰的強制力，透過各級正長，來推行尚同的行政命令，依墨子看是能發揮很大的政治

---

❶〈尚同下篇〉。

功效的。歸納〈尚同〉中下二篇，可有四項功效：

一、得下之情。

二、賞當賢，罰當暴。

三、天子之視聽也神。

四、無敢紛（亂）天下之教者。

〈尚同下篇〉說：

計國家百姓之所以治者何也？上之為政得下之情則治，不得下之情則亂，何以知其然也？上之為政得下之情，則是明於民之善非也。若苟明於民之善非也，則得善人而賞之，得暴人而罰之也。善人賞而暴人罰，則國必治。上之為政也不得下之情，則是不明於民之善非也。若苟不明於民之善非，則是不得善人而賞之，不得暴人而罰之，善人不賞而暴人不罰，為政若此國衆必亂。故賞罰不得下之情，不可而（以）不察者也。然計得下之情，將奈何可？故子墨子曰：「唯能以尚同一義為政，然後可矣。」

尚同一義才能得下之情，這個「下情」並非眞正的民意，而是「民之善非也」。那「善非」又是什麼呢？那是從「尚同一義」來的。所謂「尚同一義」，就是上同天子一義，也就是以天子的是非為天下人的是非。凡合乎天子的是非的就是「善」；不合於天子的是非的就是「非」。天下只有這個價值標準，也只有這個判斷標準，以此衡量，當然「上下情通」，以此「得下之情」也就不難。能「尙同一義」的人，就合乎這個標準，他就是「善人」、「賢人」，給賞；反之，就是「暴人」，給罰。因此，尙同政治下的賞罰，一定是「賞當賢，罰當暴」。天子定下了標準，各級正長以此教育人民，以此率領人民層層向上學習，又有賞罰的強制力在鞭策着，任誰也不能不乖乖的做。這就可以收到「無敢紛（亂）天子之教者」的效果。至於「天子之視聽也神」，最爲突出；天子獎勵告密，厲行連坐——「見淫辟不以告者，其罪亦猶淫辟者❷」——使天下人之耳目，助天子視聽；使天下人之脣吻，助天子言談；使天下人之心，助天子思慮；使天下人之股肱，助天子動作。所以數千萬里之外有爲善者，有爲不善者，旁人不聞不知，天子得而賞之、罰之。「是以舉天下之人，皆恐懼振動惕慄，不敢爲淫暴」❸。這就是「天子之視聽也神」。

有了這四種功效，天子可以「濟事成功，垂名於後世」❹，所以墨子說尙同是「政之本治之要」❺。

四、人文主義的倒車

❷同❶。
❸〈尙同中篇〉。
❹同❸。
❺同❶。

以上是我們就墨子尚同政治理論，作儘可能如實客觀的分析和了解。基於這個了解，我們認爲「尚同」政治，隱藏了不少問題和弊病。底下逐一分析：

尚同的政治組織，最高的階級是「天」，「天」是最高的統治者，天子必須尚同於「天」。在這個地方，「尚同」與「天志」相應。〈天志中〉說：「正（政）者，無自下正上者，必自上正下。」「天子不得次（恣，任意）己而爲正（政），有天正之。」墨子的「天」有意志，有作爲，能降福降災，支配着整個自然界和人世間的一切。它的無形威力是可以把老百姓嚇住，但對於「無法無天的諸侯」卻發生不了作用。所以「尚同於天」勢必成了「尚同於天子」的藉口。天子挾着無形的賞罰來威脅人的精神；加上有形的賞罰支配人的肉體，你說天子的強權能不無限的擴張嗎？在那王權式微的時代，墨子的「尚同天志」，不能不說他是在復古。孔子不言「天道」，不語「怪力亂神」，表現了人文主義的光輝。後起的墨子，卻大談「尚同」思想，我們認爲他在人文主義的行程上，開了一次倒車。

五、尚同與極權

墨子認爲「一人一義」是天下的亂因，主張立正長來「一同天下之義」。殊不知「一人一義」，乃是人之所以爲人的價值。「一同天下之義」，是建立在不把人當人看待的基礎上。我之所以爲我，你之所以爲你，最重要的地方，就是想法不一定必須相同。一個挖空了心靈和價值觀念的臭皮囊，活着像死了，有他、無他，有何分別。再說政治是管理衆人之事，衆人的事，有無需要，衆人自己最清楚，事情做不做，應該聽聽他們的意見，而不是由統治者來決定衆人的需要。這應是「下比」，而不是「尚同」。「一人一義」是民主政治的常態，民主政權的設立，正是為了保障人民有思想、言論、著作、出版的自由，這是人民不可出讓的權利（inalienable rights）❻。「一同天下之義」，是以天子一人的是非為天下人的是非，以天子的價值觀為天下人的價值觀，這種包辦、把持意見的政治方式，使人沒有思想，沒有理想，想像力為之窒息，創造力為之停頓，文化生機為之扼殺，學術無由發展。這是對人類尊嚴和生存價值的大侮蔑。「尚同一義」的政治，常能表現高度的效率，可是這種效率往往是藉武斷、鎮制、屈人從己，以及告密連坐的特務統治造成的。這種政策專斷的「尚同」理論，正是一條通往極權專制之路。

六、「造福人民」與「除礙原則」

我們不懷疑墨子主張兼愛，其「尚同」的目的是要為天下萬民謀福利。可是說來不幸，所有

❻ 參看張佛泉著《自由與人權》二、四兩章。張氏將自由分成二種意義系統，一類指內心生活的某種狀態；一類指政治方面的保障。前者不只代表「自由意志」，凡自發的、主動的、內心的自由生活或理論，都包含其中，是複雜而不確定，並無客觀的標準可言。後者是具體而確定的，是可以列舉的，這一指稱下的自由，恰等於權利，諸自由即諸權利。人享有這些權利，才能活像個人。諸權利是不許分割，無法出讓的。政府存在的理由，就在保障人民享有這些權利。

政治中最危險的理論，也許莫過於「造福人民」的念頭。有這種看法的人，必拿自我的價值標準強迫別人，干擾別人，他自以爲他的「價值觀」才是最高的、正確的，因此他的一切作爲乃在挽救別人的靈魂。這就是形形色色的烏托邦主義的根源。海耶克（F. A. Hayek）在他的名著《到奴役之路》（The Road to Serfdom）一再的提醒，使世界變成地獄的，正是要世界變成天堂的一念❼。衡之幾千年來歷史上的專制政治，以及近世紀獨裁極權的統治現象，海氏的話正是一項眞理。研究政治學頗有成就的張佛泉教授說：「以謀求人民幸福爲目標的政府，初聽起來，似是極合理想。實際上，直接以謀求幸福爲目標的政府，離極權政府只不過一步之差。美國獨立宣言中所列之『不可出讓的』諸權利爲『生命、自由、與幸福之追求』。爲保障這些權利，政府方在人間樹立起來。極明顯地，『幸福之追求』乃個人的權利。政府只在構成保障，一如保鑣者之任務，使人民之追求幸福成爲可能。許多人每將此二事相混。殊不知政府決無替人民直接追求幸福之方，適如政府決無法能代替諸個人度其生命。」❽幸福是一種感受，也是人奮鬪的理想與過程，並非能由統治者隨意分配的。再說一人當政就強行一個理想，強求一種幸福，前後當政的人何其多，這一來豈不造成混亂的局面？何況歷史顯示，能「造福人民」的「聖主」微如鳳毛麟角。卽使有，這種包辦式的替人民解決一切問題，徒使人人軟化，難能自立，智慧道德也只有日

---

❼ 參看陳少廷著《極權主義底解析》頁一二八。

❽ 參看張佛泉著《自由與人權》頁一七二。

漸退化。

「造福人民」的動機，並非不好，而是他的手段錯了，那種以統治者的欲願、價值標準，直接的、單向的、主動的去為人民做事，或要人民做事，事實上往往帶給人民很多的干擾和痛苦，因為這種「造福」未必合乎人民的需要。像不久前，伊朗新政府領袖柯梅尼，根據回教「聖諭」宣佈一道命令，要全國婦女恢復臉帶面紗，引起了婦女們的抗議示威，就是例子。眞正使人民能追求幸福，有而且只有現代民主政治的「除碍原則」(Principle of hindrance)⑨。它的意義是：政府要確立一項法律或推行一項措施，其目的只在排除人民生活中嚴重的障礙；而不是以強制力在促進道德或幸福。張佛泉教授說：「這個原則首先為立法者提示了一種臨事的態度。這種態度便是審愼、恭謹。他應了解他的職務是有限制的，他應知道他所能用的方法是極有效，但卻具有極大危險性的。凡立一法，施一令時，他必先承認此乃迫不得已。持着這樣的態度，同樣可以做出許多偉大而積極的事，卻同時可以避免許多禍害。」以國民住宅為例。一般開發國家，農村人口大量流向都市，都市人口暴增房子不敷使用，房荒問題日漸嚴重，人民住方面發生嚴重的障碍。於是政府應社會要求出來排除障碍，讓出公地，以較低的造價招標，但商人無利可圖，不願承造，卽使勉強承包，也多偷工減料，結果弊病叢生，構成一大阻碍。於是政府改採方式，由

---

⑨ 這一原則首由包三癸 (B. Bosanquet) 所發明，繼由林德賽 (A.D. Lindax) 巴克 (Barker) 所發揮。張佛泉在《自由與人權》第六章第三節有很精闢的論述，本文深受其影響。

商人投資與建國宅。然而土地、建材一再漲價，國宅售價偏低，利潤不厚，商人裹足不前。政府為排除此種障碍，只好確立法令，減免稅率，融資放款，用以鼓勵商人投資與建國宅，而商人因政府的政策使得成本降低，利潤優厚，樂於建造。接着又發現許多人民仍然無力購買，政府乃不得已再出而排除阻碍，以法令強迫規定公私金融機構，辦理長期低利貸款，以幫助人民購屋。國民住宅只是「除碍原則」的一個例子。眞正民主國家的一切法令的制定，莫不本此原則。尤以憲法中基本權利的確立，最為典型。一定先有妨害人民生活嚴重阻碍存在，然後才在「人權清單」中訂明此類阻碍必須排除。不然的話，豈不成了無的放矢。像美國憲法的第一修正條款說：「國會不得立法損及信仰、言論、集會等自由。」就是明證。所以說，政府的任何法律行動，都必須是間接的、謹愼的、永遠出於不得已的苦心，有而且只有這樣才能保障人民的幸福。

七、結　語

分析至此，我們便可看出，墨子藉「天志」要天子愛利百姓，雖然用心良苦，但那種憑天子的欲願去「造福人民」的念頭，必然帶給人民許多的干擾和禍害，是可以肯定的。「尚同」思想的違背「除碍」原則，已至為明顯。而「一同天下之義」，以及告密連坐，使得「舉天下之人，皆恐懼振動惕慄」，正是極權統治下的現象。所以我們說：「尚同」理論，是一條「到極權之路」。

本文刊於一九八〇年一月《鵞湖》五卷七期

尚同是到極權之路

——敬答張偉國、趙之璣君

四月中旬《鵞湖》王社長給我打電話說：「五七期的鵞湖，有兩位年輕人批評你那篇〈尚同與極權〉，我馬上寄給你看看，值得討論的話，你不妨寫篇文章答覆。」我說：「我正在校對〈韓非哲學〉，最近寫的《周金文釋例》❶也要出版，恐怕沒時間寫稿。不過文章有人反應倒沒有白寫，只要態度誠懇，大家討論問題，總是有益的，請寄來給我看看，我儘量找時間答覆好了。」

❶《周金文釋例》，這部書融滙卜辭、彝銘，旁徵經傳、子史，以考索文字、解釋銘文、正補經史、探求中國哲學思想淵源。每器分器圖銘文、銘文楷書、銘文著錄、銘文注釋，銘文今譯五項撰寫。每解一字一詞，往往歸納五千彝銘，舉盡例證。所注解的皆是彝銘中最常見的字詞，熟讀本書，當可以一喩十，開啓金文世界之門。此書已由臺北文史哲出版社刊行。

一、誤解「墨子」

幾天後，我收到五七期《鵞湖雜誌》，上面刊有張偉國君的〈尚同非極權〉，趙之璣君的〈論天欲與尚同——〈尚同與極權〉一文異議〉，我很仔細的把它看了三遍，但我不能不說：我感到失望。張、趙二君不但沒看懂〈尚同與極權〉，就是對《墨子》的原文也沒看懂。這裏先舉出誤解《墨子》的部分：

⑴張君說：「各級正長就根據這三項命令來行政（王先生並未有說三項「命令」是那三項，墨子〈尚同篇〉亦無三項「命令」的文義），率領百姓逐級向上看齊，向上學習，他們做的好，就給賞；做不好，就給罰。」

我把〈尚同與極權〉第二節（二、行政命令）的原文照抄於左，看看我是否「未有說」那三項命令，而《墨子．尚同篇》是否眞無三項命令的文義。請張君詳細對照。

〈尚同上篇〉說：「正長既已具，天子發政（發佈政令）於天下之百姓，言曰：『聞善而（與）不善，皆以告其上；上之所是必皆是之，所非必皆非之；上有過則規諫之，下有善則傍（旁，徧也）薦之；上同而不下比者。此上之所賞，而下之所譽也。意（抑）若聞善而（與）不善，不以告其上；上之所是弗能是，上之所非弗能非；上有過弗規諫，下有善弗傍薦；下比不能上同者。此上之所罰，而百姓之所毀也。上以此爲賞罰，甚明察以審信。』」

這段文字，〈尚同下〉記載較略，〈尚同中〉文字略異，大意無別。合三篇所言，可歸納他的行政命令如左：

一、聞見善與不善，必以告其上。

二、上之所是必皆是之，上之所非必皆非之。

三、規諫上過，傍薦下善。

四、上同而不下比。

第二點以上之所是非爲是非，就是第四點向上看齊的「尚同」，所以二、四兩點其實爲一點。第三點後半「傍薦下善」，與第一點見善必以告其上相合。故四點可合爲三點看。這三點當中，最主要的還是「上之所是必皆是之，上之所非必皆非之」一項。「上」是誰呢？當然實際上（三字吃緊）就是天子。以天子的是非爲是非，才能「一同天下之義」。而「聞見善與不善，必以告其上」，「規諫上過」都只不過用來輔助第二點罷了。於是各級正長就根據這三項命令來行政，率領百姓逐級向上看齊、向上學習。他們做的好，就給賞；做不好，就給罰。所謂「上以此爲賞罰」便是。可見整個政治的運作，就靠賞罰的強制力求推動。就像墨子自己說的：「富貴以道（導）其前，明罰以率其後，爲政若此，唯（雖）欲毋與我同，將不可得也。」（〈尚同下〉）張君看完這段文字是否還說「〈尚同篇〉無三項命令的文義」呢？

(2)張君引〈大取篇〉謂：「『義、利』，這個義就是能利天下的義。〈天志篇〉中云：

『天為貴，天為知，而已矣。然則義果自天出矣。是故子墨子曰：今天下之君子，忠（案本作中，心居中虛故中可作心解，不必改為忠）實將欲遵道利民，本察仁義之本，天之意不可不慎也。』義既本於天，天獨一無二，當然不應該一人一義，十人十義，否則如何成一準則？所以必須要一同天下之義，也就是一同天下之『利』。」

張君把〈大取篇〉訓利的「義」，與〈天志篇〉所謂自天出的「義」，及〈尚同篇〉一人一義，十人十義，一同天下之義的「義」，等量齊觀，這顯然是誤解《墨子》原文。〈天志篇〉的「義」指的是善政，善政又是什麼呢？善政的內容就是兼愛、非攻。我們看看墨子的話就明白。

1.〈天志中〉說：「順天之意者，義之法也。」

2.〈天志上〉說：「順天意者，兼相愛交相利，必得賞。」

3.〈天志上〉說：「順天意者義政也。反天意者力政也。義政將奈何哉？子墨子言曰：處大國不攻小國。處大家不篡小家。強者不劫弱。貴者不傲賤。詐者不欺愚。」

4.〈天志中〉說：「義者善政也。（天志下作義者正也）何以知義之爲善政也？曰：天下有義則治，無義則亂，是以知義之爲善政也。」

從以上所引，可知天意爲「義之法」，而天意就是兼愛、非攻，故兼愛、非攻便是義之法，能兼愛、非攻的便是善政，所以說義是善政。至於〈尚同篇〉所謂一人一義，十人十義，一同天下之義的「義」字，是議的初文，即意見或看法的意思。意見不同，價值觀也就不同。而人就喜歡以自己的看法或價值觀爲標準，去衡量別人，批評別人，所以墨子說：「(人)皆是其義而非人之義。」❷如果統治者的意見或價值觀與人民不同，政令就無法推行，誠如墨子說：「若苟上下不同義，則賞譽不足以勸善，而刑罰不足以沮(阻)暴。」❸更嚴重的是，「若苟上下不同義，上之所賞，則衆之所非……上之所罰，則衆之所譽。」❹像這種厭罪憫刑的現象，史例不絕。最近被蘇俄驅逐出境的索忍尼辛，及被大陸政權判刑十五年的魏京生，他們在統治者的眼中是罪犯，但在人民的眼中卻是一個大英雄、人權鬪士。爲了避免這種現象發生，所以墨子主張要一同天下之義，要「尚同義其上❺」，要「去若(汝)不善言，學天子之善言，去若不善行，學天子之善行❻」，這樣一來，上下的意見一致，價值觀點也一致，才能達到「上下情通❼」。但張君卻將一人一義，一同天下之義的「義」，解作利，這怎能講通呢?義字散見於《墨子》各篇之中，要依上下文才能斷定它的正解，並非只用一個「利」字，就可以全部解釋的。這裏隨手舉幾個句子，如〈尚賢篇〉的「舉義不避貧賤❽」，〈明鬼篇〉的「天下失義，諸侯力正❾」，〈非命篇〉的「義人在

❷〈尚同下篇〉。張純一著《墨子集解》頁一二三。

❸❹〈尚同中篇〉。《墨子集解》頁一一七—八。

❺❻〈尚同上、中篇〉。《墨子集解》頁一〇九、一〇五、一一一。

❼〈尚同中篇〉。《墨子集解》頁一一九，原文作「上下請通」，墨子各篇情字皆作請。

❽《墨子集解》頁六四。

❾《墨子集解》頁二七四。

上，天下必治⑩」，「以此爲君則不義，爲臣則不忠⑪」，請問這幾個「義」字，可以解作利嗎？

(3)張君說：「墨子的政治理想中，完全沒有使天下人之耳目，助天子視聽，成為特務組織如王先生所說者。」

我現在抄一段〈尙同中篇〉的文字，給張君看看，是否眞的「完全沒有」使天下人之耳目，助天子視聽。

古者聖王唯而（能）審以尙同，以爲正長……是以數千萬里之外有爲善者，其室人未徧知，鄉里未徧聞，天子得而賞之。數千萬里之外有爲不善者，其室人未徧知，鄉里未徧聞，天子得而罰之。是以擧天下之人，皆恐懼振動惕慄，不敢爲淫暴。曰天子之視聽也神。先王之言曰，非神也。夫爲能使人之耳目，助己視聽；使人之脣吻，助己言談；使人之心，助己思慮；使人之股肱，助己動作……故古者聖人之所以濟事成功，垂名於後世者無他故異物焉。曰唯能以尙同爲政者也⑫。

(4)趙君根據〈法儀篇〉：「奚以知天之欲人之相愛相利而不欲人之相惡相賊也，以其兼而愛之，兼而利之也。奚以知天兼而愛之兼而利之也，(以)其兼而有之，兼而食之也。今天

⑩《墨子集解》頁三一九。

⑪《墨子集解》頁三三二。

⑫《墨子集解》頁一一九—一二〇，〈尙同下篇〉也有此段文字，大意無別。

下無大小國皆天之邑也，人無長幼貴賤皆天之臣也，此以莫不犓（源案依〈天志〉上下篇，犓下脫牛字）羊豢犬豬。絜為酒（醴）粢盛，以敬事天，此不為兼而有之，兼而食之邪。」

趙君引用這段話後接着說：墨子問：何以知「兼愛兼利」是「天志天欲」呢？自答說：因為天兼有兼食天下，凡國邑，人類（無「長幼貴賤」）都是天所有天所養（食）。卽是說，任何存在物都是天所存養和保有的……否則便會消亡。

趙君認爲：墨子說人類是天「所養」的。趙君差矣！墨子的意思剛剛好相反，他說的是：天是靠人類「所養」的，所以天要兼愛天下之百姓。這在〈天志〉上、下篇說的很清楚，〈法儀篇〉只是天志之餘義，語焉不詳，可惜趙君不察。我把〈天志篇〉照抄如左，趙君可以仔細端詳端詳。

〈天志上〉：「何以知天之愛天下之百姓？以其兼而明之。何以知其兼而明之？以其兼而有之。何以知其兼而有之？以其兼而食焉（焉解作於此，此指稱百姓）。何以知其兼而食焉？曰：四海之內，粒食之民，莫不犓牛羊，豢犬彘，潔爲粢盛酒醴，以祭祀上帝鬼神。天有邑人，何用（以）弗愛也。」⑬

〈天志下〉：「何以知（天意）兼愛天下之人也？以其兼而食之也。何以知其兼而食之也？自古及今，無有遠靈孤夷之國，皆犓豢其牛羊犬彘，絜爲粢盛酒醴，以敬祀上

⑬《墨子集解》頁二四五。

帝山川鬼神，以此知（其）兼而食之也。苟兼而食焉（於此），必兼而愛之。譬之若楚、越之君，今是（夫）楚王食於（二字吃緊）楚之四境之內，故愛楚之人。越王食於越之四境之內，故愛越之人。今天兼天下而食焉，我以此知其兼愛天下之人也。」⑭

楚、越之君是靠境內的人民來供食，所以他愛楚人、越人。而天是靠天下之人，用牛羊犬彘、粢盛酒醴來敬祀（天兼而食焉），所以天要兼愛天下之人。在這裏墨子的意思是很明白的：天是天下百姓所養的，如同國君是境內人民所養的一樣。而趙君卻作一百八十度反面的了解，寧不令人失望！可見文字、訓詁的功夫不夠，義理之學只好恣已臆測，如何可信。

二、錯認重點

張、趙二君誤解《墨子》的地方，已在上節提出糾正。本節要指明張、趙二君沒有看懂拙文——〈尚同與極權〉的層次。

一般來說，對學術思想的批評，不外三種方法，卽內在批評、外在批評及 Exposition of Presupposition（尚無適當中譯）。內在批評的方法，是基於邏輯的法則，指出被批評的學說思

---

⑭《墨子集解》頁二六一—二。

想有內在矛盾的地方。外在批評的方法，是依據經驗事實，指明被批評的學說思想不符事實，或在實踐上行不通的地方。Exposition of Presupposition 係近來西方哲學界發展出來的新方法。這種方法對被批評的學說不作表面的批評，而是揭露被批評學說背後預設的基本條件。二十世紀大哲學家懷海德（Whitehead）在他的《科學與現代世界》第三章，就用這個方法批評牛頓物理學。杜威及分析派學者像英人 Strawson 也是個中能手。中國留美學人吳森教授，於一九六九年全美教育學會年會上發表〈論美國高等教育中的兩項教條〉一文，也很成功的採用這種方法。該文批評美國大學對教授資格檢定的政策：其一是博士學位為執教大學的必要資格；其二是不斷出版研究報告作為續聘的條件⑮。

拙文〈尚同與極權〉，乃立於「外在批評」的觀點來看尚同理論，我在拙文中說：

> 其實天是抽象的，天選立天子是經驗（二字吃緊）的不可能；「天之欲」也無從表達，因此「一同天下之義」，事實上（吃緊）必然是「天子之欲」。以天子的欲望來一同天下之義，這正是墨子政治理論的大病根。
>
> （尚同的行政命令）最主要的還是「上之所是必皆是之，上之所非必皆非之」一項。「上」

---

⑮ 參看吳森博士著《比較哲學與文化》頁二〇八，該書實為吳先生送給中國學術界最好的一件禮物。筆者教授中國哲學史、墨子的課程中，曾將該書列入必看的參考讀物，效果極佳。奉勸文史哲界的朋友，人手一冊，保證可值回票價。該書由臺北東大圖書公司出版。

是誰呢？當然實際上就是天子。以天子的是非為是非，才能「一同天下之義」。

墨子的「天」有意志，有作為，能降福降災，支配着整個自然界和人世間的一切。它的無形威力是可以把老百姓嚇住，但對於「無法無天的諸侯」卻發生不了作用。所以「尚同於天」勢必成了「尚同於天子」的藉口。（既然天對天子發生不了作用）「一同天下之義」，是以天子一人的是非為天下人的是非，以天子的價值觀為天下人的價值觀，這種包辦、把持意見的政治方式……是對人類尊嚴和生存價值的大侮蔑。「尚同一義」的政治，常能表現高度的效率，可是這種效率往往是藉武斷、鎮制、屈人從己，以及告密連坐的特務統治造成的。這種政策專斷的「尚同」理論，正是一條通往極權專制之路。

我的結語是這樣說的：

墨子藉「天志」要天子愛利百姓，雖然用心良苦，但那種憑天子的欲願去「造福人民」的念頭，必然帶給人民許多的干擾和禍害，是可以肯定的。「尚同」思想的違背「除碍原則」⑯，已至為明顯。而「一同天下之義」，以及告密連坐，使得「舉天下之人，皆恐懼振動惕慄」，正是

---

⑯ 除碍原則（principle of hindrance），是當人民日常生活中有了新的需要，發生新的困難無法解決時，先經過輿論廣泛的、詳盡的研討，及至大家對問題獲得一致的結論，然後才經政治程序，制定法令，排除既存的阻碍，解決人民的生活問題。這是民主政治的常軌。人民的需要自己最清楚，必然是「一人一義」，為人民解決問題，須要問問他們的意見，這是「下比」，而不應「上同義其上」。

極權統治下的現象。所以我們說：「尚同」理論，是一條「到極權之路」。

以上這些文字，筆者一再批評尚同理論的不符經驗事實，指出墨子藉天志要天子愛利百姓是行不通的。這也就是韋政通先生在其大著《中國思想史》中說的，尚同是無法運作的烏托邦[17]。我說：「這種政策專斷的尚同理論，正是一條通往極權專制之路」，「尚同理論，是一條到極權之路」。這話並不表示尚同理論就是極權主義，而是說實行起來尚同理論會走上極權之路。所以用「到」，用「通往」。使實際政治走上極權的思想，不只一種，而尚同理論只是其中之一，所以我說「尚同理論，是一條到極權之路」。這話不是從理論層次說的，而是從實踐的角度說的，這是人類實際政治的經驗，從古今中外的獨裁專制政權，可以找到不少例證。總之，拙文〈尚同與極權〉是屬於「外在的批評」，依據經驗事實，批評尚同理論是否合乎事實，從實踐的觀點，考察尚同理論的可行性，這才是拙文注意的焦點。至於墨子的尚同是不是極權，墨子的政治理想有無內在的矛盾性，拙文並未表示意見。可惜張、趙二君都沒有看清這個界限。張君甚至說拙文「對墨子政治理想的恣意非難，顯然是無的放矢。」張君錯了！拙文的批評尚同理論顯然有「的」，只是這個「的」，張君「看沒有到」。說明白一點，我從經驗上、實踐上立論，那麼要否

---

[17] 韋政通《中國思想史》上冊頁一二一，臺北大林出版社出版。此書為目前同類書中最新也最好的一部。該書最大的特點，在能把握歷代思想之間的演變和發展，真正具有「史」的意義，並非一般資料的堆砌可比。

定我的說法，或對我的論點表示「異議」，只有站在經驗、實踐的層面上，提出論據來反駁，才算相應。但張、趙二君未認清主題，只是從理論的層次，一再強調墨子以天為法度，要天子以天意為依歸，天子應該秉天之法度去一同天下之義，以此辯護尚同就是天欲，「尚同非極權」。這些論點與拙文並不相干。這種辯論方式，在邏輯方法上正犯了「不相干的謬誤」(fallacy of irrelevance)。這種謬誤，就像瞄錯了靶子就開槍一樣，子彈是虛發的。

三、澄清與反駁

這裏我要挑舉幾段重要的「異議」，證明張、趙二君並沒看懂拙文，同時也答覆二君的問題。

(1)張君說：「我們要正確的了解墨子的思想，必須從《墨子》全書裏面探求。……我們仍需從這三十篇文章來論墨子的政治理想，不能當中抽一章數句來恣意抨擊，否則只淪於斷章取義，用來借喻則無傷大雅，用來辯析則委屈前人，阿從己意，有愧於學術良心。〈尚同與極權〉一文，單就墨子〈尚同〉上中下三篇立論，另引〈天志〉中篇兩句二十六字，不可謂取材完備。」

張君這話是就理論本身說的，也是就墨子的整個思想，或整個政治理想說的。但拙文〈尚同與極權〉的重點不在此，拙文只在探討尚同理論合不合事實，運作上行不行的通，這從〈天志〉、〈

尙同〉幾篇文字，已足夠判斷，無須他求。就以張君所引各篇文義來說，不但沒有超出〈尙同〉、〈天志〉的理論範圍，對了解尙同理論的實踐性也毫無幫助。

(2)張君說：「墨子的學說裏面，並非肯定一切統治者。為天子者應有（吃緊）天子的法度，天子是有道德規範的，而天子也有善惡的評定標準。同時，天子的欲望，絕非（吃緊）就是天子個人所好惡，這幾點可以從墨子一書中找到充份的證據。」

張君引用〈天志〉、〈法儀〉、〈大取〉、〈七患〉、〈辭過〉、〈尙同〉、〈非命〉、〈貴義〉、〈尙賢〉等篇文字，來證明他的說法，也用來辯護尙同非極權。張君在此費了很大的心力，佔去全文三分之二的篇幅，不過他的心力是白費的。因爲這一大段文字，只能證明尙同理論沒有內在的矛盾性，或者說墨子的理論是無意使天子走上極權，卻不能證明它的實際的運作性。天子「應有」法度、道德、善惡標準，所謂「應有」是屬於理論的主觀的層次，而不是事實層次。所謂「天子的欲望，絕非就是天子個人所好惡」，這只是墨子的理論規定；實際上天子不這樣，墨子又能奈何?張君只要翻翻歷史便可找到答案。

(3)張君說：「墨子以天為法度，來衡量世俗的政治，社會及學業，豈得容許（吃緊）天子恣意曲解，以一己的是非標準為天下的是非，作為統治工具，如王先生所認定者?」「有違天之仁（的天子），為墨子所必非」「墨子既然肯定君主是統治階層中天以下的次一層，也就是現實政治的最高統治者，他可以不把天放在心內。在墨子的政治理想中君主既然是最高統治者，他的現實政治權力是不是容許絕對的出自個人意見呢？答案是否定的。」（這段文字理路不順）「統治者旣以三表為政治的原則，則這政治已絕不可能（四字吃緊）站在統治者個人利益的立場，更不用說會導至極權政治了。」

看完這幾段文句，我不得不說：張君實在太天眞了！張君只了解理論上墨子規定天子要以天爲法度，天子就會乖乖的聽話。就不了解經驗上、實踐上天對天子缺乏有效的控制力時，假若天子不順從天意，墨子不「容許」，「墨子所必非」，那對天子又能怎樣？統治者不以三表爲政治原則，你能奈他何？張文中屢次使用「絕對」的字眼，我想他不太「懂」這個詞的意義。天底下凡可經驗的事實，極少有絕對的；也可以說凡能用言詞敍述的事物，幾乎沒有絕對的。這對受過語意學（semantics）這門新知識訓練的人當可了解。所謂「絕對」要從數學和邏輯（logic）的領域裏去尋找，但那是分析的而非綜合的，換句話說，那與經驗事實無關。而且數學、邏輯的絕對性，也是有它的界線，它要在一個系統中，根據預設的基本假定（axioms，以前皆譯作公理，不切）去演繹，才能確定。否則，改變了系統，或者基本假定存有歧義（ambiguity），那麼原先的絕對性也就無法保證。我們拿意大利大數學家皮亞諾（Peano, 1858-1932）創立的自然數論系統來看看。這個系統包含三個基本名目（terms），五個基本命題。三個基本名目是：「0」，「數」，「繼項」。繼項是指自然數序中的次項，如0的繼項是1，1的繼項爲2等等。五個基本命題爲：

(a) 0是一數。

(b) 任何數的繼項是一數。

(c) 不同的數沒有相同的繼項。

(d) 0非任何數的繼項。

(e) 如果0具有某一性質，而且任何具此性質的數之繼項也同具此一性質，則所有的數字皆具有之。（此爲歸納原理 Principle of induction）

依據這些基本假定，自然數列0、1、2、3、4……就可以逐一界定下去。首先界定「1」爲「0的繼項」，「2」爲「1的繼項」，循序下去，顯然要多少就可界定多少。因爲依(b)，則界定所得之數，各有他的繼項。依(c)，則數列中沒有相同的數出現。依(d)，則界定所得的數列中不會有0出現。依(e)，則凡數皆在這數列之中，這數列起於0而依次經過繼項的繼項：因0屬此數列，屬此數列之數的繼項也同屬此數列，故由數學歸納法，凡數皆屬於此數列。然而皮氏的三個基本名目：0、數、繼項，可以有無窮的解釋（歧義），每種解釋都合乎五個基本命題。比如羅素（B. Russell）所說的：指「0」爲一〇〇，並把「數」解作一〇〇以上的數，那麼五個基本命題都能適用。這樣一〇〇雖爲九九的繼項，但九九並不在這裏所謂數的範圍內。本例的一〇〇就是任意拿別的數去代替，也並無不可。羅素又以「0」指1，「繼項」指半數，則數列成爲

1、$1/2$、$1/4$、$1/8$……這樣也完全合乎五個基本假定⑱。由此可知，皮亞諾的自然數論系統中的數列，可以是：1、2、3、4……。可以是：1、$1/2$、$1/4$、$1/8$……。也可以是……，要多少就有多少。這樣看來，請問它的絕對性在那裏呢？張君如果了解以上所說，相信日後不會再輕易的開口「絕對」，閉口「絕對」了吧！

(4)張君說：「義既本於天，天獨一無二，當然不應該（吃緊）一人一義，十人十義，百人百義，否則如何成一準則？所以必須要一同天下之義，也就是一同天下之利（誤義為利，已在前文糾正）。天子既為天所選立之賢者，應該（吃緊）秉天之法度去一同天下之義。天子本身亦不能持一己之所義以為義。」

這一段話，是張君對尚同思想的了解。他一再強調「應該」，這是 what ought to be（應然）的層次，是理論的，而不是事實的，事實是 what is to be（實然）的層次，這兩個層次迥然有別。「應然」是一種主觀的願望，「實然」卻是客觀的事實。客觀的事實不必然跟隨主觀的願望走，這一點張君始終沒有認識清楚。這也就是張君不能看懂拙文的主要關鍵。

(5)趙君說：「王君的判斷是『天之欲』等於『天子之欲』，因此代入墨子的理路便是王君認為的『以天子的欲望來一同天下之義』。王君解釋『天之欲』等於『天子之欲』的理由

---

⑱參看《羅素算理哲學》一、二、十八章，臺北正文出版社中譯本。劉福增譯註《設基法概說》，水牛文庫。

是『天是抽象的，天選立天子是經驗的不可能』。我的見解不同於王君是在『天之欲』的詮釋上，『天』就表面意義上說不是指『我』這第一身，也不是指『你』和『他』的第二身第三身，怎會『天之欲』即是『天子』這第三身之『欲』呢？這是第一點。其次『天』是個『虛』指，並非『實』指；是個抽象的指而不是形象的指，這是第二點。」

這裏可以看出趙君觀念的不清楚，正好與張君一樣，那就是不能分清理論層次與事實層次。事實層次要合乎人類的經驗原則；理論層次是不能違反邏輯規則。比如「方形的圓桌」、「張三是中國人，而且張三不是中國人。」在邏輯上，這是不能成立的，因爲句子本身自相矛盾（self-contradiction），違反了邏輯規則。反之，在邏輯上不自相矛盾的話，任何理論都可能成立。但是在理論上可以成立的，經驗上卻未必也能成立。比如「怒髮衝冠」、「白髮三千丈」，這在邏輯上並沒有自相矛盾，但在人類的經驗上從沒有這樣的事實，而且與眞象相差太遠。所以從經驗上看這是不可能的。這種不可能就是英文說的 very unlikely，這和 logically impossible 的意思在語意完上全不同。趙君認爲「天之欲」不可能是「天子之欲」。趙君的意思是，「×是天之欲，而且×不是天之欲」是不能成立的，這是就邏輯上說的。可是從經驗上（政治史）看，「天之欲」事實上就是「天子之欲」的理由化。而「天之欲」變成「天子之欲」的原因何在呢？那就是趙君說的天是「抽象的指」、是「虛指」。所謂虛指，用語意學(semantics)的術語說就是「零指謂（zero denotation）」，零指謂的語詞沒有被指謂項（denotatum）。被指謂項就是事物，沒有被指謂項就是經驗上沒有事物存在。墨子的「天欲」、(「天志」)、「天意」都是零指謂的語辭，也就是說人類的經驗上並沒有這些事物存在。事實上不存在的「天欲」如何去控制「天子之欲」呢?如何阻止「以天子的欲望來一同天下之義」呢?至於趙君說:「天命(或天欲)便倚藉在客觀事物上可以給人認知」。我的答覆是:事物固然客觀的存在，給人的認知卻未必相同，例如:墨子視天爲有意志有作爲，但荀子卻視天爲自然。而從政治經驗上看，「天欲」或「天命」只不過是統治者用來掩飾自己的意願和行爲的藉口，這是趙君無可否認的事實。

(6)趙君說:「假如尚同於天只是被借用來實現尚同於天子的藉口，那麼墨子『尚同說』根本不涉及王君所推論的極權，因任何藉口都可用在極權上，尚同說與極權的實際和理論却發生不出必然的關係。不過我們不能因王君一詞之差而故意刁難。『尚同論』是否就是『極權主義』的變相理論才是我要和王君商榷的。」

「尚同於天」一旦成了「尚同於天子」的藉口，在政治的運作上，天子之意或欲，都可說成「天意」或「天欲」。天子可以假借「天意」，爲所欲爲。歷史上許許多多「替天行道」、「代天伐罪」的把戲，還不都是天子在遂其一人之意。天子的權力無法有效的控制，怎能叫他不走上極權?這個問題不解決，而只是一味說:「尚同說與極權的實際(理論方面後文詳述)發生不出必然的關係。」豈不是一廂情願。再說，趙君用「任何藉口都可借用在極權上」爲理由，來證明:尚同於天用來實現尚同於天子的藉口不會造成極權。這在邏輯上是犯了不相干的謬誤。因爲任何藉口用在極權上是一件事；尙同於天用來實現尙同於天子的藉口是否造成極權是另一件事。比方有人說：「吃了壞蛋會拉肚子。」你卻說：「吃了任何壞東西（如壞魚、壞豆腐等等）都會拉肚子，所以說吃了壞蛋不會拉肚子。」這種推論當然不能成立。至於「尙同論是否就是極權主義的變相理論」，我不懂趙君說的「變相」的定義是指什麼，不過我認爲墨子的本意並非極權主義。詳見後文。

(7)趙君說：「天子……只是『天之臣』、『天之民』、『天之子』而已，是聽命於天志天欲的，而這個天志天欲又是不可以人欲轉移的，它是『無私』『有德』『明而不衰』的代語。結論是『天志天欲』就等於『天命』，而『天子』只是『天民』『天臣』（……君（天子）代表天，就等於法官代表法律，也等於法律代表公義的意思，君是一個職權的名位，不是一個個人，不能以君權（主？）挾有私心便對中國傳統政治理論詬病，實際上很多政治家把它混淆了，是他個人的問題，不是整個政治傳統的問題，希望王君認清），代表着天，代表着『無私』和『有德』，卽是代表着正義。王君怎會說『天欲』是『無從表達』，難道人不懂得去『兼愛』和『維護正義』嗎？這點是我最希望與王君商榷的。」

從這段文字，很明白的可以看出：趙君分不清什麼是應然 what ought to be，什麼是實然 what is to be 因此他誤以理論爲事實；錯把主觀當客觀。天子「是聽命於天志天欲的，而這個天志天欲又是不可以人欲轉移的。」「天子代表着天代表着無私和有德，卽是代表正義。」這是墨子主觀認定的理論，屬於應然的層次，而不是客觀的事實。客觀的政治事實是，天子拿「天欲」當幌子，遂私心，行無德，「天」一點也拿他沒辦法，因爲「天」根本就不存在。當然你會說，墨子的「天欲」是兼愛，非攻，是愛利百姓，不是規定的清清楚楚嗎？不錯是很清楚，但那是理論，實際的運作上天子握着最高的權力，他高興怎麼做就怎麼做，而且他說那就是「天欲」，「虛指」的天又能奈何？趙君說：「難道人不懂得去『兼愛』和『維護正義』嗎？」我的答案是：這種人有是有，那要碰運氣，千載難逢一個，而且也要看他高不高興作。翻開歷史來看，大部份時間、大部份空間下的大部分人類，都眼巴巴的在希望一個眞正代表「天欲」的聖主來敎導他們，但結果卻是令人失望。這就是爲什麼「槍桿底下出政權」的道理了。趙君又說：「君是一個職權的名位，不是一個個人，不能以君主挾有私心便對中國傳統政治理論詬病……是他個人的問題，不是政治傳統的問題。」我的答案是：個人固然有問題，傳統政治理論及政治傳統才是根本問題的關鍵。傳統政治理論也好，政治傳統也罷，對政治的核心問題——權力，從來提不出一套有效的控制辦法，結果是「人存政舉，人亡政息」，可憐的老百姓只能被動的、無助的「大旱望雲霓」般的期待聖主出現，來施行「仁政」，來「愛民以德」。但是有效的政治是「不恃人之爲吾善也，而用其不得爲非」，⑲「不隨適（偶）然之善，而行必然之道」，⑳中國傳統政治理論，壓根兒

⑲⑳ 「不恃人之爲吾善也，而用其不得爲非。」「不隨適然之善，而行必然之道。」見《韓非子．顯學篇》。這是指韓非以法、術、勢來控制臣下爲帝王效勞的思想，不是指對君權說的，如果把這一觀念轉到控制君權的話，也許民主政治在中國歷史上會能早一點出現。

就沒有有效的辦法控制君權，至於有效的控制君權的制度，更不用談了。這種使「天子」不能遂私心、行無德的辦法，是番邦的洋鬼子想出來的，他們用了不知多少的血和頭顱做代價，才奠定了統治者不能爲所欲爲的民主政治制度。這個制度的基本原則是：統治者的權力來自人民的選票，人民不投你的票，權力自然消失。辦法是：(a)統治者的權力以憲法的規定爲限度；(b)權力的行使要受人民代表的監督及輿論（假的不算）的批評；(c)統治者的權力有一定的期限（如美國總統頂多當兩任共八年，不能以任何理由再延長）；(d)軍隊不在統治者的手中。有了(c)、(d)兩項規定你想「再爲人民服務」，你想「佔着茅坑不拉屎」也不可能，因爲後面還有很多人在排隊呢。再說，「人不自私，天誅地滅。」可是定期改選使得統治者不得不抑私爲公，以美國總統爲例，他爲了連任一定要好好幹，爲了「人死留名」，連任期間也得好好幹。尼克森爲何在白宮安置廿四小時的錄音設備呢？還不是爲了要留下歷史資料，爲了留名，但卻因此留下「水門案」記錄，然而尼克森手中如果握有軍隊，你說他會乖乖的下臺一鞠躬嗎？這就是問題的關鍵所在。趙君如果了解這個關鍵，還會說尚同論實際與極權無關嗎？

四、到極權之路

墨子的尚同思想是站在人民的立場，要求天所選立既仁而賢的天子，率領賢能的各級政府官長，尚同天志，一同天下之義，消除一人一義，百人百義相非的局面，以達到「安危治亂」，「

與天下之利，除天下之害」的理想。尚同政治最高的階級是「天」，「天」是個備具德性的神，〈法儀篇〉說它「行廣而無私」，「施厚而不德」，「明久而不衰」。「天志」是尚同政治的最高準則，那麼「天志」是什麼呢？天志是要愛利萬民的，愛利萬民就是天子「一同天下之義」的原則。而且「天欲義而惡不義」，能降災賜福以爲賞罰，由不得天子恣己爲政，胡作亂爲。因此，從理論的層次看，墨子的動機，尚同論的理想，很具人道主義的色彩，並非極權主義。張、趙二君就是執着於這一個層面。但從實踐的層次看，我們注意的是理論的可行性。一個理論能不能行的通，不僅在良好的動機和目的，最重要的是在它的方法或手段。沒有適當的方法，非但達不到目的，而且會達到反目的。墨子的尚同理論正是如此，他的方法是無效的，不當的。尚同理論是否行的通，關鍵在「天」對天子的約束力上。而事實上「天」根本不存在，以不存在的「天」來選立天子，來「正」天子，豈不是一句空話，這就是他的無效性。在政治的運作上，天子掌握絕對的、最高的權力，卻無有效控制權力的制度，又規定百姓要「上之所是必皆是之，上之所非必皆非之」，勢必成爲以天子一人的是非爲天下人的是非而鋪路；而那「虛指」的「天欲」，正好是天子遂私心、行無德的擋箭牌；告姦、連坐更迫使老百姓不得不成爲被「牧」的一羣羊，這就是他的不當處。基於這種無效、不當的方法，所以我說：尚同理論是一條到極權之路。請注意！「一條」並非唯一，「到極權之路」是就實踐的層次說的。或許有人要問：人有了權力就一定會做壞事嗎？英哲艾克通（Lord Acton）的話是最好的答案，他說：「一切的權力使人腐化，絕對的權力，絕對的腐化。(All Power tends to corrupt, and absolute Power corrupts absolutely.) 這是經驗事實，不是閉着眼睛說的。

餘話

張、趙二君所以非議拙文〈尙同與極權〉，張君是怕墨家淪爲「罪大滔天」，趙君的「目的使墨子尙同說遠離極權主義的範疇」，㉑這種衞道的熱誠是多餘的。我們說尙同理論是一條到極權之路，並不表示墨子的其他思想也不好；換句話說，尙同思想的毛病不會減損墨學的整個價值，更不會影響墨子人格的偉大。學術的眞誠，是白的就說白的，是黑的就說黑的，透過這種認知的態度，傳統思想的生命才能復活，諸子學術的眞價值也才能顯現出來。如果心存衞道，胸有成見，排斥異見之心油然而生，智慧之門隨之關閉，一念之間敏銳的觀察力轉爲遲鈍，這時當你對着眞理，往往視而不見、失之交臂，本來想要衞道，結果卻離道愈遠了。不知張、趙二君以爲然否？

本文刊於一九八〇年六月《鵞湖》五卷十二期

㉑ 見五七期《鵞湖雜誌》頁二九、三八。

附錄一：尚同非極權

張偉國

《鵝湖雜誌》第五十五期刊載了王讚源先生以《墨子。尚同篇》爲基礎的文章〈尚同與極權〉，王先生的結論大概，判斷了墨子的政治理想是「尚同」，而王先生所了解的「尚同」是「以天子的欲望來一同天下之義」，「以天子的是非爲是非」，「各級正長就根據這三項命令來行政（王先生並未有說明三項「命令」是那三項，《墨子。尚同篇》亦無三項「命令」的文義），率領百姓逐級向上看齊，向上學習，他們做的好，就給賞；做不好，就給罰」，「一同天下之義，是以天子一人的是非爲天下人之是非，以天子的價值觀爲天下人的價值觀，這種包辦，把持意見的政治方式，使人沒有思想，沒有理想，想像力爲之窒息，創造力爲之停頓，文化生機爲之扼殺，學術無由發展，這是對人類尊嚴和生存價值的大侮蔑」，「正是一條通往極權專制之路」，諸如此類，墨家可謂罪大滔天。王先生最末卻引美國憲法第一修正條款：「國會不得立法損及信仰、言論、集會等自由」來引伸他的意見：眞正使人民能追求幸福，有而且只有現代民主政治的「除碍原則」云云。依我看來，這篇文章大有値得商榷的地方。

不曉得王先生是否爲了落實他自己所認同的政治理想：現代民主政治的「除碍原則」，然後把墨子〈尙同篇〉拿來抨擊一頓以作比較，使他的文章結論更形具體和豐富，或者眞的要深究戰國時我國顯學之一的墨家政治理想？如果是前者，王先生既然用了認眞而確切的語氣說：「有而且只有現代民主的『除碍原則』眞正使人民能追求幸福」，那麼「尙同」實無討論的價値。一切與現代民主的除碍原則有異的政治見解，必然排除在王先生價値判斷的「有而且只有」之外。既然馬非非馬，無論儒、道、墨、法、名以至佛敎、耶敎、回敎及西方所有非現代民主的除碍原則者，都無價値可言了，王先生爲什麼專擇墨子「尙同」一端來多所責難？既然已經肯定了一個眞理，發揚已惟恐不及，天下間異於我所認定的眞理的，比比皆是，又怎能責盡難盡？

假如王先生的文章是爲了探求墨家的政治理想而寫，則〈尙同與極權〉一文，它的論點實在有所偏頗。我們要正確地了解墨子的思想，必須從墨子全書裏面探求。今本《墨子》五十三篇，而《漢書．藝文志》記載有七十一篇，顯然是歷代逐漸散失的，淸孫詒讓《墨子閒詁》自序說：「今書雖殘缺，然自尙賢至非命三十篇，所論略備，足以盡其恉要矣。」假如孫氏所稱不妄（其實也無法證明孫詒讓有沒有錯論，《墨子》一書所散失的暫假設沒有比〈尙賢〉至〈非命〉三十篇更精彩的意見吧），我們仍需從這三十篇文章來論墨子的政治理想，不能當中抽一章數句來恣意抨擊，否則只淪於斷章取義，用來借喻則無傷大雅，用來辯析則委屈前人，阿從己意，有愧於學術良心。〈尚同與極權〉一文，單就墨子〈尚同〉上中下三篇立論，另引〈天志中篇〉兩句二十六字，不可謂取材完備。

〈尚同與極權〉之所以認定墨子的政治觀點是：「凡合乎天子的是非的就是善，不合於天子的是非的就是非。天下只有這個價值標準，也只有這個判斷標準」云云，又「天子定下了標準，各級正長以此教育人民，以此率領人民層層向上學習」云云，立論根據就在〈尚同中〉：

天下之人異義，是以一人一義，十人十義，百人百義，其人數茲衆，其所謂義者亦茲衆。是以人是其義，而非人之義，故交相非也。(中略)古之民始生未有正長之時，是以天下亂焉。明乎民之無正長以一同天下之義，而天下亂也。是故選擇天下賢良聖知辯慧之人，立以為天子，使從事乎一同天下之義❶。

又〈尚同下〉：天之欲一同天下也。是故選擇賢者立爲天子。

於是王先生肯定了墨子理想中的政治組織：最高的是天，其次是天子，三公是天子的輔弼大

---

❶ 王先生引此段文字時，在「是以天下亂焉」之上，漏了「古之民始生未有正長之時」十一個字，於是使下句文義無所承，變成了「明乎民之無正長，以一同天下之義，而天下亂也。」「以一同天下之義」的意思獨立出來，使讀者覺得天下之亂，就是因爲一同天下之義。這裏補回此十一字，使文義回復：很明顯人民沒有正長去一同天下之義，天下便會亂。

臣等層層向下的統治系統。這看法是毫無疑問的，因爲當時的現實政治，據《禮記．禮運》篇的說法是「大人世及以爲禮，城郭溝池以爲固」，《史記．六國表》序說「務在彊兵并敵，謀詐用而從衡短長之說起。矯稱蠭出，誓盟不信」的君主權力高漲時代。限於歷史發展過程，我們當然不能希望墨子或任何先秦學者有否定君主政治的想法，但不否定君主，絕非等於以天子的欲望來一同天下之義，更不表示天子就是天的代言人。墨子的學說裏面，並非肯定一切統治者。爲天子者應有天子的法度，天子是有道德規範的，而天子也有善惡的評定標準。同時，天子的欲望，絕非就是天子個人所好惡，這幾點可以從墨子一書中找到充份的證據。天子的法度是法天，這點王先生也承認，所以他說：「天子之上有個天」。這個天是否就像王先生所認爲是抽象的，可任憑天子恣意去支配，天子成爲天的代言人？正如王先生所引〈天志篇〉中，墨子已明言不能：

> 天子不得次（恣，任意）己而為正（政），有天正之。

天的法則又在那裏呢？〈法儀篇〉說：

> 然則奚以為治法而可？當皆法其父母奚若？天下之為父母者眾而仁者寡，若皆法其父母，此法不仁也，不仁者不可以為法。皆當法其學（師也）奚若？天下之為學者眾而仁者寡，若皆法其學，此法不仁也，法不仁不可以為法。當皆法其君奚若？天下之為君者眾而仁者寡，若皆法其君，此法不仁也，法不仁不可以為法。故父母學君三者，莫可以為治法。然則奚以為治法而可？故曰：莫若法天。天之行廣而無私，其施厚而不德，其明久而不衰，故

> 聖王法之。既以天為法，動作有為，必度于天，天之所欲則為之，天之所不欲則止。然而天何欲何惡者也？天必欲人之相愛相利，而不欲人之相惡相賊也。……故曰：愛人利人者天必福之，惡人賊人者天必禍之。

墨子明明白白地把天視爲「仁」的形象化表徵，而所謂仁，就是其行「廣而無私」，其施「厚而不德」，其明「久而不衰」，也就是天所蘊涵的德性，法天就要法這種德性。墨子亦肯定天的意志：「必欲人之相愛相利，而不欲人之相惡相賊」。能法天之仁的，能順天之志而行的是聖王；若只法君主個人的，便是法不仁。故〈大取篇〉謂：

> 暴人為：「我為天志（從譚戒甫《墨辯發微》）」，以人非為是也，而性不可正而正之。

《墨辯發微》引曹耀湘解釋：

> 暴人本拂逆天意，而自以為合乎天意，以人之所非者為是也。如夏桀矯天命以有命于下，商紂謂有命在天，是皆自謂天志也。此其性殆不可正，而墨者從而正之。

其說甚確，而墨子以天爲法度，來衡量世俗的政治，社會及學業，豈得容許天子恣意曲解，以一己的是非標準爲天下的是非，作爲統治工具，如王先生所認定者？〈大取篇〉又說：

> 天之愛人也，薄於聖人之愛人也；其利人也，厚於聖人之利人也。大人之愛小人也，薄於小人之愛大人也；其利小人也，厚於小人之利人也。

這表示「愛人」、「利人」，惟天最大；大人（卽天子、正長之類）次之。所以墨家認爲人人皆當法天，各如其份，以盡其兼愛兼利之道（從譚戒甫《墨辯發微》之說，見三五二頁）。於是凡有違背這法度的做法，都是墨子所非的。〈七患篇〉說：

> 國有七患。七患者何？城郭溝池不可守，而治宮室，一患也。邊國至境，四鄰莫救，二患也。先盡民力無用之功，賞賜無能之人，民力盡於無用，財寶虛於待客，三患也。仕者持祿，游者愛佼；君脩法討臣，臣懾而不敢拂，四患也。君自以為聖智，而不問事；自以為安彊（强也）而無守備，四鄰謀之不知戒，五患也。所信者不忠，所忠者不信，六患也。畜種菽粟，不足以食之，大臣不足以事之，賞賜不能喜，誅罰不能威，七患也。

七患是國亡身死的條件，而第一、三、四、五、六等五患，主要針對統治者只憑己意爲政，有乖法度而成患，成患則苦民，正是天所不欲的「人之相惡相賊」，有違天之仁，爲墨子所必非，墨子並不憑空謾罵，而以他認爲能表現天的「仁」之聖王政治實踐標準來衡量不仁。〈辭過篇〉舉例云：

> 古之民，未知為宮室（宮室古義為家屋不一定是帝王專用）時，就阜陵而居，穴而處，下潤濕傷民，故聖王作為宮室。為宮室之法曰：室高足以辟潤濕，邊足以圉（禁也）風寒，上足以待雪霜雨露；宮牆之高，足以別男女之禮。謹（僅也）此則止。凡費財勞力不加利者，不為也。

又說：

故聖王作為宮室，便於生，不以為觀樂也；作為衣服帶履，便於身，不以為辟怪也。故節用於身，誨於民，是以天下之民，可得而治，財用可得而足。

反其道而行的：

當今之主，其為宮室，則與此異矣，必厚作斂於百姓，暴奪民衣食之財以為宮室臺榭曲直之望，青黃刻縷之飾。為宮室若此，故左右皆法象之，是以其財用不足以待凶饑振孤寡，故國貧而民難治也。

這是聖王法天之仁的做法其中一例。裏面沒有半點意見表示「必拿自我的價值標準強迫別人，干擾別人，他（大概指墨子所稱的聖王）自以爲他的價值觀才是最高的，正確的，因此他的一切作爲乃在挽救別人的靈魂」，「那種以統治者的欲願，價值標準，直接的，單向的，主動的去爲人民做事，或要人民做事」如王先生所認定者，〈尚同與極權〉文中對墨子政治理想的恣意非難，顯然是無的放矢。而墨子的意見，反而切近王先生所讚許的「現代民主政治的除碍原則」。正如文中引張佛泉先生的解釋：「這個原則首先爲立法者提示了一種臨事態度。這態度便是審愼，恭謹（以墨子的標準是行廣而無私，施厚而不得，明久而不衰），他應了解他的職務是有限制的（以墨子的說法是旣以天爲法，動作有爲，必度于天），他應知道他所能用的方法是極有效的，但卻具有極大危險性的（墨子的說法是〈辭過篇〉所謂「是以民樂而利之，法令不急而行，民不勞不（否也），上足用」；至於危險性，則法天之仁者所不存）。凡立一法，施一令時，他必先承認此乃迫不得已（墨子的想法是便於民生，凡費財勞力不加利者，不爲也。＜兼愛下＞云：求與天下之利而取之。＜天志中＞云：愛人利人，順天之志）。持着這樣的態度，同樣可以做出許多偉大而積極的事，卻同時可以避免許多禍害。」而墨子政治理想中所涵蓋的，還多於此。＜尚同中篇＞說：

將以為萬民興利除害，富貧衆寡（依孫詒讓說校），安危治亂也，故古聖王之為若是。

這正是墨家的政治準則，任何行政措施，一切法令，必以此爲鵠的，它裏面雖然沒有人權清單，但很明顯地表示人民在同一個政府之下生活，政府必須做到使人民有一個最基本的生活條件：與利除害，富貧衆寡，使危的狀態轉安，使混亂的情況趨於和平。用今天的話來說就是「建立和保障人民安穩生活的基礎；使社會各階層得到平衡，以促進人民的互相了解和團結；保障國家社會的安寧。」相信任何自稱民主或實踐民主政治的國家都樂意承認的，什麼結社自由，信仰自由，言論自由等，只不過是這政治準則下的實踐措施一部份而已。西方的現代民主政治通過政府的尊重憲法來表現，羣衆只能發表意見，通過代表人民的議員在國會中表達出來，羣衆本身仍然沒有行政權，也必須遵守一切未證實違反憲法的行政措施。墨子則以天之法度作爲他理想中的政治準則，聖王能法天之仁，所以古聖王的治績可用來衡量一切現實的統治者。＜尚同中＞云：

今王公大人之為刑政則反此（按指聖王之為政）。政以為便譬（卽便辟，取容於君者），宗於父兄故舊，以為左右，置以為正長。民知上置正長之非正以治民也，是以皆比周隱匿而莫肯上同其上。

可見墨子認為判辨統治者好壞的，仍是人民。

墨子既然肯定君主是統治階層中天以下的次一層，也就是現實政治的最高統治者，他可以不把天放在心內。在墨子的政治理想中，君主既然是最高統治者，他的現實政治權力是不是容許絕對的出自個人意見呢？答案是否定的。〈非命上篇〉說：

子墨子言曰：「古者王公大人，為政國家者，皆欲國家之富，人民之衆，刑政之治，然而不得富而得貧，不得衆而得寡，不得治而得亂，則是本失其所欲，得其所惡。（〈尚賢上篇〉亦有同一問題）」（中略）子墨子言曰：「必立儀。言而無儀，譬猶運鈞之上而立朝夕者也（運、運之假借；鈞，製陶之輪；立朝夕，測星辰方向之器），是非利害之辨，不可得而明知也。故言必有三表。」「何謂三表？」子墨子言曰：「有本之者，有原（察度也）之者，有用之者。於何本之？上本之於古者聖王之事。於何原之？下原察百姓耳目之實。於何用之？廢（發之假借）以為刑政，觀其中國家百姓人民之利。此所謂言有三表也。」

在這裏，墨子先認定統治者的共同欲望是國家富，人民歸心，社會秩序良好，政治上軌道。這是不爭的事實，無論多暴戾荒淫的統治者，都希望他的權力基礎——所統治的國家——有這樣的狀態來鞏固他的權力，何況一般統治者。但他們往往不能從心所欲。墨子提供了「立儀」的原則，繼而引伸出三表：

①有本之者——上本之於古者聖王之事。正如前面所講及的聖王，不是指某一個人，而是他所以成爲聖王的處事表現——「事」。例如〈兼愛篇〉所謂「吾聞爲明君於天下者，必先萬民之身，後爲其身」。禹之征有苗，因求興天下之利，除天下之害；湯以天下大旱，上告于天曰：「今天大旱，卽當朕身履，萬方有罪，卽當朕身，朕身有罪，無及萬方。」這是古聖王之「事」，都是本於法天之仁。

②有原之者——下原察百姓耳目之實。卽能察知人民事實上的生活情況。〈七患篇〉云：「今有負其子而汲者，隊（墜也）其子於井中，其母必從而道（導也）之。今歲凶民饑道，餓重其子，此疚於隊（卽人民飢餓，這險境對統治者來說比自己的孩子掉進井裏更壞），其可無察邪？故時年歲善，則民仁且良；時年歲凶，則民吝且惡。夫民何常此之有！爲者疾（卽統治者苛刻），食者衆（加上消耗糧食的人多），則歲無豐。」通過細意體察人民的情況去了解人民的作爲，不把責任推到人民的身上——例如推賴人民愚笨，生齒日繁，使政府不能完善照料之類。來定立治民方法。〈七患篇〉又說：「故雖上世之聖王，豈能使五穀常收，而水旱不至哉！然而無凍餓之民者，何也？其力時急而自養儉也。故《夏書》曰：禹七年水。《殷書》曰：湯五年旱。此其離（罹也）凶餓甚矣，然而民不凍餓者何也？其生財密，其用之節也。」這是原察百姓耳目之實的一端。

③有用之者——發以為刑政，觀其中國家百姓人民之利。這點意義甚明，玆不引例。

統治者既以三表為政治的原則，則這政治已絕不可能站在統治者個人利益的立場，更不用說會導致極權政治了。現代民主政治的理想與墨子的想法亦無太大的相悖。墨子絕無像王先生所說的：「一人當政就強行一個理想，強求一種幸福。」他只是誠懇地告訴現實的統治者：你們要有一個穩固的統治基礎，必先以你們的人民意願為根本，去順應天的「仁」。統治者只是人民與天之間的媒介，把人民複雜和多樣的意願與天的法度揉合，使人民懂得天的「仁」。所以墨子理想中的王者，也是個道德君子。

〈貴義篇〉記墨子見楚獻惠王，子墨子曰：凡言凡動，利於天鬼百姓者為之；凡言凡動，害於天鬼百姓者舍之；凡言凡動，合於三代聖王堯舜禹湯文武者為之；凡言凡動，合於三代暴王桀紂幽厲者舍之。

這是君主行為規範的大原則。〈脩身篇〉可見墨子的理想君子品行：

是故先王之治天下也，必察邇來遠。君子察邇而邇脩者也。見不脩行，見毀，而反之身者也，此以怨省而行脩。（中略）君子之道也，貧則見廉，富則見義，生則見愛，死則見哀，四行者不可虛假。反之身也。藏於心者，無以竭愛；動於身者，無以竭恭；出於口者，無以竭馴。

又說：

善無主於心者不留，行莫辯於心者不立。名不可以簡而成也，譽不可巧而立也，君子以身戴行者也。

墨子所稱之君子，能身體力行，他反對虛假，而以順天意爲依歸。〈天志下篇〉說：

「今天下之士君子，欲為義者，則不可不順天之意矣。」曰：「順天之意者，兼也；反天之意者，別也。兼之為道也義正，別之為道也力正。」曰：「義正者何若？」曰：「大不攻小也，強不侮弱也，衆不賊寡也，詐不欺愚也，貴不傲賤也，富不驕貧也，壯不奪老也。（中略）若事上利天，中利鬼，下利人，三利而無所不利，是謂天德。故凡從事此者，聖知也，仁義也，忠惠也，慈孝也，是故聚斂天下之善名而加之，是其故何也？則順天之意也。」

正如〈大取篇〉所稱：「義，利；不義，害。」墨子所謂的道德仁義，亦必與國家、社會、人民之利相關，義等於利，而〈大取篇〉以爲：「天下之利驩！聖人有愛而無利。」「去其愛而天下利，弗能去也。」〈大取〉是墨子辯學的綱領篇章之一，他在這裏定立的命題是聖人只付出愛去利天下，不去求利己。而堯舜禹湯之成聖人亦因此。

義既爲利，王公大人爲政於國家者，必須以尚賢爲能，所以〈尚賢上篇〉說：

故大人之務，將在於衆賢而已。（中略）況又有賢良之士，厚乎德行，辯乎言談，博乎道術者乎，此固國家之珍，而社稷之佐也。亦必且富之貴之，敬之譽之，然後國之良士，亦將可得而衆也。是故古者聖王之爲政也，言曰：不義不富，不義不貴，不義不親，不義不近。

也就是說能使國家人民得利的，才可以富貴親近。而聖王之用人，便是以義爲選擇的標準，正如天以義作爲選擇天子的標準一樣。〈尙賢上篇〉又說：

故古者聖王之爲政，列德而尚賢，雖在農與工肆之人，有能則舉之，高予之爵，重予之祿，任之以事，斷予之令。（中略）故當是時，以德就列，以官服事，以勞殿賞，量功而分祿。故官無常貴，而民無終賤，有能則舉之，無能則下之。舉公義，辟私怨，此若言之謂也。

墨子又舉舜因德行舉爲天子的例子。墨子的政治理想中，完全沒有使天下人之耳目，助天子視聽，成爲特務組織如王先生所說者。墨子的理想聖王，明白利天下，知道聖人有愛而無利，用人以利天下之德，舉公義，辟私怨。從來沒有擅自替人民定下「幸福」，卻利於保障人民之利，使人民在不同境遇下皆有所宜，凶荒免於飢餓，居所免於濕凍，諸如此類，就算以西洋現代民主政治理想相比，也絕不失色。在迎合中國現實的歷史條件和社會環境來說，墨子政治理想的價值，不一定在西洋現代民主政治理想之下。

最後，我打算嘗試闡釋〈尙同中篇〉「一同天下之義」。首先，我認爲〈尙同篇〉是墨子的政治理想中有關政治結構和行政措施的篇章。它的內容絕對不能獨立開來看，它所論述的，與《

墨子》一書的其他篇章有不可分割的聯繫，跟墨子的政治理想是息息相關的。假如我們只就〈尚同〉三篇文章論墨子的整套政治學說，批評它嚴酷、極權，就類似我們單憑美國聯邦調查局的檔案論美國政治是卑汚恐怖、剝奪人權一樣。

我們應該了解，行政制度——政府結構及施政措施等，是任何政治形態（包括最理想，最民主的政府）的必然構成部份，沒有它，政治理想只淪爲空想，絕不能落實；有了它，卻往往因爲制度本身的嚴密性，刻板性，加上人爲的不當處理，與政治理想本身產生矛盾（明顯的例子是美國的水門事件及近來的國會醜聞就是人爲因素與政治理想的衝突）。我們不能因爲這些矛盾而去否定行政措施本身，更不能因這種政治理想不克實現，便恣意否定它本身。

假如我們明白墨子學說中，天是一切政治法度的來源，而天的「仁」是建立這法度的原則，我們不難知道墨子所說「一同天下之義」就是要使天下有一公義的準則——法天之仁：行廣而無私、施厚而不德、明久而不衰；人之相愛相利。〈大取篇〉謂：「義、利」，這個義就是能利天下的義。〈天志中篇〉云：

> 天為貴，天為知，而已矣。然則義果自天出矣。是故子墨子曰：「今天下之君子，忠實將欲遵道利民，本察仁義之本，天之意不可不慎也。」

義既本於天，天獨一無二，當然不應該一人一義，十人十義，百人百義，否則如何成一準則？所以必須要一同天下之義，也就是一同天下之利。天子既爲天所選立之賢者，應該秉天之法度去一同天下之義。天子本身亦不能持一己之所義以爲義。〈尙同上篇〉說：

上之所是，必皆是之；所非，必皆非之。上有過則規諫之，下有善則傍薦之。

又說：

天子唯能壹同天下之義，是以天下治也。天下之百姓皆上同於天子，而不上同於天，則菑猶未去也（菑，不耕田也），今若天飄風苦雨，溱溱而至者，此天之所以罰百姓之上不同于天者也。

由此可見上（卽天子）所持的義，假如不是上同於天的，應該「必皆非之」，而百姓假如以天子所義爲義，不上同於天，是要受懲罰的，墨子所說如此，並無「天之欲」等於「天子之欲」的跡象。假如墨子以天子之欲等於天之欲，則一天子一義，十天子十義，堯有堯之義，桀有桀之義，怎能說「一同天下之義」？而這種「義」不是永恒的義。我們憑什麼去判辨堯是聖王而桀爲暴君？以墨子的明於辯析，豈有此錯失。所以強把天之欲與天子之欲混而爲一者，實在是妄論。天之欲旣是永恒的，而相對地比羣衆的一人一義客觀，所以墨子能借這來自天的法度的義，去齊一天下，作爲天下數之無窮的義的衡量標準，於是人的善惡可明而見，君主的善惡亦無所遁形。

這篇文章並非推美於墨子，墨子學說中誠然有很多缺點，但把墨子的政治理想論爲引導統治者「到極權之路」是有欠公允的，而且是於墨子學說不符的。

附錄二：論天欲與尚同

——〈尚同與極權〉一文異議

趙之璣

《鵝湖》五卷七期王讚源君〈尚同與極權〉一文閱讀之後，頗不贊同。謹將自己見解說出，希望向王君領教，試舉與王君文中不同意的幾點如下：

一、王君從《墨子．尚同篇》一段文字得出四個政治系統的綱領（依王君術語稱這些綱領爲「政治系統」）。第一、「『一人一義』是天下的亂因，治亂的藥方便是『一同天下之義』，選立正長，設置政治組織，就是爲了要『一同天下之義』，可見『一同天下之義』是尚同政治的原則。」第二、「『一同天下之義』是『天之欲』。」第三、「天選立天子，其餘諸侯國君、鄉長、里長、以及三公，將軍大夫則皆由天子選立。」第四、「天子以下的各級正長，都由賢者來擔任，而他們都是用來幫助天子『一同天下之義』的。」因此王君得出一個結論，他說：「其實天是抽象的，天選立天子是經驗的不可能，『天之欲』也無從表達，因此『一同天下之義』，事實上必然是『天子之欲』。以天子的欲望來一同天下之義，這正是墨子政治理論的大病根。」

對於上段文字的演說，我先假定王君綜合《墨子．尙同篇》原文的四項論據沒有錯誤，以這四項論據作基礎，王君的判斷是「天之欲」等於「天子之欲」，因此代入墨子的理路便是王君認爲的「以天子的欲望來一同天下之義」。王君解釋「天之欲」等於「天子之欲」的理由是「天是抽象的，天選立天子是經驗的不可能」。

我的見解不同於王君是在「天之欲」的詮釋上，「天」就表面意義上說不是指「我」這第一身，也不是指「你」和「他」的第二身第三身，怎會「天之欲」即是「天子」這第三身之「欲」呢？這是第一點。其次「天」是個「虛」指，並非「實」指；是個抽象的指而不是形象的指，這是第二點。我們再從歷史意義上看這天與天子是否可以互解，再就墨子思想中對天和天子的觀念看是否含有特殊的意義。

歷史上，或文獻記載最古對天的看法雖然不能上溯甲骨的時代，也可以在《尙書》傳說中的三代文獻中獲得。《尙書》裏所說的天，不論是指「人格神」這「天鬼」（或天帝）抑是指「自然的天」，「有意志」和「無意志」都不能把它當成「天子」看待。天和政治發生關係在「天命」，通常用「天」入「政」都是指「天命」，這種所謂「天命」，相信接近墨子所謂「天欲」。這個天命的資料，在《尙書》隨手可以翻得二三十條，我試舉一例證明「天命」等於「天欲」，是不爲政治領導者意欲所轉移。

當周武王東征紂至孟津（盟津），諸侯叛殷會周有八百之多。「諸侯皆曰：紂可伐矣，武王曰：爾未知天命，乃復歸。紂愈淫亂不止。」過了二年，「聞紂昏亂暴虐滋甚，殺王子比干，囚箕子。太師疵、少師彊抱其樂器而犇周，於是武王徧告諸侯曰：殷有重罪，不可以不伐。」（見《史記・殷本紀》）這段文字關鍵在「可伐」「不可伐」中間，用「知天命」來衡量。這個「知」是透過客觀事物而達到的「知」，而「天命」便倚藉在客觀事物上可以給人認知了。二年前知天命不可伐，二年後知天命可伐，分別在多殺比干，囚箕子等事、那麼這些事情就代表了「天命」的意向而爲人所「知」解者，假如「天命」就是統治者的意向，天命不必是知解的對象，也不要多加幾件事件作可否的陪襯。

這個舉例有幾項條件必先肯定：第一，《史記》所載一定眞實或接近眞實，或代表當時人表達所謂天命的含義的普遍意念。第二，「天命」解釋成可透過事象理解的「意向」，在這方面，與墨子的「天欲」含意相一致，才可否定「天欲」就是「天子之欲」的解釋，這是要和王君商榷的地方。第三，憑着《史記》對「天命」一詞作歷史性的追述和《墨子》中所用的天欲是否相關聯，而墨子思想中對「天欲」一詞是否和歷史上對天命普遍詮釋一致，有沒有在自己思想體系中作特別的含意，相信要從《墨子》書中引例說明（這點可以肯定，見後論）。

二、王君對於墨家天志的解釋是：「尚同的政治組織最高的階級是『天』，『天』是最高的統治者，天子必須尙同於『天』。在這個地方，『尙同』與『天志』相應。〈天志篇中〉說：『正（政）者，無自下正上者，必自上正下，天子不得次（恣）己而爲正（政），有天正之。』墨子的『天』有意志，有作爲，能降福降災，支配著整個自然界和人世間的一切，它的無形威力，是可以把老百姓嚇住，但對於『無法無天的諸侯』卻發生不了作用，所以『尙同於天』，勢必成了『尙同於天子』的藉口。」由此推論「強權」（極權?）無限的擴張。

這段文字前面解釋墨家「天志說」，認墨子的「天」是「有意志天」，能降福降災。判詞是「尙同於天」，勢必成了「尙同於天子」的藉口，這是極權的基礎。

我十分留心王君所用「藉口」這字眼，「尙同於天」只做成「尙同於天子」的藉口，假如尙同於天只是被借用來實現尙同於天子的藉口，那麼墨子「尙同說」根本不涉及王君所推論的極權，因任何藉口都可借用在極權上，「尙同說」與極權的實際和理論卻發生不出必然的關係。不過，我們不能因王君一詞之差而故意刁難。「尙同論」是否就是「極權主義」的變相理論才是我要和王君商榷的，見後論。

三、王君說：「墨子認爲『一人一義』是天下的亂因，主張立正長來『一同天下之義』，殊不知『一人一義』乃是人之所以爲人的價值。『一同天下之義』，是建立在不把人當人看待的基礎上。我之所以爲我，你之所以爲你，最重要的地方，就是想法不一定必須相同。」又說「『一人一義』是民主政治的常態，民主政權的設立，正是爲了保障人民有思想、言論、著作、出版的自由，這是人民不可出讓的權利。」

這段全是王君的發議。前面把「一人一義」解釋成爲「個人的價值標準」，後面把「一人一義」解釋成民主政治的「基本權利」，全盤托出王君對墨子尚同政治思想的見解。「一人一義」的「義」是否指個人價值標準，而且是種「基本權利」這問題十分值得商榷。假如可以商榷的話，那麼「一人一義」的對詞「一同天下之義」的尚同政治見解，未必和極權主義信仰一致。

試把墨子的說話（指現存《墨子》一書所有篇章）引證我不同的看法，先解決「天欲」的問題。〈魯問篇〉曰：

> 凡入國必擇務而從事焉，國家昏亂則語之尚賢尚同；國家貧則語之節用節葬；國家憙音湛湎則語之非樂非命；國家淫僻無禮則語之尊天事鬼；國家務奪侵凌則語之兼愛。

這段文字顯示墨學幾個基本思想，他的政治學說所針對的「國家」，不是指政制的國家、公卿士庶這些職權統屬、發號施令這些權限、權力集合和運用的方式，而是指「昏亂」、「貧」、「憙音（闇）」、「淫僻」、「務奪」等情態形容詞下的「國家」。即是指長久以來，政府政策傾向的一種特殊形容的「國家」。他的學說對治的政治領域只屬於上述這一類型，那麼權力「集合」和「運用」的政治制度（包括君權卿相士大夫之權力分配和制衡）這問題，在上引一段墨子說話中是不涵蓋的，假如這個引申是正確，墨學所照顧的「政治社會」，還未與當時（指墨子時代，即七十子後，採畢沅說）承認的「權力結構」相違背。即仍承認「聖人」、「天子」這種權力理論，只在原有政治結構上起匡扶的作用，沒有全盤更換的打算。如果這樣的話，墨子的政治理論，假使與極權主義牽涉，應該是整個傳統政治問題，不應是墨子尚同學說可以承擔。傳統政治與墨家政治理論的問題，相信要與王君廣泛地交換意見，這裏不外生枝節。

〈法儀篇〉說：「……然則奚以為治法而可，故曰：莫若法天，天之行廣而無私，其施厚而不德（案不德當為德解，見《詩經．文王篇》，是古代語法的特例。），其明久而不衰，故聖王法之，既以天為法，動作有為，必度於天，天之所欲則為之，天所不欲則止，然而天何欲何惡者也。天必欲人之相愛相利，而不欲人之相惡相賊也。奚以知天之欲人之相愛相利而不欲人之相惡相賊也，以其兼而愛之，兼而利之也。奚以知天兼而愛之兼而利之也，其兼而有之，兼而食之也。今天下無大小國皆天之邑也，人無幼長貴賤皆天之臣也，此以莫不犓羊豢犬豬。絜為酒粢盛，以敬事天，此不為兼而有之，兼而食之邪。……昔之聖王，禹湯文武兼愛，天下之百姓率以尊天事鬼，其利人多，故天福之，使立為天子，天下諸侯皆賓事之，暴王桀紂幽厲兼惡，天下之百姓率以詬天侮鬼，賊其人多，故天禍之……。」

這段文字可以正確的解釋「天志」、「天欲」、「天子」的問題。墨子明白的說人要法天，因為天「無私」、天「有德」、天「明而不衰」，「天志」、「天欲」就是指這個「無私」、「有德」和「明而不衰」，所以「兼相愛」、「交相利」就是要達成這無私的「天欲」、「天志」的方法，「尊天」也是尊此「無私」、「有德」、「至明不衰」，天只是這許多東西的代詞，「事鬼」是指死去祖先的精靈的崇拜（這是古代一般對「鬼」的詮釋，至於鬼和天帝有什麼關係，這個不去理會，與討論問題無關，因墨子這段說話涵蓋天帝這個觀念）。因此墨子說「文武兼愛」，百姓「尊天事鬼」，要加上其「利人多」一句，明顯是有種實在意義，因此這尊天事鬼又與前「相愛」、「相利」的「天志」、「天欲」銜接。天子這個觀念更有明確的交待。墨子問：何以知「兼愛兼利」是「天志天欲」呢？自答說：因爲天兼有兼食天下，凡國邑、人類（無「長幼貴賤」）都是天所有天所養（食）。即是說，任何存在物都是天所存養和保有的，此存在物是按照所給予存在的客觀條件（對存在物來說是客觀條件）即「天志天欲」維持存在，否則便會消亡。這不是存在物可以主觀定奪的，因此天子就這個意義上只是「天之臣」、「天之民」、「天之子」而已，是聽命於天志天欲的，而這個天志天欲又是不可以人欲轉移的，它是「無私」、「有德」、「明而不衰」的代語。結論是「天志天欲」就等於「天命」（天的命令），而「天子」只是「天民」、「天臣」（誰可作天的代表，在〈尚賢中篇〉有說：符合「天志」、「天欲」的人，能「尊天事鬼」、「愛利萬民」，是會得到天鬼的賞立，我們稱它爲「天子」，可以參看，但沒有定指是誰人，君（天子）代表天，就等於法官代表法律，也等於法律代表公義的意思，君是一個職權的名位，不是一個個人，不能以君權挾有私心便對中國傳統政治理論詬病，實際上很多政治家把它混淆了，是他個人的問題，不是整個政治傳統的問題，希望王君認清），代表著天，代表著「無私」和「有德」，即是代表著正義。王君怎會說「天欲」是「無從表達」，難道人不懂得去「兼愛」和「維護正義」嗎？這點是我最希望與王君商榷的。

下面只剩下「一人一義」和「尚同」的問題，關鍵是「一人一義」和「尚同」是否就是「民主」與「極權」的分野，我們不得不把墨子運用這術語的含意弄清，《墨子。尚同篇》說：

(1)「古者民始生，未有刑政之時，蓋其語人異義，是以一人則一義，二人則二義，十人則十義，其人茲衆，其所謂義者亦茲衆，是以人是其義以非人之義，故交相非也。」(上篇)

(2)「天明虖天下之所以亂者，生於無政長，是故選天下之賢可者立以為天子。……上之所是必皆是之，所非必皆非之。……國君唯能壹同國之義，是以國治也。」(上篇)

(3)「天下之百姓皆上同於天，一而不上同於天、則菑猶未去也。」(以上是〈尚同〉上篇，以下是中篇)「天旣尚同乎天子，而未上同乎天者，則天災將猶未止也。」

(4)「……然無君臣上下長幼之節，父子兄弟之禮，是以天下亂焉。」。(中篇)

(5)天子旣以立矣，以為唯其耳目之請，不能一同天下之義，是故選擇天下贊閱賢良聖知辯慧之人，置以為三公，與從事乎一同天下之義。」(中篇)

(6)「……故當若天降寒暑不節，雪霜雨露不時。……此天之降罰也，將以罰下人之不尚同乎天者也。故古者聖王明天鬼之所欲，不避天鬼之所憎，以求興天下之利，除天下之害……。」(中篇)

(7)「若苟上下不同義，賞譽不足以勸善，而刑罰不足以沮暴……若苟上下不同義，上之

所罰則衆之所譽……是以賞當賢，罰當暴，不殺不辜，不失有罪，則此尚同之功也。」（中篇）

(8)「……計上之賞譽不足以勸善，計其毀罰不足以沮暴，此何以故以然，則欲同一天下之義，將奈何可……家君得善人而賞之，得暴人而罰之，善人之賞而暴人之罰，則家必治矣。然計若家之所以治者何也，唯以尚同一義為政故也……為家數也甚多，此皆是其家而非人之家，是以厚者有亂，而薄者有爭，故又使家君總其家之義，以尚同於國君……使國君選其國之義，以義（一本無義字）尚同於天子……天子得善人而賞之，得暴人而罰之，善人賞而暴人罰，天下必治矣，然計天下之所以治者何也。唯而（一本無此而字）以尚同一義為政故也。天下既已治，天子又總天子之義以尚同於天，故當尚用之為說也……故曰：治天下之國，若治一家，使天下之民，若使一夫。」（下篇）

(9)「意獨子墨子有此，而先王無此？此其有邪？則亦然也。聖王皆以尚同為政，故天下治，何以知其然也，於先王之書也，太誓之言然曰：小人見姦巧乃聞，不言也，發罪鈞。此言見淫辟不以告者，其罪亦猶淫辟者也。」（下篇）

(10)「故唯毋以聖王為聰耳明目與，豈能一視而通見千里之外哉，一聽而通聞千里之外哉。聖王不往而視也，不就而聽也，然而使天下之為寇亂盜賊者周流天下無所重足者何也？其以尚同為政善也。是故子墨子曰：凡使民尚同者：愛民不疾民。無可使曰：必疾。愛而使之，致信而持之，富貴以道其前，明罰以率其後，為政若此，雖欲無與我同，將不可得

也。」（下篇）

上列十條〈尚同篇〉關於「一人一義」與「尚同」的論說文字。根據這些材料我們可以肯定，「尚同於天」，勢不能成為「尚同於天子」（或當權者）的藉口。而「一人一義」顯然是「尚同」的對立傾向，假如尚同是在大羣中的「求同」，一人一義就是在大羣中故意「求異」，與個人內在價值標準不相干。下面主要演述尚同含義，不再對王君文章作任何駁議，目的使墨子「尚同說」更遠離極權主義的範疇。

墨子篇中說「尚同」是先王所共有的政治原則（資料⑼）我們尚同的目的為了避免紛亂，使政令（刑政）劃一（資料⑴），乃國治的條件（資料⑵），使是非、毀譽得值（資料⑵⑺⑻），賞罰得當（資料⑺⑻），合符天的客觀要求（資料⑶⑹包括天鬼、天志，不論用什麼名稱，這個天鬼天志都與自然同體，都是自然本身，因它和我們所想像的天鬼的內容相符，是無方所、無成形，同是個永恒無限體）。天的具體表現是天下之「利」和天下之「害」（資料⑹），君臣之節，兄弟父子之禮（資料⑷），愛、信、富貴、賞罰（資料⑽），其方法是合一家之義以同於國，再合一國之義以同於天子，然後合天下之義以同於天（資料⑻），再由公卿官長頒行天下，維護這共同之義（資料⑵⑸）。那麼全國官長，包括天子，都是為了維護這共同之義而設，而這共同之義是種客觀的、具體的公義、天下之利弊，怎會不是種理想政治？與極權主義何涉？

墨子的現代意義

本文從「有益現代人」的觀點，探討墨子人格思想的現代意義。

全篇分為七節。第一節以墨子富原創能力，獨立精神，且能批判社會，關懷參與，為知識分子的典範。第二節提出墨子重標準、依經驗、求真實、貴驗證、講方法的科學精神。第三節指明貴義兼愛，兼顧彼此利益，是理性的功利主義。第四節介紹墨子力行自我理論的實踐主義。第五節推崇墨子枯槁不舍的救世義行，足可不朽。第六節說明墨子的非攻思想，是以實力作後盾的和平主義。第七節指出墨子的人格、理論，正是國際扶輪社、獅子會、青商會奉行的理想，從而肯定墨子對現代的價值和啓示。

研究諸子思想，有幾個層面可以注意：第一，諸子的思想內容；第二，諸子思想的演變和發展；第三，諸子思想對現代人有何助益。第二項屬於思想史或文化史的價值，那是歷史的意義。第三項關係到現代人的生活，是現代的意義。

本文要探索墨子思想的現代意義，以下提出比較重要的幾點逐一討論。

一、知識分子的典範

《時代周刊》（*Time*）的時代論文❶曾經給知識分子下定義說：

第一，一個知識分子不止是一個讀書多的人。一個知識分子的心靈必須有獨立精神和原創能力。他必須爲追求觀念而生活。

第二，知識分子必須是他所在的社會之批評者，也是現有價值的反對者。批評他所在的社會而且反對現有的價值，乃是蘇格拉底式的任務（視追求眞理，表現理性爲己任）。

《時代周刊》對知識分子的界說非常嚴格，但從現存《墨子》一書的記載，以及歷史上的評價，很顯然墨子可以通過這個標準，他是一位典型的知識分子。

有一次，墨子南遊衞國，車上載有很多書，他的學生覺得奇怪，問他帶那麼多書做什麼，墨子回答說：

❶ *Time*, May 21, 1965. 引文見殷海光著《中國文化的展望》下冊，頁六四三，文星書店，民國五十五年。

昔者周公旦朝讀書百篇，夕見七十士，故周公旦佐相天子，其脩（美績）至於今。翟上無君上之事，下無耕農之難，吾安敢廢此❷。（〈貴義篇〉）

〈貴義篇〉又載說：

子墨子南遊於楚，見楚惠王，獻書，惠王受而讀之，曰：「良書也」。

前一則文字說明墨子是「一個讀書多的人」。後一則記載看出他是「爲追求觀念而生活」。看他倡導兼愛、非攻、尚賢、尚同、天志、明鬼、節用、節葬、非樂、非命等十種主張，以及支持這些主張的理論方法，還有墨辯中表現的邏輯學、光學、力學、幾何學等科學知識，在在都顯示出墨子富有「原創能力」❸。他一生行義，堅守「興天下之利，除天下之害」的目標奮鬪，始終不因高爵厚祿而動搖，也不因困難而改變初衷。他在〈公孟篇〉說：

夫義天下之大器也，何以視人（為何看人做不做），必強為之。

這裏說明行義是當仁不讓的，所以墨子急於行義。〈貴義篇〉有個記載說：

子墨子自魯卽齊，過故人。故人謂子墨子曰：「今天下莫為義，子獨自苦而為義，子不

---

❷《呂氏春秋・博志篇》曰：「孔丘墨翟，晝日諷誦習業，夜親見文王周公旦而問焉。」這說明孔墨皆好學之士。《莊子・天下篇》也說：「墨子汎愛兼利而非鬪，其道不怒，又好學而博不異，不與先王同。」好學是知識分子的一個特質。

❸梁啓超在《墨子學案》說墨辯「是出現在阿里士多德以前一百多年，陳那以前九百多年，倍根、穆勒以前二千多年，他的內容價值大小，諸君把那四位的書拿來比較便知。」

若已（止也）。」子墨子曰：「今有人於此，有子十人，一人耕而九人處，則耕者不可以不益急矣。何故？則食者衆而耕者寡也。今天下莫為義，則子如（宜也）勸我者也，何故止我？

底下我們舉出墨子一心向道，無意仕祿的故事：

子墨子游公尚過於越。公尚過說越王，越王大說，謂公尚過曰：「先生苟能使子墨子至於越而教寡人，請裂故吳之地方五百里，以封子墨子。」公尚過許諾。遂為公尚過束車五十乘，以迎子墨子於魯。曰：「吾以夫子之道說越王，越王大說。謂過曰：『苟能使子墨子至於越而教寡人，請裂故吳之地方五百里以封子。』」子墨子謂公尚過曰：「子觀越王之志何若？意越王將聽吾言，用吾道，則翟將往，量腹而食，度身而衣，自比於羣臣，奚能以封為哉？抑越王不聽吾言，不用吾道，而我往焉，則是我以義糶（賣也）也。鈞之（同是）糶，亦於中國耳，何必於越哉！」（〈魯問篇〉）

墨子這種堅持着行義的目標，努力不懈，而且堅守原則，屹立不搖，正是他的「獨立精神」的寫照。

墨子更是他所在社會的批評者，現有價值的反對者。他眼看各國君王好「貪伐勝之名及得地之利」（〈非攻中篇〉）互相攻戰，使得百姓妻離子散，民不聊生，於是提倡兼愛、非攻。他眼看當時的統治者厚斂民財生活奢侈淫靡，而人民難以為生，於是提倡節用、節葬、非樂。他眼看社會上下相信命運，將使「上不聽治，下不從事」，於是提倡非命。可以說墨子是用批判的眼光去看社會的事事物物。

更可貴的是，用言論關懷社會之外，墨子還帶領一批學生用行動去服務社會。他實在是一個對人有熱心，對事有熱情的典型知識分子。像他這種知識分子是社會大衆的領航人，任何地方，任何時代不能缺少這種人❹。

二、科學精神

西風東漸以來，學術界逐漸認淸先秦諸子當中，以墨子最有科學頭腦，《墨子》一書最富科學思想。英國科學家李約瑟（Joseph Needham）在他的大著《中國之科學與文明》中稱讚《墨子》「可成爲亞洲的自然科學之主要基本概念」，「其所描出之要旨正爲科學方法之全部理論。」❺自胡適的博士論文〈中國古代邏輯方法之發展〉以後，許多學者研究墨家的邏輯學，都有很大的

---

❹ 胡秋原說：「中國知識份子以極大責任心，爲平民利益而奮鬥；同時，以極大自尊心，爲知識份子地位而奮鬥。」（《古代中國與中國文化知識份子》上册，頁八，亞洲出版社，民四十七年三版）用胡氏的話來說明墨子也很恰當。

❺ 見《中國之科學與文明》第二册，頁二九八，臺灣商務印書館，民六十二年。

成績❻。梁啓超甚至認爲墨子的邏輯學，比亞理斯多德、陳那、培根、穆勒四人的書還有價值❼。不過從今天的知識水平衡量，墨子的邏輯學和科學理論不免粗陋，它的價值應屬於歷史的意義。

今天我們要學習的是他的科學精神，這就有現代的意義。科學精神表現在態度和方法上，而科學的態度和方法才正是科學最基本而重要的部分。現在就從態度和方法上來檢討墨子的科學精神。

〈公孟篇〉有一段記載說：

子墨子與程子辯，稱於孔子。程子曰：「非儒，何故稱於孔子也？」子墨子曰：「是其當而不可易者也。今鳥聞（知也）熱旱之憂（戚也）則高，魚聞熱旱之憂則下（深也）。當此雖禹湯為之謀，必不能易矣。鳥魚可謂愚矣，禹湯猶云（或也）因焉。今翟曾無稱於孔子乎？」

墨子非儒，但孔子「當而不可易」的說法一樣稱述、稱讚，這種「是什麼就說是什麼，不是什麼就說不是什麼」正是認知心態的表現。這種心態是追求眞理必備的先決條件。

另外一種態度表現在〈明鬼下篇〉：

❻ 比較有成就的如陳孟麟的《墨辯邏輯學》，詹劍峰的《墨家的形式邏輯》，沈有鼎的《墨經的邏輯學》。以上爲大陸學者。臺灣則有鐘友聯的《墨家的哲學方法》，說明墨辯論證思想是以語意分析爲中心，不以語法的理解爲重點。這就點明了爲何墨辯沒有朝向形式邏輯及形式化的一個重要原因。

❼ 見梁啓超著《墨子學案》頁六五，臺灣中華書局，民四十六年。

子墨子曰：「天下之所以察知有與無之道者，必以衆人耳目之實，知有與亡（無）為儀（標準）者也。請惑（誠或）聞之見之，則必以為有。莫聞莫見，則必以為無。」

在春秋末期的知識水準，墨子以衆人的耳目聽到看到的來決定「眞實」，別人無法非議，可是在今天看來，所謂「耳目之實」，未免不夠精確。不過這並不影響墨子的科學精神，因這裏所表現的精神是在「無徵不信」的態度上。

先秦諸子之中，以墨子最重視方法，也最講究方法。他首先提出標準的概念。他在〈法儀篇〉說：

天下從事者不可以無法儀，無法儀，而其事能成者無有也。雖至士之為將相者皆有法，雖至百工從事者亦皆有法。百工為方以矩，為圓以規，直以繩，正以縣，平以水，無（論）巧工不巧工，皆以五者為法。巧者能中之，不巧者雖不能中，放依（效法依據）以從事，猶逾己，故百工從事皆有法度。

有了「法儀」，不管是誰，不管何時，不管何地，只要「放依以從事」，都能達到相同的結果。可見「法儀」就是標準。標準具有客觀性、普遍性和必然性。有了標準才能判斷。所以墨子說：「言必立儀，言而毋（無）儀，譬猶運鈞（旋轉的製陶器模盤）之上，而立朝夕者也，是非利害之辯（辨）不可得而明知也。」（〈非命上篇〉）

墨子的法儀就是天志❽。他說：

我有天志，譬若輪人之有規，匠人之有矩。（〈天志上篇〉）

墨子拿「天志」當規矩，上度「王公大人爲刑政」，下量「萬民爲文學出言談」❾。「天志」是什麼？天志就是「兼相愛交相利」。它是墨子的理想，他就以此爲標準，兼愛非攻的思想就是由此而展開的。

墨子的天志有人格神的性質，現代人無法接受，但是他提出標準的概念，卻非常有價值。

另外墨子在〈非命篇〉提出審查理論的標準是三表法。何謂三表法？他說：

有本之者，有原之者，有用之者。於何本之？上本之於古者聖王之事。於何原之？下原察百姓耳目之實。於何用之？廢（發）以為刑政，觀其中（合）國家百姓之利。此所謂言有三表也。

聖王之事，是經驗之事，百姓耳目之實及百姓之利，也都屬於經驗之事。本，是考本源；原，是察度；用，是應用實驗。三表都是客觀的，有可檢證性的，而且都是經驗的。這些都是科學的重要特徵。

❽ 墨子在〈法儀篇〉說明以天志爲法的理由是「天之行廣而無私，其施厚而不德，其明久而不衰。」「行廣」代表普遍性，「無私」「不德」代表客觀性，「明久而不衰」代表確定性和必然性。可見墨子對標準的意義已相當清楚。

❾ 見〈天志中篇〉。

以上所論，認知的態度，追求眞實的態度，重視標準，重視經驗，注意驗證，講求方法，種種等等，都是墨子科學精神的表現，這種科學精神仍然值得現代人學習。

三、理性的功利主義

墨子的兼愛和貴義思想，是基於功利主義。他主張的功利主義有兩項重要原則：一個是利人；另一個是互利。所以墨子提倡的是理性的功利主義。

墨子認爲義是「天下之良寶」（〈耕柱篇〉），所以他說：「萬事莫貴於義。」（〈貴義篇〉）何謂義？墨子說：

> 義者，正也。（〈天志下篇〉）
>
> 義，利也。（〈經上篇〉）

義包含「正」和「利」兩個意思。「利」不是自私的利己，而是利人或利民的公利。他在〈耕柱篇〉就說：

> 今用義為政於國家，人民必衆，刑政必治，社稷必安，所為貴良寶者，可以利民也。而義可以利人，故曰義天下之良寶也。

可見墨子說的義，就是正當而且有利於人民的事情。所以他說：「凡費財勞力，不加利（民）者不爲也。」⑩他認爲利於人的才是巧，不利於人的就是拙⑪。利於人民的事情才有「功」可言⑫。這完全是功利主義。墨子一生奮鬪的目標：「興天下之利，除天下之害。」是功利主義，他提倡兼愛也正是基於這種功利主義出發的。〈兼愛下篇〉的結論表達的最明白。他說：

> 故兼者，聖王之道也。王公大人之所以安也。萬民衣食之所以足也。故君子莫若審兼而務行之。為人君必惠，為人臣必忠，為人父必慈，為人子必孝，為人兄必友，為人弟必悌，故君子若欲為惠君忠臣慈父孝子友兄悌弟，當若兼之不可不行也。此聖王之道，而萬民之大利也。

兼愛說它是「聖王之道」只是訴之權威的一種托詞。兼愛能大利萬民才重要。因爲它合乎墨子的功利主義原則。墨子功利主義的另一個原則是互利。互利是彼此有利。墨子說的兼相愛交相利便是這個道理。因爲「愛人者人必從而愛之，利人者人必從而利之。」⑬兼愛講究的是視人若己，將心比心，當然會兼顧彼此的利益。這樣人們才能共存共榮。墨子在〈兼愛下篇〉就說，一個孝子爲父母打算，當然希望別人也愛利自己的父母。但你要別人愛利你的父母，那你一定要先去愛利別人的父母，然後別人才會相對的來愛利你自己的父母，這好比你給人家桃子，人家回報

⑩見〈辭過篇〉。
⑪〈魯問篇〉說：「利於人謂之巧，不利於人謂之拙。」
⑫〈經上篇〉說：「功，利民也。」
⑬見〈兼愛中篇〉。

給你李子一樣⑭。另外在〈魯問篇〉有一則故事談到互利與相害的比較很有啓發性。有一次，公輸子爲楚國製造一種舟戰的鉤拒，因此大敗越國，公輸子很得意，跑去告訴墨子說：「我舟戰有鉤拒，不知子之義，亦有鉤拒乎？」墨子於是做了一個很有意義的比較。他說：

> 我義之鉤拒，賢於子舟戰之鉤拒。我（義之）鉤拒，我鉤之以愛，拒之以恭。弗鉤以愛，則不親（近，愛）。弗拒以恭（敬讓），則速狎（輕慢）。狎而不親則速離。故交相愛，交相恭，猶若相利也。今子鉤而止人，人亦鉤而止子。子拒而距人，人亦拒而距子。交相鉤，交相拒，猶若相害也。故我義之鉤拒，賢於子舟戰之鉤拒。

這個故事說明了：大家相愛相恭，才能利己利人。反之，彼此相鉤相拒，只有兩敗俱傷。所以他主張兼愛、非攻。

人類之所以相殘害，世界之所以不和平，全由於有「己」無「人」，內心不承認別人的存在，不尊重別人的利益。而墨子講的「義」，可以利人；兼愛，要人人視人若己，相愛相利。他這種理性的功利主義，大家如果好好奉行，彼此就可以和平共處，社會也可以長治久安了。

四、實踐主義

⑭ 原文見〈兼愛下篇〉後半段。

墨子不只是一個光說理論的人，他還是自我理論的實踐者。他在〈耕柱篇〉說：

言足以復行者常之，不足以舉行者勿常。不足以舉行而常之，是蕩口也⑮。

復，是踐的意思。復行、舉行，都是實行的意思。蕩口，就是要嘴皮子，空談無益。這段話說明理論不是說着玩的，要能實際行得通才行。不但要行得通，還要有成效。所以他說：

若無所利而不（丕的本字，大也）言，是蕩口也。（〈耕柱篇〉）

用而不可，雖我亦將非之。且焉有善而不可用者。（〈兼愛下篇〉）

「利」是理論實行後的結果。「可用」是「善」的標準。可用的言談，才是好的理論。〈非命上篇〉說的夠明白：

今天下之君子之為文學，出言談也，非將勤勞其喉舌，而利其脣吻也。中（心）實將欲為其國家治理萬民刑政者也。

「爲文學、出言談」就是爲了「治理萬民刑政」的。有了這個理念，墨子三表法第三表「有用之者」，要「發以爲刑政，觀其中（合乎）國家百姓人民之利。」就是拿實用做標準，來檢證理論的可行性。理論的可行性與實用性，是墨子實踐主義一個重點。

其次，墨子的實踐主義還包含言行一致及知行合一。先說他對知與行的看法。他認爲瞎子不

---

⑮〈貴義篇〉有段文字，意義與〈耕柱篇〉相同。其原文爲：「言足以遷行者常之，不足以遷行者勿常。不足以遷行而常之，是蕩口也。」

知道黑白，不是他不知道顏色的名稱，而是說他不能實際做分辨。同樣的道理，一個君子說他不知道仁，不是說他不知道仁是什麼，而是說他不去實行仁的事情，或不能實際去分辨仁與不仁的事情⑯。有一次，墨子介紹他的學生勝綽到齊國做官。後來勝綽三次幫他主人侵略魯國。墨子知道了很生氣，認為這個學生「言義而弗行」，是明知故犯他的教導。就派人到齊國，去拿掉這個學生的官位⑰。可見墨子是主張知行要合一的。

墨子認為一個人說了話就要做事，言行一致。有一次他因告子言而不行，就罵了他一頓。〈公孟篇〉說：

告子謂子墨子曰：「我能治國為政。」子墨子曰：「政者，口言之，身必行之。今子口言之，而身不行，是子之身亂也。子不能治子之身，惡能治國政。」

又有一次，魯國的君王請教墨子，如何在兩個兒子當中選一個做太子，墨子告訴魯君：「合其志功而觀焉」⑱。

志，是志向、動機，是言。功，是行事成果，是行。墨子就是教魯君用言行一致的辦法去選擇太子。

---

⑯ 原文見〈貴義篇〉：「我曰瞽不能知白黑者，非以其名也，以其取也。……天下之君子不知仁者，非以其名也，亦以其取也。」

⑰ 事見〈魯問篇〉。

⑱ 事見〈魯問篇〉。

墨子不但在觀念上教人實踐，他本身正是一個力行實踐的好榜樣。他一生就爲自己提倡的兼愛非攻理論，到處奔跑。莊子稱他「日夜不休，以自苦爲極」。眞是一位苦行者。就算敵對的孟子也說：「墨子兼愛，摩頂放踵利天下爲之。」孟子的話不但說墨子是自己理論的實踐者，也說出他的服務熱情。

五、服務精神

墨子的思想，很多人不了解，但一說到他那救世熱情或服務精神，幾乎無人不知無人不曉。

〈貴義篇〉有段文字記載墨子急於行義的故事：

「子墨子自魯卽（就、往）齊，過（訪）故人。故人謂子墨子曰：「今天下莫為義，子獨自苦而為義，子不若已（止）。」子墨子曰：「今有人於此，有子十人。一人耕而九人處，則耕者不可以不益急矣。何故？則食者衆而耕者寡也。今天下莫為義，則子如（宜）勸我者也，何故止我。」

義，就是正當而且有利於人的事情。墨子「獨自苦而爲義」，正說明他救世的熱情，也就是服務精神。他認爲：有力量的要儘量去幫助別人，有錢的要儘量去資助別人，有學問的要儘量去教導

---

⑲ 參見≪莊子・天下篇≫。
⑳ 參見≪孟子・告子篇≫。
㉑ 原文〈尙賢下篇〉作「有力者疾以助人，有財者勉以分人，有道者勸以敎人。」

別人。人人要勤勉不已。

墨子認爲政治就是在爲人民服務的。他在〈尙同中篇〉說：

上帝鬼神之建國設都立政長也。非高其爵，厚其祿，富貴遊佚（淫佚）而錯（置）之也。將以為萬民與利除害，富貧衆寡，安危治亂也。

設立官員並不是要他們來享受，而是要他們「爲萬民興利除害」的，所以說官位越高，責任越重。有能力的人就請他出來替人民做事，沒有能力的人就請他走路。他主張：

官無常貴，民無終賤。（〈尚賢下篇〉）

不黨父兄，不偏富貴。（〈尚賢中篇〉）

「不黨父兄」，就是用人不專用家族親戚。「不偏富貴」，就是用人不勾結達官、財閥。你看！這種思想多現代。

韋政通先生有一段話，很能說明墨子服務精神的現代意義。他說：「墨子能在中國文化中取得一重要的地位，不在哲學家這一角色，更不在宗教家這一角色，而在他的反侵略，反戰爭，熱情救世、力行不懈的犧牲精神。他的思想是因受到這一精神的支持，才被重視。他的人格，不僅能感召一世，且足以震動萬代，這就是墨子的眞正偉大處。」[22]

---

[22] 引自韋政通著《開創性的先秦思想家》第五章〈墨子〉。現代學苑月刊社出版，民國六十三年。該書後由水牛出版社出版，書名改爲《先秦七大哲學家》。

六、理智的和平主義

墨子一生爲反侵略反戰爭而奮鬪犧牲。他不但有一套理論，而且帶領一批紀律嚴整的學生，到處宣導和平主義，更阻止了三次國際戰爭。〈魯問篇〉有兩次記載，一次是勸止齊國伐魯，另一次是勸止魯陽文君攻鄭。而〈公輸篇〉更是全篇記述墨子如何憑本事壓住公輸般，說服楚王，放棄攻打宋國的精彩故事。我有個奇想，假設當時就有諾貝爾獎金，墨子應該可獲得三次諾貝爾和平獎。

墨子非攻的理由，簡單的說就是：攻戰的行爲不道德；戰爭本身有害無利。依他的觀察，各國君王喜歡攻伐兼併，全是「貪伐勝之名及得地之利」㉓。可是攻伐無罪的國家，殺害無辜的人民，是最大的「不仁不義」。而戰爭的結果卻是「計其所得，反不如所喪者之多」㉔，所以說，發動侵略是不道德的，攻戰是「不吉而凶」的。

墨子提倡和平主義，除了用「不道德」和「有害無利」做理由遊說諸侯，他還勸勉國君積極的勵精圖治㉕。平時多儲備軍力，做好防禦工作，一旦遭遇攻擊，才有能力抵抗。就是他在〈七

㉓ 文見〈非攻中篇〉。
㉔ 同㉓。
㉕ 〈非攻下篇〉說：「易攻伐以治國，攻必倍。」

患篇〉說的：「庫無備兵，雖有義（被攻者）不能征無義（侵略者）。城郭不備全，不可以守。……故備者，國之重（輜重、軍力）也。」另外，他還鼓勵各國君王要互相援助，以抵禦侵略。總之，墨子的和平主義是以實力做後盾的。

現存《墨子》一書，五十三篇之中，就有十一篇是專論防守技術的。墨子在止楚攻宋的奮鬪中，在楚王的面前，不但憑眞功夫阻止了公輸般九次的攻擊，而且告訴楚王說：「臣之弟子禽滑釐等三百人，已持臣守圉（禦）之器，在宋城上而待楚寇矣。雖殺臣，不能絕也。」迫得楚王最後說：「善哉！吾請無攻宋矣。」這樣才阻止了一場國際大戰。墨子以實力做後盾，提倡和平。所以我們說這是：理智的和平主義。

一九五四年，以「原子的邏輯」的理論——新的量子力學，獲得諾貝爾物理獎的德國人馬克斯．波恩（Max Born）說：「我們的良知要覺悟，戰爭是墮落到殺害無辜的大屠殺，對這種戰爭我們的道德無法接受。另外我們的理智要認清科技戰爭與人類的生存是不能並存的。世界和平的希望就是將這兩種力量結合起來。」㉗波恩說的兩種力量是指：良知宣揚道德；理智控制科技。墨子的兼愛貴義似前者；儲備防禦實力似後者。

㉖〈非攻下篇〉說：「大國之攻小國也，則同救之。小國城郭之不全也，必使修之。布粟乏絕，則委（輸）之。幣帛不足，則共之。」

㉗引文見《物理中的哲思》頁一一二，孫志文主編陳永禹譯，聯經出版公司。

看到波恩的這段話，我們可以說：墨子是人類和平主義的先知。

七、國際服務社團的理想

國際間有三大民間社團，即扶輪社（Rotary Club）、獅子會（Lions Club）、青商會（Jaycess），他們是由社會上具有領導地位的各種行業優秀人士所組成的。三大社團的分會遍及世界各地（共產國家例外），每個分會都在出錢出力爲社會服務，造福人羣而努力，因此引得世界一致的讚賞和佩服。讓人驚訝的是，他們的宗旨或信條，幾乎都與墨子的作風或思想不謀而合。

㈠扶輪社的宗旨

扶輪社之宗旨，在於鼓勵並養成社員之「服務精神」爲從事一切有用事業之基礎，其綱領如下：

1. 增廣交遊，以增進服務之機會。
2. 在各種職業中，提倡高尚之道德標準，確認各種有用職業之價值，並盡力使每一社員，深切了解其本身職業之尊嚴，作爲服務社會之張本。
3. 每一社員須以「服務精神」，用於有關個人的或職業上，以及有關社會方面之生活。
4. 聯合各國職業人士，基於「服務精神」之理想，以求增進國際之諒解，友善與和平。

墨子一生行義救世，力行不懈，孟子說他「摩頂放踵，利天下爲之」，莊子說他「備世之急」、「枯槁不舍」已夠說明他服務精神的偉大，不必多作引述。墨子的「服務精神」就是扶輪社的宗旨。

現存《墨子》書記載，墨子曾六次推薦學生到各國去做官，推廣他的救世思想。六次是：遊耕柱子於楚。（〈耕柱篇〉）游高石子於衞。（〈耕柱篇〉）游公尙過於越。仕曹公子於宋。使勝綽事項子牛。（〈魯問篇〉）仕人於衞。（〈貴義篇〉）這合於第一條綱領。

墨子提倡愛人利人，要求言行一致，確認「能談辯者談辯，能說書者說書。能從事者從事。然後義事成也。」（〈耕柱篇〉）他認爲做官的「強聽治」，農夫「耕稼樹藝」，婦人「紡績織紝」，百工的「從事」，對「國家之富」，「刑政之治」都有其重要貢獻。他的貴義重行，以及無功不受越王、楚王的封地，樹立了知識分子的風格，也維護了讀書人的自尊。由於他的人格感召，吸引了很多有志之士追隨他到處救世濟民。《淮南子·泰族訓》就說：「墨子弟子服役者百八十人，皆可使赴火蹈刃，死不旋踵，化之所致也。」他不但「提倡高尙的道德，了解本身職業尊嚴，確認各種職業價值，作爲服務社會之張本」。更重要的是扶輪宗旨的第二條綱領，墨子本身全做到了。

前面引用〈耕柱篇〉的記載，證明墨子「確認各種有用職業之價值」。同一個記載也完全合於第三條綱領。這段記載翻成白話是：「兩個學生問墨子說：『如果要服務社會，做那種事最好?』墨子回答說:『每種事都重要,譬如築牆一樣。能建築的建築,能運土的運土,能測量的測量,這樣牆就可以建起來。我們要服務世人也是如此,能論辯的就論辯,能教經書的就教經書,能實際工作的就工作。能做什麼事的就去好好做。這就是對社會最好的服務了。』」

墨子那愛人利人的兼愛、非攻思想和作法便合於第四條綱領:「增進國際之諒解,友善與和平。」〈非攻篇下〉說的更好:「今若能信交,先利天下諸侯者:大國之不義也,則同憂之;大國之攻小國也,則同救之;小國城郭之不全也,必使修之;布粟之絕,則委(輸)之;幣帛不足,則共(供給)之。以此交大國,則大國之君說(悅)。以此交小國,則小國之君說。」這種「基於服務精神」的互助義行,當然可以增進國際間的友好關係。

另外扶輪社有四大考驗:

1.是否一切屬於眞實?

2.是否各方得到公平?

3.能否促進信譽友誼?

4.能否兼顧彼此利益?

這四大考驗不是完全合乎墨子的思想,便都合於他一生的作風。在前面科學精神一節裏,指出墨子重經驗,重方法,重理論的可行性,主張言行一致,在在都是追求「眞實」的。他那利人的功利主義,實踐主義,服務精神,及和平主義,無一不是「枯槁不舍」的在追求「眞實」。在前文說明扶輪社宗旨第四條綱領中所引的〈非攻下篇〉一段話，便可通過「促進信譽友誼」的考驗。而兼相愛交相利，不正是要使「各方得到公平」，「兼顧彼此利益」的作法嗎？

(二)獅子會的宗旨

1. 發揚人類博愛互助精神。
2. 增進國際間友好關係。
3. 啓發智慧，尊重自由。
4. 提倡社會福利。
5. 促進國家安全。

前兩項宗旨，在扶輪社宗旨第四條綱領已有說明。墨子倡行「兼愛天下人」(〈天志下篇〉)，孫中山先生就說：「與耶穌所講的博愛是一樣的。」㉘〈天志中篇〉說：「欲人之有力相營（護助），有道相教，有財相分。」也吻合前兩項宗旨。而兼愛、非攻就是爲了「尊重（彼此）自由」。墨子提倡兼愛、非攻、節用、節葬、尚賢、非樂、非命，都是站在人民的立場發言，當然是爲「社會福利」的。他之所以貴義，是因「義可以利人」（〈耕柱篇〉）。他說：「功，利民也。」（〈經上篇〉）明王聖人是「愛民謹忠，利民勤厚。」（〈節用中篇〉）「無敢舍餘力，

㉘ 見周富美著《墨子》前言所引。時報文化公司，民國七十三年再版。

隱謀遺利而不爲天下爲之者矣。」（〈節葬下篇〉）〈非樂上篇〉更說：「仁者之事，必務求興天下之利，除天下之害。」這些都符合第四項宗旨。墨子在〈天志中篇〉勸「上強聽治，下強從事，則國家治、財用足，外有以爲環璧珠玉以騁交四鄰，諸侯之怨不興矣。邊境甲兵不作矣。」在〈非攻下篇〉主張「易攻伐以治我國，功必倍」並勸勉諸侯以「信」相交，在軍事上、經濟上互助「同救」。在〈七患篇〉更主張平時要「備兵」，增強國防軍力。這豈不是獅子會第五項宗旨「促進國家安全」嗎？

㈢**青商會的信條**

1. 篤信眞理，可使人類的生命具有意義和目的。
2. 人類的親愛精神，沒有疆域的限制。
3. 經濟上的公平，應由自由人，通過自由企業的途徑獲得之。
4. 健全的組織，應建立在法治的精神上。
5. 人格是世界上最大的寶藏。
6. 服務人羣，是人生最崇高的工作。

墨子篤信兼愛可以使人相愛互利，「兼卽仁矣義矣」，「兼卽善矣」（〈兼愛下篇〉）。非攻合乎仁義，「其爲利天下，不可勝數也。」他的信仰和作法完全合乎第一信條。〈天志下篇〉說：「兼愛天下人」，〈經下篇〉說：「無窮不害兼」，〈經說下篇〉說：「不知其所處，不害愛之。」正合於第二信條。第三信條，從視人若己，將心比心的兼愛思想不難推演出來。古代君王立法統治人民，跟現代以法律保護人權不同。但墨者團體卻建立在法律之前人人平等的精神上，類似於第四信條㉙。墨子是一流的技術人才；兼愛貴義的佈道者；平民階級的代言人；熱情救世的苦行者，他人格的光輝不僅感召一世，更可以震動萬代，用第五信條來形容他最恰當不過。至於第六信條「服務人羣」正是墨子一生的標誌，前面已引述夠多了，不必再贅言。

看了扶輪社、獅子會、青商會的宗旨或信條，可以斷言，墨子的思想、風格，正是這些國際社團追求的理想。

結語

以上從墨子生平的實際活動和他的哲學思想着眼，提出知識分子的典範；科學精神；理性的功利主義；實踐主義；服務精神；理智的和平主義；最後將國際扶輪社、獅子會、青商會的宗旨與墨子的理論和作法相比較，發現墨子的人格、學說正是三大國際社團追求的理想。因而可以確認在這些方面有助於現代人的生活，也是現代人應該努力的方向，實在值得大家提倡和學習。

㉙《呂氏春秋・去私篇》：墨者鉅子有腹䵍，居秦，其子殺人。秦惠王曰：「先生之年長矣，非有他子也，寡人已令吏弗誅矣。先生之以此聽寡人也！」腹䵍對曰：「墨子之法『殺人者死，傷人者刑』，此所以禁殺傷人也。夫禁殺傷人者，天下之大義也。王雖爲之賜而令吏弗誅，腹䵍不可不行墨子之法。」

本文為紀念臺中師範黃金鰲校長而作。一九八六年四月於師大「文史哲的時代使命」學術研討會宣讀。六月刊載師大國研所出版《中國學術年刊》第八期。十一月收入五南圖書出版公司《學術與思想》一書。

愛的哲學

梁校長在今年暑假便邀我到貴校來演講。她說：「你是教哲學的，請來跟我們講講哲學方面的問題。」梁校長是教育界的有心人，而教育是以愛爲出發點，因此我決定講「愛的哲學」來和梁校長的愛心相配合。很巧，我剛剛要出門時，有兩個年輕的美國佬來按電鈴。我問他們：「有什麼事？」他們說：「我們來傳福音。」我說：「很抱歉！我也馬上要去傳福音。」我說：「你們的福音在天堂，我的福音在人間，我們只好下次再見了。」他們楞了一下，他們笑了，我也笑。

愛，可以說是人之所以爲人最具特色的地方。它也是人類文化的創造力。愛的範圍很廣，不只限於男女之間。父母對子女的愛，老師對學生的愛，兄弟之間的愛，同胞之間的愛，甚至於你愛平常不認識的人，以及愛物，包括你愛你家的小動物——狗啦、貓啦、鳥啦……等等。都包括在這個範圍裏面。剛才梁校長告訴我，你們一節時間是五十分鐘。在五十分鐘內，要把範圍這麼大的問題來談，實在不簡單。今天只能談多少算多少。我現在就拿先秦諸子對「愛」有關的理論；現代行為科學（像：社會學、心理學、以及精神分析學）研究的成果；以及我個人平時思考所得，來和各位談一談。

一、重要性與神秘性

首先，我要告訴各位，愛的重要性及愛的神秘性。「愛」可以說是最古老的問題，也可以說是最新的問題。當有人類存在的時候，就開始有愛的問題了。一個人一生當中不愛人，或者不愛物，他是活不下去的。人，在這一生裏面，會由愛而悟出生命的意義；有時也會因為愛，而發覺死亡的價值。因為「愛」，它肯定生，也肯定死。這是愛的重要性。

愛，給人帶來了溫暖、快樂、滿足、希望和幸福；愛也帶給人悲慘、傷心、痛苦、絕望和不幸。這是它的神秘性。我們可以這麼說， 幾乎所有的人都在追求愛，但是卻很少人眞正懂得「愛」。男女之愛，是所有的愛中最根本的。《中庸》就說：「君子之道，造端乎夫婦。」可見其重要性。然而能把握男女之愛也不容易。我發覺到，當你懂得「愛」的時候，往往你已不再是可愛的年齡了。——這實在是很傷感情的事！

二、愛能表現在給予

現在我要向各位分析愛的成分，或者說「愛」的特性。「愛」是一種能力。說得更明白，它是一種愛別人的能力。當然，愛別人已包括愛自己在裏面了，不愛自己的人，怎能愛別人呢？人爲什麼需要愛呢？因爲每個人都需要感情的慰藉，需要安全感，這是人性。每一個人，在你獨處的時候，甚至於在人羣之中，你會感到一股寂寞、無聊、空虛的感覺，這是天生的。而「愛」正可以解除人的孤獨感。這就是爲什麼人需要愛的原因。你有了愛的能力之後，你可以衝破人我之間的那一道牆，你有能力打通對方心靈的門。可是，有的人卻沒有這股力量。各位平常可以看看在我們周遭的人，有的人每到一個新的環境，他都可以和大家處得來。他侃侃而談，談得很投機。他如逢故己，相見恨晚；可是有的人卻不然。他好像與人格格不入，也不知從何開口。比如說我們坐車的時候，你從臺北坐車到高雄，路途是那麼地遙遠，你非常渴望能與鄰座的人互相談話，但是你又不敢講，也不曉得該從何講起。當然，你會說：「我本來就不想講話嘛！」可是，講話也是人性普偏的需要。各位看《基度山恩仇記》時，就會覺得那一位被關在牢裏的囚犯，好幾年沒看過一個人，他就很想和人交談。有時候，我們也聽說，有的先生回到家裏來，太太老是抓着他講話，嘮叨不停，很討厭。但是，作先生的就不了解，她也是人。人便有講話的需求。你在外面有對象講話，太太在家裏和誰講話呢？

當然，你一回來太太便抓着你和你講話。如果你愛她的話，你應該讓她講。你如果覺得煩，你要忍受，甚至你要學習，把它當音樂聽。從人際關係來看，愛可以說是一種和衆樂羣的能力。你和別人處得很好，可以說你具有這種能力。愛的能力是表現在「給予」。愛是一種「給予」，不是接受。你有能力，你才能給別人，你沒有能力，你便不能給別人。比如說：你今天口袋裏有好幾千塊錢，弟妹向你要錢，你才能給他呀！你口袋裏空空如也，你拿不出錢來呀！因爲你沒有經濟能力嘛！同樣的道理，愛是一種「給予」的能力。而這種給予，是自動的、自發的行爲，而且是在適當的時間給予。在給予當中，你可以體會到——你很有力量、你有自信、你富有、你有權力，甚至於打從心底，你會感覺到滿足和快樂。所以，青年守則說：「助人爲快樂之本」。你給別人，幫助別人——因爲你有能力，所以你感到很快樂。在一九七九年，各位看過報紙就知道，印度有位修女名叫泰莉莎，她向全球窮苦無告的人示愛，讓世人知道愛心的偉大力量，讓窮人們明白人間仍有溫暖。她赤手空拳在全世界建立了一五八個慈心修會，屬下有一萬四千名工作人員，設立了無數的義務學校、孤兒院、醫院、青年中心、養老院和痲瘋病院，免費爲世人服務。她前後服務貧民五十年，終於獲得了諾貝爾和平獎。當她領獎時，她當衆說了一段話。我現在把這段話唸給你們聽，她說：「我在愛護和照顧窮人及被漠視的人當中，獲得極大的滿足和快樂。」這段話可以證明我的看法。

我們再從人類最基本的愛裏面，探討一下愛的本質——是給予而不是接受。

人類最基本的愛是什麼呢？是：性愛（Sex），男女之愛。再來，便是母愛。在性愛當中，是彼此給予，整個給了對方。在母愛當中，也是一種給予。母親對嬰兒，餵他奶，給他溫暖，給他東西吃，都是自動的給予，而且都是及時的，適時的。所以我們可以說，無法給予的人，便是「愛無能」的人。

一般來說，愛是可以換得愛的，愛是可以傳染的，墨子曾經說過：「愛人者，人亦從而愛之；利人者，人亦從而利之。」「愛人者，必見愛也。」孟子也曾說：「愛人者，人恒愛之；敬人者，人恒敬之。」這些話都可以經驗的。

三、關照責任尊重與知識

愛的性質除了給予之外，還有其他共同的性質。佛洛姆（E. Fromm）在《愛的藝術》（*Art of Loving*）一書中曾提出愛的四種特性，第一是關照。第二是責任。第三是尊重。第四是知識。我現在逐項來和各位談一談。

關照是關心和照顧。愛是主動的去關照你所愛的人，或者物。包括他的生活，他的成長以及他的快樂。你愛一個人，總希望他快樂，希望他成長，希望他幸福，這是愛的本質。就像母親，她希望她的兒子能夠成長得很好。男孩子長得很壯、很聰明；女孩長得乖巧、伶俐、又漂亮，希望他們以後幸福。像你在種花的時候，天天去澆水、看看有沒有蟲，有沒有雜草，有則除之。像養鳥，或者是養狗、或養其他動物，你也隨時在注意，你所養的狗，或者養的貓，長得好不好？你也隨時在注意，你種的花，是不是開的很漂亮？或者是不是太乾了？等等。

關照表現在愛的另一面就是責任。責任感可以說是一種完全出於自動的行爲。是我對於他人的需要的一種反應。你對某一個人有責任感，那麼，你會注意到他的需要，表現出來的也好，還沒有表現出來的也好，你會對他的需要做一種反應。這種反應是行動上的，包括言語和行爲。就像母親照顧嬰兒，她隨時注意嬰兒需要什麼，是不是肚子餓了？是不是冷了？熱了？要不要多添衣服？對他有一種責任感。像你養鳥、種花、養狗，也是一樣的。你隨時注意牠的需要，對牠的需要你會作一種很適當的反應。青年男女在談戀愛的時候，都會關心對方，吃飽了沒有？有沒有睡好？衣服漂不漂亮？關心他書讀得好不好？有沒有考上大學？這也是一種責任感。隨時注意，而且，有時候往往比注意自己更加的注意。

愛的另一個性質，便是「尊重」。在尊重以前，你應當先了解他。所以尊重裏面應當包括了解。你不了解一個人，如何去尊重他呢？了解什麼呢？尊重什麼呢？那就是尊重一個人的獨特性。每一個人都有他的獨特性。他之所以爲人，便是因爲他有個性。如果，一個人沒有個性的話，你活着跟死了沒有什麼兩樣，因爲大家記不得你。就是因爲你有個性，你有獨特性，你活着也才有意義。只有關照、責任，而沒有尊重這一性質的話，所謂愛，其實只是一種佔有，或者是一種征服。爲什麼？因爲你根據自己的需要，自己的想法，自己的願望，以自己希望的方式要求對方，但是你忘了對方也是一個獨立的個體，他有個性的，如何完全合乎你的需要和方式呢？有人說：被愛是幸福的。這句話，值得商榷。如果你被愛，但是你不愛他，那麼你被愛是痛苦的。你去愛一個人，這是你的權利；但是，你不愛一個人，這也是你的權利呀！問題是當一個人很愛你，而你又很難拒絕的時候，你會非常痛苦的。男女之間如此，父母與子女之間也是如此。爲什麼？有的父母太關心了，太有責任感了，太照顧你了，一天到晚嘮嘮叨叨的，你走到哪裏他跟到哪裏，你做什麼事，他就講，「哎呀！吃飽了沒有？穿多少衣服？帶什麼啦！」一天到晚講得你實在煩死了，那是一種負擔。爲什麼會這樣？因爲他沒有尊重你，他不了解你，他總覺得你是長不大的。我有一個朋友，在學術界很有名氣，他有一個兒子非常討厭他的媽媽。爲什麼？因爲他的媽媽太嘮叨了。嘮嘮叨叨管着他，覺得他的兒子長不大。但是，他跟爸爸處得較好，因爲他的爸爸懂得心理學，隨時給他鼓勵，隨時聽他訴苦，跟他商量，尊重他的意見。因此，他有事就告訴爸爸而不告訴媽媽。這就是一個例子。你愛一個人或物，應該是依照他自己的方式，自己的本性，自由地成長和表現，這才是眞正的愛。舉一個淺顯的例子來看，比如說，你養了一隻鳥，金絲雀好了，很漂亮，貴得很，你給牠吃最好的東西，給牠水喝，什麼都可以給，就是一樣不給。什麼不給？自由不給。把籠子打開，讓牠飛了，你不肯給，而牠最需要的，就是「你讓我走，我要自由。」你說你愛牠，其實，你並不是愛牠，你是佔有牠。因爲你沒有尊重牠。所以，在「尊重」這個關卡上，我們就可以發現愛是犧牲的，愛是奉獻的意義，就是在「尊重」這個關卡上表現出理性的高貴。因為每一個人都有自己的獨特性，你要了解他，你要尊重他，按照他自己的意志去生活、去成長、去奮鬪，你不要根據自己的意志，要他合乎你的方式，等於要他在你的模子裏面成長，他是不願意的。所以說，一個眞正懂得愛人的人，你應該容許別人說「對不起，我不愛你。」我們的社會就是不懂得這個道理。當男的追求女的，女的追求男的，追求不到的時候，方法多的很。不是用酸性液體，便是動刀子。這是禽獸，這不是人。你有愛人的權利，人家也有不愛你的權利。因為我愛你不幸福，我不愛你我才幸福，如果你眞正愛我的話，你應該讓我快樂，讓我幸福。但是，我離開你，我才會快樂，才會幸福，因此，很抱歉，我就不能愛你了。如果你愛他，你就應該忍得住這個痛苦，讓他走，讓他快樂，讓他幸福。這才是個眞正懂得愛的人。

孔子說過一句話：「愛之欲其生，惡之欲其死，既欲其生，又欲其死，惑也！」「惑」字在這裏當作迷惑蟲，糊塗蛋。當你愛一個人時，你就要他生，這個「生」，當然也包括生長、幸福，你不愛他的時候，你便要他死。甚至有一種人「我愛不到的，別人也休想愛到！」這多可怕啊！這根本不是愛，你是在征服、在佔有、在獵取，像打獵一般。你想一想，那麼多的人，那麼大的地方，你一輩子又這麼短，給你活八十歲好不好？八十歲你睡掉三分之一，三八二十四，二十四個年頭，你是在床上睡掉的。小孩子不懂事的，老年人走不動的，又佔掉了一大部分，對不對？你愛到的人最多五位好不好？一般人沒有這樣多的，最多一位兩位，是不是，既然你愛到了，就像佛家講的，那是「緣份」，多可貴啊！即使愛一分鐘，也應該好好的珍惜。不應該因為人家離開你，你就「欲其死」。所以我說，能夠尊重、犧牲、奉獻，這種愛，才是人之所以爲人，人之所以異於禽獸的那個「幾希」。（當然你要離開愛你的人時，你要給他時間，給他心理準備，不能說走就走。）

墨子是很懂得愛的人。他在〈魯問篇〉說：「我鈎之以愛，拒之以恭。弗鈎以愛則不親，弗拒以恭則速狎，狎而不親則速離，故交相愛，交相恭，猶若相利也。」翻成白話是：「我用愛去鈎別人，用恭去拒別人。如果不用愛去鈎，人家不會親近你；不用恭去拒，言行容易輕率；言行輕率，失去彼此的界限，便不能保持親近，很快又要分開。所以大家相愛相恭，才能利己利人。」

這就是墨子有名的愛的鈎拒。

我剛才說，愛是一種能力，是一種把人與人的距離拉近的能力。愛能，可以使人與人的心靈靠近；但是，太靠近了又麻煩了。所以墨子說要「恭」。「恭」是什麼？恭便是尊敬、禮讓。用恭敬來維持人與人之間的界限。沒有界限就會出亂子，彼此便會吵架。孔子不是說：「唯小人與女子難養也。」爲什麼？因爲近之，則不孫（同順），遠之，則怨。這就是因爲沒有愛的鈎拒。人與人之間，是需要愛來彼此靠近的，但是太親近了，容易輕率、隨便，又會引起不滿，引起爭端，引起吵架。人都有自尊心，說者無心，聽者有意，有時候說話刺傷了別人，而自己卻渾然不自知。可是，如果你心裏存着「敬」的話，你說話自然會小心一點，禮讓他一點，這樣彼此關係才能保持。爲什麼你對不認識的人說話會特別小心?因爲說話唯恐得罪了別了。可是與太親近的人說話往往是不經過大腦的。

每一個人有他自己的家庭背景、生活背景、文化背景、教育背景等等都不一樣,當然,表現於外在的行爲,也就不完全一樣了。你如果愛一個人的話,你應該尊重他,不應該用你自己的看法,你自己的要求,你自己的希望,加諸於他人身上,希望他合乎你的要求,這樣子對方會感覺那是一種負擔。所以,懂得愛的人,他不要求對方太多,而是儘量的給予對方,你才會快樂。你之所以會痛苦,那是因爲你要求對方太多了。合乎你的方式,固然很好,不合乎你的方式也不見得壞,你可以以不同的角度去欣賞或尊重他。所以說,愛其所同,敬其所異,是愛人的重要原則。

第四點,我們談到「知識」。愛是需要知識的。愛是一種能力,而能力是可從學習當中增進的,因此愛是需要學習的。孔子曾說:「愛之,能勿勞乎?」你愛一個孩子,難道你都不要給他勞動嗎?你都不要給他做事嗎?這就是愛嗎?不!這是溺愛。又說:「工欲善其事,必先利其器。」你要懂得愛,你便必須學習,學習才能具備這種能力。所以孔子說過:「好仁不好學,其蔽也愚。」這正是告訴我們,能力是需要學習的,在知識方面,孔子也提到「知者利仁」,「利仁」是利於行仁。這正等於蘇格拉底說的:「知識卽道德」。一個人的行爲是好是壞,在於判斷,但是知識才能判斷。荀子說的好:「知明而行無過」,是說如果你知識具備了,你的判斷才能正確，你的行爲便不會有過錯。這說明知識對一個人行爲的重要性。當然，愛，這種行爲也是需要知識來引導的。我們可以說，沒有知識的愛，會使被愛的人感到痛苦。因爲你不懂你的關照、責任會帶給人一種負擔、痛苦，使人產生心煩、急躁不安的情緒。爲什麼會這樣？因爲你愛人的時候不講究方法，不尊重對方，太自我中心了。總之，你沒有愛的知識。我想各位很清楚，《野鴿子的黃昏》的作者王尚義，好有才氣，他的父親對他愛不愛？很愛。他父親一輩子窮怕了，所以要他的兒子讀醫科，以後當醫生，多賺錢；但是，王尚義的才氣及興趣多在文學與哲學，因此他鬱鬱而終。有人說，王尚義的死，他的父親要負很大的責任。可是你不能說他父親不愛他。他父親嚐過痛苦，所以他不希望他的兒子以後再痛苦，那是一種關照，一種責任。可是，他的方法錯了。有時候，我們也可以發現一些舊式的父母，以自己的願望來爲自己的兒女選擇對象，這也是常常會製造問題，製造悲劇的。所以說沒有知識的愛，無法愛人，也無法愛社會。

四、愛的提昇

有知識的愛是一種理智的愛，理性的愛，理性的愛可以昇華。所以以下我們談到愛的提昇及擴大。

愛，這種情緒是可以擴大的，因此我們可以看出人生的意義，人性的光輝。孔子說：「汎愛衆」、「己立而立人，己達而達人」、「殺身成仁」以及「己所不欲，勿施於人」的恕道。孟子說的「推恩」，所謂「推恩足以保四海，不推恩無以保妻子」。這些都是說要把愛推廣，不只侷限於那個小圈圈裏面，要把愛傳播到更廣的地方去。孟子有一句話說得極好，他說：「仁者以其所愛，及其所不愛」，這個說法已接近宗教的意味了。墨子在這一方面說得更好，他說：「愛人如己」，這和基督教的說法很相似了。他提倡兼愛，要愛人如己，孟子罵他：「無父」。這個罵，很有問題，這是當時學術界的立場糾紛，暫且不提，但後來的人也跟着起鬨，就不對了。你要注意如己的「如」字，並不是可以畫等號的，那不是半斤八兩呀！還有像耶穌的博愛，釋迦牟尼的慈悲，這些都是愛的擴充，都放射着人性的光芒。

我再舉時代跟我們比較接近的例子來看，一位年輕、瀟灑，各位都很懷念的人物，他就是革命先烈林覺民。他的〈與妻訣別書〉裏有一段話，我唸出來給各位聽聽：「吾至愛汝，即此愛汝一念，使吾勇於就死也。……吾充吾愛汝之心，助天下人愛其所愛，所以敢先汝而死，不顧汝也。汝於啼泣之餘，亦以天下人爲念，當亦樂犧牲吾身與汝身之福利，爲天下人謀永福也。」「充吾愛汝之心，助天下人愛其所愛」，這正是愛的擴大和提昇，這種愛的犧牲和勇氣，豈不表現了人類的莊嚴和偉大。還有那「非洲之父」，西方的史懷哲醫生，他放棄榮華和享受，到非洲去爲那些黑人服務。你說他對現實名利的犧牲以及提倡尊重生命的哲學，不就是愛的擴充嗎？他不但愛白種人，還去愛黑種人。黑種人，坦白說，看起來實在不舒服，但是，那是感覺。而人是理性的，你要發揮你的理性啊！他也是人啊！你就應該去愛他們。

另外，我要介紹一位了不起的中國人，他對人類的貢獻比起史懷哲醫生，可能還要來得偉大，他的愛的力量，已徧及全世界各國落後地區，而且還在繼續擴大之中。他就是現年八十八歲的晏陽初先生。

大家都知道農復會（農發會的前身）對臺灣的農業貢獻很大。但是不曉得創立農復會的美援經費，是因爲有晏氏的構想和爭取，才獲得美國國會的批准。

晏氏從耶魯大學畢業以後，就立志爲平民工作。一九二三年「中華平民教育促進會總會」成立後，晏氏率領一大批教授和研究生，深入中國華北、華西、華中、華東、華南各省農村，從事鄉村改造運動。他爲了解救中國人愚、窮、弱、私等缺點，精心設計出一套文藝、生計、衞生、公民四大教育連環並行的制度，要使佔中國人口十分之八的農民，人人都富有知識力、生產力、強健力及團結力，成爲創建新中國的「新民」。抗戰以後，他將改造中國農村的經驗，推廣到菲律賓、泰國以及非洲、中南美洲不少國家，使得當地農民的生活品質，大大的提高。一九六七年，晏氏於菲律賓創建的「國際鄉村改造學院」，爲各國訓練領袖人才，以從事鄉間改造工作。該學院已經成爲全世界鄉村改造運動的中心，提供各國知識、技術及經驗的援助。

六十多年來，晏氏用力於平民教育，改造農村的成就，早已震驚世人。一九四三年，美洲幾百所高等學術機關，選舉十位具有革命性貢獻的世界偉人，晏氏與愛因斯坦同時膺選，公開接受表揚。發行量超出一千萬份，具有十四種文字版本的《讀者文摘》，四十年之間，曾有七次專文報導晏氏的事業。

當羅斯福總統提出四大自由（言論、信仰、免於匱乏、免於恐懼）時，他提出「免於愚昧無知的自由」來警醒世人。晏氏的第五大自由，實際上比四大自由更爲根本。他認爲全世界尚有三分之二的人類，陷於文盲、疾病、飢餓、虐政壓迫之下，不可能有和平。他一再的說：解決落後地區人民的問題，不是救濟，而是用教育的力量，培養他們自立自助的能力，鼓勵他們能自我揚眉吐氣。他大聲呼籲：廿世紀及今後世界最大的挑戰是，如何應用現代科學推廣到落後地區。也就是如何將科學簡單化，農民科學化。他提醒世人，只有改善世界大多數貧民生活，縮短貧富的距離，才可能消弭戰爭的危機，走向世界和平。

晏陽初先生對人類的愛，是使被愛的人自我站立起來，這就是對被愛者的尊重。而且他的愛所以能擴充，是在高度的知識引導之下施展出來的。

五、善與不善的標準

從哲學的角度來看，愛是善與不善的標準。《呂氏春秋．聽言篇》有一句話說：「善，不善，本於利，本於愛。愛，利之大道也。」人性是趨利避害的，但愛便是人類追求利最坦盪的一條路，你要從這兒來走。比如各位找對象，要看看他喜不喜歡孩子，一個喜歡小孩子的男人是不會太壞的，因爲他有愛心。

從精神分析學來看，所有的動物裏面，最殘忍的，可能就是人類。人類往往是同類相殘殺。但是，話又說回來，人也是所有動物中最高貴的，因爲他有理性，有愛，而愛是可以擴充的。人要與禽獸有別，便要發揮人的特徵，卽高貴的一面。也就是說，我們要能培養愛的能力，要傳播愛，世界和平才有希望，「世界大同」也才有實現的可能。如果我恨你，你恨我，彼此相恨，這個世界永遠沒有寧靜的一天。我們要從人小的時候培養他的愛心，從家庭、學校、社會、到處培養愛心，到處傳播愛，這個世界才可能和平。我們希望這一天快一點到來。

一九八一年十二月於景美女中，一九八六年十月於政大演講。一九八八年十月發表於《中華文化復興月刊》二四七號

曆法、文字學大師：魯實先教授訪問錄

簡　介：魯實先教授，湖南寧鄉人，民國二年生。他中學沒畢業，却自修有成。廿七歲以《史記會注考證駁議》一書，名震士林。廿八歲受聘國立復旦大學教授。歷任國立中正大學、臺灣省立中興大學、私立東海大學、國立臺灣師範大學教授。他淹通四部，融貫經史，三十年代在大陸時，已是知名的學者。他研究《史記》、曆法、甲骨文、鐘鼎文有許多獨到的創獲。他是中國曆法、文字學權威。本文曾經魯教授過目，刊於《出版與研究》第十一期，出版後十八天，魯教授逝世。魯先生一向不許人訪問，本文乃唯一的訪問錄。讀者一再索求，本文曾多次刊印。

訪問者：王讚源。

時間：一九七七年十一月一日。

地點：魯實先教授家中書房。

王：魯先生中學沒畢業，卻有滿腹學問？凡聽過您講課的人，個個佩服，請問您是怎樣讀書的？

魯：我十七歲開始用功，從正史下手，讀《史記》、《漢書》、《後漢書》、《三國志》，十九歲看完廿四史。那時我就覺得《史記》很好，於是以《史記》爲中心點出發來研究一切學問。爲了了解〈殷本紀〉我研究甲骨文；爲了瞭解周朝我研究鐘鼎文。我也讀過很多醫書，關於針灸、湯劑看過幾百種，看了不少書，因此我對中國學問都有一知半解，因此我講課比較資料豐富，左右逢源。

王：魯先生因《史記會注考證駁議》一書，見賞於楊樹達先生，也因而當了復旦大學教授。您爲什麼獨愛《史記》這本書呢？

魯：因爲《史記》上貫羣經，下開諸史。所謂下開諸史，說它是正史之祖，正史是根據它的體例來的。它那紀傳體的發明是前無古人，也不可能後有來者。這本書無論在文學價值，或在史學價值都非常高，它涵蓋的學問極爲廣博，使我非常佩服。因此我就以《史記》作爲研究學問的中心。

王：學術界的人知道魯先生很善於寫文言文，而您也自許能媲美《漢書》，請問您的學習過程是怎樣的？

魯：我學文章從來不去讀文選，也從來不去讀八大家的文章，雖然這些書我都看過。別人學文章，大都選個幾百篇幾十篇背熟，我一篇也不能背。我就是看的多。一看的多就自然能寫，講不出道理來。看多了，我就懂得怎樣寫一篇文章，怎樣拿定主旨，怎樣佈置章法，怎樣造句，在那些地方要用莊嚴典雅的字句，在那些地方要用活潑的字句。我從來不像桐城派一樣，學幾篇文章，把之乎者也如何擺好。我就是多看而已。

王：魯先生一向主張六書皆造字之法，而且寫了《假借遡原》與《轉注釋義》兩書加以闡揚。但轉注、假借所造之字，在構形上仍然不是形聲就是會意，如此與四體二用之說有何不同？

魯：「四體二用」一看就曉得它不通。第一，它與西漢劉向的說法不合。劉向說：「六書皆造字之法」。第二，六書是平列的，當然不包括文字應用。第三，就依他所說「二用」的話，有應用假借，假借還可以說是應用，轉注就找不到應用轉注。因此「二用」就講不通了。

所謂四體六法，造出的字還是四個體：象形、指事、會意、形聲。造字的方法有六個：象形、指事、會意、形聲、轉注、假借。轉注、假借是造字的輔助方法而已。因爲古人是有意的造轉注字。我在《轉注釋義》舉出很多的例子，根據義轉也好，音轉也好，都是有意造的。假借有時也是有意造的，因爲不假借會與其他的字相混，沒有辦法不假借，這是有本字假借的情形。至於無本字假借，自有文字以來就有無本字的應用假借，當然也有無本字之造字假借，所以我在《

假借遡原》裏有單獨講無本字之造字假借。譬如西方鹹地叫鹵，鹵字是根據「西」字造的，而西方之「西」便是無本字的假借義，「鹵」字就根據這個假借義造的。我有很多證據證明這個道理，根據我所講的道理，四體二用之說應該推翻了，應該是四體六法。

王：魯先生正在寫的《殷契新詮》與《文字析義》何時能脫稿？其價值何在？

魯：我先從《文字析義》談起，這說來話長，我簡單的講一點。為什麼會寫這本書呢？我教文字學差不多有廿年了。這廿年講的文字學當中，十年前講的與五年前講的不同，現在講的與以前講的又不同，因為每年都講不完，而且聽的學生也不同。現在都是我的學生在教，我恐怕他們教錯，因此我寫這部書，此其一。第二點，從來研究文字學的人對於六書都不了解，其實中國人不了解六書是應當的，什麼理由？因為從許愼編《說文解字》起，許愼就不甚了解六書，他就把六書弄錯了。所以我要按照六書的方式來寫《文字析義》。這部書有三必寫：許愼釋形錯誤的，必寫。許愼釋義錯誤的，必寫。文字有蛻變的，必寫。譬如現在篆文是形聲字，可是它原來是象形字或會意字，而由象形、會意變為現在篆文的形聲字，如此可觀文字的蛻變；同時由這個字可以轉注產生某一個字，由一個是假借造字而產生某一個字，這些地方必寫。《文字析義》我已寫兩年多了，可能寫到明年多季，後年出版。

《殷契新詮》本寫好了的，因為序文寫的很長，這篇序就寫了一兩年，共寫十萬字。本來沒打算寫《文字析義》，現在寫了，有些地方與《殷契新詮》的序重複，這篇序要改寫。因此要先出版《文字析義》再出版《殷契新詮》，《殷契新詮》的價值在那裏呢？是在那篇序，序裏頭把四十八個繁文例都解釋出來了，已經解了幾百字，告訴你解字的方法。從來研究甲骨文，作綜合研究解字方法的還沒有，它的價值就在這裏。裏面的文章只有廿幾篇，最重要的就是那篇序，廿幾篇文章只示人以方法而已，每篇文章都在解字，說出某字在甲骨文有好幾個用法，有幾個意義，這樣寫來很繁瑣，不可能寫幾百篇，我就把認識的幾百個字，提要的寫在序裏頭。

王：魯先生研究甲骨文，金文有驚人的成就，認出很多別人不懂的字。您用什麼方法研究的，過程怎樣？

魯：最重要是明白文字蛻變的道理。首先要把《說文》弄熟，譬如《說文解字》中的重文，重文卽各種不同寫法的字。你曉得同一個字有各種不同的寫法，這是文字蛻變之一。第二點，《說文》有把同一個字，分成兩個字或三個字，這是《說文》的錯誤。同時要明白轉注，因爲文字意義有轉變，再產生一個字，恢復它的本義；因爲文字聲音有轉變，再產生一個字，有音轉的轉注字。明白這些蛻變的道理，當然可以解出很多古文字來。因爲古代文字：甲骨、鐘鼎與篆文有不合的，篆文是形聲字，而甲骨、鐘鼎是象形字或會意字。有時甲骨、鐘鼎是形聲字，其聲兼義，到了篆文聲就不兼義了，那是因爲蛻變。什麼理由蛻變呢？因爲轉注的關係。音變了，原來聲符不適用了，換了個聲符，當然大家不認識，其實還是那個字。它們還保有雙聲的關係；或者疊韻的關係，那我們還可以知道。明白文字蛻變的道理，明白轉注，假借造字的道理，你自然就可以認識很多字。

王：那麼《說文解字》這本書的價值何在？

魯：《說文》這部書不可不讀，因爲就中國文字來講，它是第一本字典。它的價值在此。中國文字有三個條件：形、音、義。同時注意形、音、義的起於《說文》。《爾雅》並沒有注意這個條件，《方言》也不注意，它只注意語言的語音不同而已。《釋名》更談不上，它只是牽強附會用音訓而已。不過《說文》並不是很靠得住的字典，因爲它有很多錯誤。要明白錯誤，那就要仔細研讀，要能明白文字蛻變的道理，就自然看得出它的錯誤。爲什麼錯誤容易看呢？因爲形義不合。它解釋字形與意義不合；或者解釋意義與字形不合。或釋形錯誤；或釋義錯誤。二者必居其一。中國文字所以偉大，就是它形義相合。我們根據這個道理就可斷定《說文》有沒有解錯。

王：《說文解字》會有那麼多錯誤，依您看，其原因何在？

魯：最大原因：許愼看到古代的資料太少。他所引的古文只有二十幾個字是眞古文，其餘都是戰國時的俗體。還有他因襲陳說。因襲《爾雅》，因襲《毛傳》。陳說裏頭有很多不是解文字的初形本義。它或者解《詩經》，或者解某篇文章，它並非解釋字義的原始意義的。他因襲這種陳說就錯了。還有一點重要原因：許愼並沒有把握得住形義相合的原則，雖然他懂得這個原則。所以就有很多錯誤。

王：有人認爲董作賓的《殷曆譜》很有學術價値，魯先生素來反對他的觀點，可是一般人不瞭解您所持的理由是什麼？能不能請您談談？

魯：他在民國卅年二月寫一封信給我，他想根據甲骨文作《殷曆譜》的事問我，當時我寫一封信反對。（信發表於齊魯大學責善半月刊二卷十五期）其後他寫〈四分一月說辨正〉，辨正王國維的「四分一月說」。王國維所謂「四分一月說」是他在〈生霸死霸考〉那篇文章中，根據鐘鼎和太初曆（周曆）來考定他的年月，於是證明「初吉」是什麼，「生霸」是什麼，「死霸」是什麼？「既望」是什麼。但王國維所持的理由並不正確。因爲第一，除了很少數的幾件銅器載明時代外，大多數的銅器只能明白大略的時代，或西周，或東周，或春秋，不可能明白某一個王的時代。第二，現在所傳的六種曆法：如黃帝歷、顓頊歷、夏歷、殷歷、周歷、魯歷（見清顧觀光的〈六曆通考〉）都是秦漢之間的假東西，並非先秦的古曆法。因此說根據曆法推甲骨是絕對不可能的。此話怎講呢？

太史公是漢武帝時候的人，當時未行太初歷以前是行顓頊歷，太史公是懂曆法的，但他對當時的顓頊歷都不了解，換句話說，秦朝都沒法推，不要說秦以前。要推春秋可能嗎？也不可能。因爲春秋曆法，自晉杜預的《春秋長歷》起，直到清朝編春秋曆法的一共七八家，沒有兩家是相同的。

那麼爲什麼春秋曆法不可考呢？因爲春秋曆法把閏月歸在一年的末了。而現在所傳的六種古曆，根據數字算起來，閏月是在一年的中間，不可能在一年的末了。因此說根據古代的六曆，已經沒法推春秋。何況春秋時常失閏，孔子說：「火猶西流，司歷過也，再失閏矣。」也經常補閏。有失閏，有補閏，閏月已經亂七八糟的。春秋曆法從晉杜預起到清朝止，編的人很多，但沒有一家是正確的。換句話說春秋是不可考。

共和以前更不可考。因爲第一，當時的曆法不可考。現在曆法不能推古代，再近也不行。因爲當時有實行的曆法。我們不能以清朝實行的曆法推唐朝，或推明朝，推明朝尚且不合，何況於推古代呢？第二，下距年數不可考。就沒法用曆法推。第三，每一片甲骨相當於某一年、某一王也不可考。有這三種不可考，而去想編《殷曆譜》是非常荒謬的。

董作賓編了《殷曆譜》以後，我寫了十萬字的《殷曆譜糾譎》，在他未編《殷曆譜》以前，我寫了二、三萬字的〈四分一月說辨正商榷〉(卅四年《東方雜誌》，後來東海大學收在《歷術巵言甲集》) 證明銅器上的「初吉」、「生霸」、「死霸」、「既望」是沒有定期的。因爲沒有定期，就難考定。那麼「生霸」、「死霸」我已經推翻了，因此說西周是不可考。他寫《西周年曆譜》，我就寫〈西周年曆譜祛疑〉，證明他根據銅器考定年代是非常錯誤的。何況於根據甲骨，那比銅器更難考。所以說《殷曆譜》之無價值，與《西周年曆譜》之無價值是相同的。不僅如此，他在歷史上還編了一個年代表，從堯帝起一直下來，編出歷代的紀年表。教育部問過我，我寫了〈答教育部問中國歷史年表〉是針對董作賓的〈歷史年表〉答的。

我這三篇文章都是在董作賓生前發表的，他都沒法答覆。那三篇是：〈四分一月說辨正商榷〉，〈西周年曆譜祛疑〉，〈答教育部問中國歷史年表〉。除此之外，我那本《殷曆譜糾譎》他也沒辦法答覆。董作賓不懂曆法，連曆法的基本常識都缺乏，他編的《殷曆譜》可以說是極無知識的一本曆譜。他對於甲骨誤解文義的地方也很多。因此說，他這本書是沒什麼價值的東西。一些人說它有價值，那是他無知識。

王：如果照你這麼說，那麼孔子的生日也是不可考了？

魯：孔子的生日在左傳有好幾處記載，都有年月日的，現在推的日子雖然不很準確，但年月是相差不遠的，縱令相差也只有一兩天。古代的東西記載月日，但很少記年的，在甲骨卽如此，縱然了解帝王的時代，其下距年數也不可考。但孔子生在春秋，當時下距年數可考，是共和以後的事，不比共和以前下距年數不可考。所以那是不同的。

王：王國維、羅振玉、郭沫若、董作賓等人都研究甲骨、鐘鼎，他們的成就那一位最大？

魯：我們分別來談，王國維在甲骨方面有〈先公先王考〉，〈先公先王續考〉兩篇。鐘鼎方面，有毛公鼎、散盤、盂鼎的釋文。比較起來，還是〈先公先王考〉及〈先公先王續考〉成績好一點。其餘文字方面像釋「田」，釋「史」都是錯的。講鐘鼎難解的文義，他並沒有解釋出來。

至於羅振玉，他的《增訂殷墟書契考釋》有價值。那是最初解文字最多的，而且有些字還解得不錯，當然也有些字現在看起來是錯誤的。但是在那時他有創始的功勞，比孫詒讓的《契文舉例》要好一些。有人說羅振玉的書是王國維作的，我表存疑，因爲他這部書連增訂印了兩次，王國維不可能為他作兩次。

郭沫若在甲骨方面有《殷契萃編》、《卜辭通纂》兩部書，還有〈甲骨文字研究〉一篇文章。那些文章，甲骨文解字很多是錯誤，對的很少。《萃編》不過是編輯一下，作作釋文而已，疑難的字，解釋出來的極少極少。

至於董作賓是沒有成績，他並沒有解出一個字來。

研究學問要講究範疇的。講甲骨文最重要是研究文字學，史學的價值少。此話怎講呢？舉個例說，我們寧可沒有五萬片或十萬片甲骨，不可沒有一篇〈殷本紀〉。《史記。殷本紀》的價值遠在所有甲骨文之上。所以說甲骨文的價值還在於文字學的價值。當然甲骨文可以看出一些殷人的生活情況，以及什麼禮制，那究竟零零碎碎的。所以研究甲骨不在文字上下手，而去編曆法表，去編排資料，這叫做荒謬。這是不懂學問的範疇。所以說董作賓是沒有成績，郭沫若的成績很少，王國維、羅振玉比較有成就。至於他們對解字，要說解的很透闢，還是沒有的。我寫《殷契新詮》同他們的寫法不同。

王：郭沫若的《兩周金文辭大系考釋》有無價值？

魯：《兩周金文辭大系考釋》是要將銅器作有系統的編排。大體說它是一本創作，以前沒有的。雖然其中有些不對。但是分王朝與列國沒有分錯。至於他解文義、解辭、解字方面，沒多大貢獻。講鐘鼎最重要還是在解字解辭，至於作系統的編排屬於次要。因為有些地方很難安排。甚至於不可能安排。

王：那麼容庚的《商周彝器通考》價值如何？

魯：這本書很好。容庚對於鐘鼎解字解文義不行，但是這一部書有價值。爲什麼呢？它對於銅器的原起、發見、類別、時代、銘文、花紋、鑄法、價值、去鏽、拓墨、仿造、辨僞、收藏、著錄等等，作了一般性的介紹，那部書還是前無古人。

王：在研究甲骨金文方面，還有那些人有成就？

魯：最初研究甲骨文是孫詒讓的《契文舉例》，但文字解對的很少。日本人高田宗周的《說文古籀編》也是解字的，解正確的也很少。像胡厚宣編排一些資料，他用統計方法，統計殷代的氣候，殷代的農業，或殷代的疾病考，他想做一個體系研究，那是不可能的。譬如殷代的氣候，他將幾月份有雨，幾月份有多少，劃一個表出來，那是荒謬。他不知道卜辭是卜問有沒有雨？它不是紀事。縱令是紀事，留存下來的甲骨只是千萬分之一，不可能根據這個零碎的資料，來得出一個整體的統計。而他的疾病考，字都解錯了，不是疾病。像陳夢家的《卜辭綜述》也沒什麼成就。所以說研究甲骨金文，到現在還沒有那個超過王國維的〈先公先王考〉，與羅振玉的《增訂殷墟書契考釋》的範圍。

王：魯先生經過幾十年的研究，自認爲成就如何？那一本書是你的代表著作？

魯：現在代表著作還可以說沒有。我在大陸時，本想作正史律歷志考正，去糾正它的錯誤，去發揮它的道理。〈三統歷譜〉我有很詳細的注，〈唐大衍歷議〉，〈宋明无歷議〉、〈元授時歷議〉都有很詳細的注，但是這部書在我逃難時全部資料丢光了。在大陸時我搞史記幾十年，有百幾十本筆記，也都丢光了。在臺灣我指導學生作了一部《漢太初以來曆譜》，從漢武帝太初元年，一直編到鄭克塽亡國止。這部書將來要印出來，現在只印的零零碎碎。在我個人方面：由長科會印的《劉歆三統歷譜證舛》一書稍爲得意。由東海大學印的《曆術卮言甲集》有三篇文章考定曆法的，〈東魏李業興九宮行棊曆積年考〉，〈宋乾興曆積年舊法考〉，〈宋寶祐四年會天歷考〉都是發前人所未發。關於文字學方面，雖然這十年以來對文字學下的功夫比較深，但現在還沒脫稿，等寫定再說。

王：一般來說，從事考據之學的人，大都死氣沈沈的，可是魯先生卻是生氣勃勃，原因在那裏？

魯：這個原因恐怕我個人都提不出來。我讀書第一不迷信古人。古人說的，我不當作金科玉律；不過古人好的我佩服，我心慕。說錯的，我不以爲然。我讀古書不看注解，無論看什麼書都看本文。我讀史書養慣了觀其大略，有時候細心研究一個問題，有所心得，我就很快樂。能夠在某一點突破古人，就好比打了一場勝仗，樂此不疲。因此第一我沒有受古人的約束；第二沒有受世俗物慾所迷惑。所謂物慾，不僅是酒色，名利也是物慾。我不好名不好利，也就別無他求，就能快快樂樂的。

王：我聽人家說過，讀書可以滋養人的生命，魯先生研究學問每每有突破古人的創見，這種開創性的見解，使自己有一種滿足感，對生命是一種充實。生命充實就可以鼓起無比的潛在動力去追求，魯先生能生氣勃勃，是不是有這種情形。

魯：當然有，不爲物慾所迷惑，我看應當是個大原因。假使爲物慾所迷惑，爲了達到名，或者爲了達到利，譬如爲了得到獎金而讀書，那就苦了，我從來沒有這種想法。我年輕時候讀書，沒想到要當教授，當了教授也沒想到硬要出人頭地。我總覺得這個地方於說不安，那我就要駁他；至於古人說對的，我也很佩服。

王：如此說來，是否像梁啓超說的「爲趣味而讀書」呢？

魯：是的，爲趣味而讀書所以有生氣，因爲它不爲物慾所迷惑。

王：魯先生對現代的年輕人有些什麼勸告？

魯：現在的青年人，我看有一個共同的毛病：投機取巧，不肯用功。以爲天下只有他自己聰明，人家都愚蠢。還有絕不去問人；殊不知學問學問是問出來的，你看「子入太廟每事問」。他也不聽人家說，這也是大毛病。青年人要提高志向，要減少物慾只有一個辦法：讀歷史。從正史下手，《史記》、《漢書》、《後漢書》、《三國志》一路讀下來。能看完廿四史最好，最低限度也要讀完四史。我經常勸學生讀歷史。肯讀歷史，他志向提高了，胸襟開拓了，文章也作好了。中國學問是對付人的學問，你看九流之學，無不是對付人的。古人過去表現的痕跡，每一代的成敗利鈍，人物的或起或滅，其原因都可在歷史求到答案，我們應該向歷史去學習。

還有我勸青年人要做難能可貴的事，不要做難能不可貴的事。什麼叫做難能不可貴呢？譬如，我看過一個走江湖的人，他手中拿一個筒子，左右上下搖動，然後往桌子一放，掀開筒子，三個骰子一連疊起來，你說他功夫難能嗎？是難能，但是不可貴。

老子專家・烹調原理的作者：張起鈞教授訪問錄

簡介：張起鈞教授，湖北枝江人，民國五年生於北平。五歲喪父，家貧。幸賴母親艱苦撫育，方能成人。

九一八後，投考軍校矢志報國，以體檢淘汰，乃入北京大學政治系攻讀。廿七年畢業於雲南。曾與邵可侶、葉公超、吳宓創辦「中法難童學校」，失敗後於卅年赴渝執教軍需學校。卅二年執教於國立湖北師範學院，兼省立工學院訓導長。勝利後返平省親，執教於北平中國大學。課餘創辦《正論月刊》，並時與張佛泉、朱光潛等教授對時事聯名主持公道。及北平危急，總統派專機營救，張氏棄家南下，輾轉抵臺，憂患之餘從事著述，除在國立臺灣師範大學授課外，並先後應邀至美國華盛頓、夏威夷、南伊利諾等大學講授中國哲學。海通以來，未曾留學，反往歐美正式執教者，張氏殆為極少數之一人。英國出版之

《世界名人錄》曾將張氏列名其中。

張氏在學術上之具體貢獻有三：1.為老子學說建一完整之哲學體系（「道」的一元論），且本其體會出版《智慧的老子》，期將老學智慧活用於人生。2.其《中國哲學史話》，自孔子至王陽明前後呼應一氣呵成，構成一完整之單元，殆為此類書之創舉。3.其《大同的呼聲》乃針對當前人類問題，而提出一套徹底解決之辦法，言簡意賅，言之有物，極有價值。

張氏歷主各大報筆政，來臺後曾創辦《新天地月刊》。曾主持《香港自由報》。標揭：「反對共產暴政」、「弘揚中華文化」、「促進世界大同」三大原則，立論正大，蜚聲國際。

訪問者：王讚源先生
時　間：一九七九年十一月四日
地　點：張起鈞教授家中書房

王：張先生以前讀的是北大政治系，後來研究的卻是哲學，是什麼原因使您走進哲學的領域呢？

張：這情形倒並不偶然，當年北大政治系的課程選課分三組：一組是國際關係，一組是政治制度，一組是政治思想。我們第一天進學校，系主任張忠紱先生就召集我們談話，他告訴我們如何選課，要我們在三組內以一組爲中心來選。系主任特別提到這三組中較基本、較深刻的是政治思想。當時是小孩子；也不大懂得學術，但年輕人總想往上進，尤其是小孩子好高騖遠的心情，既然政治思想是較基本較深刻，那我爲什麼不選政治思想呢？因此我就決定選這些了。另一個輔助的因素是，我是平大高中的學生，當時北平大學附屬高中，師資非常優秀，上課情形是以大學預科方法來講課的。那時國文課老師是現在在臺灣的立法委員張希之先生，他是北大哲學系畢業的，教國文有他特別的一套，學生上課分兩組發講義，一組稱美文學，由《詩經》、《楚辭》一路選下來；另外一組是學術文學，由《易經》、《老子》、《論語》等講思想學術的精華依序選讀。因此當時我們也就有了點底子，後來由於選修政治思想，因此唸了很多哲學課，如西洋哲學史、中國哲學史自然都讀了，甚至連許多與政治思想無關的哲學，如佛學、康德哲學，我都去旁聽選修，這都是促成走上哲學路子的因素。後來抗戰時在重慶幾乎天天跑警報，在防空洞躲着，沒法唸書，只有帶着書去消遣消遣。那時我身上帶着老子《道德經》，好到防空洞裏看。因《道德經》很短，一段一段前後又不必連續讀，正是防空洞裏的最佳讀物。每次都如此，久而久之也就有了點一知半解，後來寫了本《老子哲學》的書，大家就把我歸到哲學這一行，而我正式教哲學則是大陸淪陷出來以後的事。淪陷前我在北平中國大學仍教政治思想。

王：張先生剛剛談到北大有北平大學與北京大學，二者有何不同？

張：外面一般人不大清楚北平大學跟北京大學。北平有很多學校，中間領導五四，聲望很高的是北京大學。另外北平有農學院、工學院、醫學院，及許多專門學校。北伐後政府把這些學校組織聯合起來，稱爲北平大學。北平大學從開始就不是完整的。到了抗戰初起，北平大學與師大、北洋工學院合組成西北聯大，後來就無形消失了。勝利復原之後只有北京大學。北平大學許多零星的學院都爲北京大學接受，於是北平大學就正式取消了，總計北平大學的生命只是在十七年至二十六年的一段時候。北平大學並無統一的校舍，只有一個聯合辦事處，所以給人影響不多。

王：那麼一般所謂北大精神，應是指北京大學了？

張：當然是北京大學。北平大學可以說不是一個正式的大學。

王：那北平大學後來是併入北京大學嗎？

張：那是勝利的後事。北京大學最先不只三院，有很多院都歸北京大學，後來蔡元培校長認爲，北京大學要以研究學術爲中心，其他如工學院、農學院等，都有點職業性，不是純學術，因此他只保持文、理、法三個學院。還有其他原來與北大有關的，蔡校長都不要，而讓他們自己獨立，就如北師大在臺灣還能看到，它的校慶與北大同一天，都是十二月十七日。這都是與北大有關的而從北大分出去的痕跡。勝利後傅斯年、胡適主持北大，又把北平大學從前的農學院、工學院、醫學院都接收了，北京大學從三院變成六院，不過這情形只有兩年大陸就淪陷，現在情形如何我就不知道了。

王：現在臺灣的年輕人從書上或老師口中得知當年北大領導五四運動，對近代中國文化發生很大影響，張先生也是北大畢業的，能否談談北大的教學情形及學術風氣？

張：這問題很大也很難全面來講，我僅就我所知的一鱗半爪談談，北京大學教學風氣，我認爲最重要的是氣魄大、水準高，這是今天大家所不能模仿不能比擬的。那時眞有許多大牌的教授在講學，而學生的程度也很高，他們都以很高的水準來講學，而不是什麼小學生來販賣ＡＢＣ的常識。比如徐炳昶先生講中國哲學（我沒上過他的課，是聽學長講的），他就批評，胡適之先生那個學說不對，梁啓超先生那個學說如何如何，學生們站起來問徐先生，說「梁先生與胡先生的學問它本身是怎麼回事，請你介紹介紹」，他說「你連這個都不知道，還來聽我的課」。可見水準是如何的高。而當時有好多教授的講授作風硬是寧可成就一個而不惜犧牲九十九個，他們以最高水準來教學，你跟得上就跟，跟不上，活該。所以北大造就出來的學生程度很不齊，有的非常卓越，有的就不大十分高明。就拿我們當時大一英文來講，我們唸的*ENGLISH PROSE-from Chaucer to Hardy* 由 Chaucer 開頭講起，一直到 Hardy，是近代大文學家，這樣等於是一個英國文學史的選讀。Chaucer 是第一個用英文寫文章的。那時的 style，甚至他們的拼音法都與現在不一樣，這樣以一個中國青年那能去欣賞呢？可是教授卻不管而繼續敎下去。又如我們學第二外國文法文，一年級上的ＡＢＣ還可以，到了二年級以上選的都是近代文學作品，學生實在跟不上，可是他不管，程度好的就跟上了，不行的那就自己想辦法吧。另外再拿大家所熟悉的錢穆先生講中國通史來說吧，他根本不是在講歷史，所以一個史學家說，錢先生是講「讀通鑑論」，他都是假設學生已有很深的了解，然後就某些問題提出他的意見來批評和分析，愈是名教授愈是如此。而學生也程度極高，有些同學在二三年級時寫作已很有成就，例如大家所推崇的哲學家牟宗三先生，他的《邏輯典範》寫成出版時他還沒畢業呢。還有在加州大學教數學的樊𰻞，在二年級時就出了一本大學用書，那時的風氣是自己研究，那種高卓不羣的精神，實在不是現代大學生所能比擬的。

王：北大的教學情形與風氣是如此的高水準，而今天的臺大人，他們認爲承繼了北大精神，尤其傅斯年、錢思亮還主持臺大時，也一再的認爲他們承繼北大的精神，那麼北大是不是有很突出的精神呢？

張：北大精神是什麼？人言人殊，而我想最基本的是中國讀書人一脈相傳的以天下爲己任的精神，遠自孔子就是以這種懷抱周遊列國，奔走天下的事，從沒有計較個人的利害得失。這種精神到了孟子高漲，以致形成中國讀書人傳統士氣之所在。從漢朝的太學，直到明末的東林復社無不如此，尤其淸末設立「京師大學堂」（卽北京大學最初的名稱）其體制卽直接承襲「太學」，因此馮友蘭常說：「北京大學，校舍不論設在那裏；上課不論在什麼地方；但開學典禮，畢業典禮一定要在『國子監』舉行」，其意卽在說明北京大學與一般大學不同，而是上承漢朝太學的。（所以馮友蘭認爲北大的校史應該是兩千年）流風所及北大的同學，許許多多都以天下爲己任，從現在的世風看來，不僅狂妄不切實際，甚至幼稚。但其一股戇直熱誠的精神，眞是令人可愛。就拿畢業後的同學會來講，我曾參加過無數的同學會，大家無不是敍舊聯誼而已，而北大同學會所談的卻全是硬性的。即同以談往事來講，一般同學會談的類多是，當年誰踢前鋒我把大門，誰與誰怎樣跟老師開玩笑——一類之話，而北大同學會，我從重慶、南京，直到臺北參加北大同學會，聽見講的卻總是當年天安門開大會，誰當主席。打趙家樓是誰從窗子跳進去……等一類以國事爲中心的題材，老師更是如此。例如有件事情給我印象很深的，勝利復原之後，蔣夢麟以行政院秘書長的身份到北平，北大校友會請他來演講，照一般情形應該是講離校多少年啦，回來看看老同學啦，或以前的舊事，而他不講那一套，當時是烽火連天，蔣先生站起來第一句話就講：「上下幾千年，縱橫幾萬里，看一看，沒有不能解決的問題」，然後就談下去，完全談的是國家大事，不及一語私事，這種情形大概是其他大學沒有的現象吧。

王：除此以外，北大哲學系畢業，寫《江湖行》、《風蕭蕭》的徐訏，最近在報上談到北大精神是理性的自由主義，這種精神，就是現在大陸上的北京大學依然保存着。這點張先生的看法如何？

張：這點和我講的並不衝突。我講的恐怕是最重要的一點，這是大家共同奮鬪的精神，而在其他方面，比如北大講民主啦、談自由啦，這些都是這一精神在不同範疇的表現，並不衝突。我們拿世俗讀書說吧，爲何讀書？當然各有目的各有用場，但其基本精神，總是爲眞理爲國家，不是爲個人。當年蔡校長就說，北大不是爲大家樹立職業訓練所，說得好是謀道不謀食。

王：在您的思想發展過程中，那些人對您有過影響？

張：從小受教育到大，經過多少老師的指點，對他們各位都不勝感激，至於在思想方面，最先給我啓蒙，使我對思想有興趣的是梁啓超的《先秦政治思想史》。當時是高中時期，高中生的理解力較小，只是看到梁先生的文筆如此之好，讀起來實在引人入勝，至於使我關心天下國家的思想，那是梁漱溟先生的《中華民族自救運動之最後覺悟》，他這本書我們先不談結論，而告訴我們說他是如何的追尋問題，關心國家及如何分析問題，這一串的敍述，把我帶上了路，因此有一次當我見到梁先生，我就說我是您的私淑弟子。（雖然我的觀點跟他不同。）至於西方著作影影我最深的是柏拉圖的《理想國》。今天我的組織力、辨別力、分析力可說完全得力於這本書。

王：張先生研究老子幾十年，可說是聞名的老子專家，而《智慧的老子》這本書，您自認爲已盡了最大的努力，且對老學有所交待。這書裏頭說老子的弱道哲學，「是把客觀的是如何，作了他人生應如何的理論基礎」，進而論斷他是要人過一個曲全苟免，知足自了的人生，他要社會人羣走向返淳返樸的境界……，他這一人生路向，給人類帶來的結果將是無是非、無價值、無文化。」期期以爲不可，如此說來，我們今天再來研究老子，還有什麼意義？

張：這話可分兩方面來說。我們知道哲學有二個不同的範疇，一個是是如何？一個是應如何？英文是 what is to be 和 what ought to be。粗略來講，中國的儒家和道家恰好代表這兩方面。儒家講父慈子孝，君惠臣忠，這是講道德上應該怎麼樣；而道家是分析自然的事實，你有什麼樣的行爲，就有什麼結果，比如一個人逞強好勝，就會受到打擊，應不應該他沒加以判斷，他只拿事實來說。《老子》給我們很深刻的觀察，帶給我們很高的智慧，但這只是「是如何」的問題，而一般人對於是如何及應如何不太分得清楚，孟子曰：「矢人惟恐不傷人，函人惟恐傷人」，這是因爲職業的關係而影響到他們的行爲及結果，而我們一般人就沒想到結果是不是應該的，所以就順着發展下去，把老子對事實的分析而當作做人的準則，這就錯了。假定我們以儒家的教訓作爲人生奮鬪的目標，以道家的智慧做爲實現目標的手段，一定可以事半功倍，有百利而無一害。

王：張先生以前出版《老子哲學》及《老子》，最近又寫了《智慧的老子》，請問他們之間有何不同？

張：《老子哲學》可說是純哲學的討論，學術價值較其他兩本高，因爲這本書給老子哲學建立了道的一元論，所以這本書出版後，大家都誇讚我，甚至說我是老子專家，因爲這本書具有相當份量。而《老子》這本書是我最不滿意的一本。當時是梁實秋先生替大同公司編叢書，預備出四本：一本《老子》、一本《孔子》、一本《莊子》、一本《孟子》。梁先生要求的標準很高，到現在只寫了兩本，一本是杜呈祥寫的《孔子》，另外是我寫的《老子》，而《孟子》和《莊子》到現在還付闕如。梁先生要寧缺勿濫。當時梁先生要求我於半年之內寫成，在《智慧的老子》一書裏，我說我學問本來就不太好，何況是被逼着寫的，所以有很多地方我都不滿意，不過當時老子的書用淺出的方法來寫的不太多，因此這本書後來有我想不到的流行的效果，有一次我去買書，居然看到已出到第十版，這個我不但不高興，反而增加了我的慚愧。尤其對於「行爲準則」這章，感到非常不滿意，覺得很空洞。所以後來我發憤要把缺點來改正，要弄得比較好一點，於是就寫了《智慧的老子》。《智慧的老子》大體的精神是承繼《老子》，不是講抽象的哲理，而是拿我體會到老子的智慧對我們人生有何幫助，告訴我們怎麼做，總之，是要把老子的想法，活用在人生。尤其有一部份我自己覺得非常得意的就是〈利己成私〉那一章，其結論是最聰明的自私辦法就是幫助別人，這不僅把老子的弱道精神充分活用出來，並且對一般人的因誤解自私而走到傷天害理，給予提醒。因此有人說我援道入儒，我也不否認。

王：就張先生自己認爲《智慧的老子》這本書寫得很好，但我想從另一個角度來看，因爲我與韋政通先生曾經討論過這本書，他的看法和我一致，認爲張先生聰明過人，對老子花了很多精力，而您的生活經驗，人生的歷練各方面都達到相當高的深度，這個時候來寫老子應該是整個表現在人生的行爲上，把它消化了。我們認爲這本書引話太多。如果引話少些，而用張先生自己的生活體驗，自己的講法，整個寫出來可能還要好，我們這個看法，不知張先生認爲如何？

張：這點對我有點恭維過當，我不敢當，我希望能有一天是往這邊作。最近吳森教授他給我寫的《烹調原理》一篇序，在《中央日報》十月二十六日發表，他講的有一點，我也不敢當，但精神則是我所贊同的。他說許多哲學家皓首窮經，在字紙堆裏翻筋斗，永遠是給前人的思想做註腳。說我是憑自己的學力，直接對人生的反應，這是鼓勵我的話，而這也是我所走的路子。假定將來我學問有所進步，經驗體會慢慢多一點，我總會在這方面有所表現，不過要用老子的名字說出來，大概這可能性很小。至於另一點，我不是說這本書寫得很好，而是在我寫老子的書中比較好的。我也不願再寫了，因爲《老子》不過五千言，而我已寫了好幾十萬字，還再寫，我自覺得太無聊了！老子的話「多言數窮不如守中」，早已對老子離經叛道，豈可再乎？何況我自己基本的思想是百分之百的儒家。

王：一般來說，中國讀書人比較不講究方法，甚至有好方法，也不把方法講出來，不過現代人讀書不能這樣。張先生研究老子有卓越的成就，一定有什麼特殊的方法，我想請您談談您研究的過程及方法，好讓年輕人學習。

張：大體而言，中國的學問講境界，講體會，西洋學問的好處，講材料跟方法。尤其西洋人炫耀世人，覺得很驕傲的是方法論。學術原無國界之分，都在追求眞理，任何好的我們都應追求。不過，由於個人背景不同，每個人都走自己接近的路，熟悉的路，所以中國人老走中國人的老路，不把西洋人的路子善予運用，因此，我們不能好好吸取西洋人的精神；而西洋人對東方的東西更不大能吸收。近人有學西洋東西的，能入乎其內，不能出乎其外，自然科學不談，文史的東西也是百分之百的鑽到西洋東西裏而出不來，甚且還以偏蓋全，拿西洋東西作衡量一切的標準。搞西洋東西，比如搞哲學也好，文史也好，他們不少以西洋的觀點來誤解中國的東西，從人類文化來講，這不是合理的。遠在三百年前，萊布尼茲說，將來最好的文化是融合歐洲及中國文化的優點而形成新的文化。三百年後的今天，他的話同樣是正確有效。

在學術方面吸取西洋的長處，這點我覺得我很幸運，北平是中國文化的中心，我在北大唸書，有好多名師來指點，因此我對中國東西有一知半解。同時也得風氣之先，北方的教育很好，從小孩學代數幾何起一直到學社會科學和西洋哲學，慢慢對西洋方法有所體會，拿這方法融會中國的東西，把中國的東西用近代的方式寫出來，因此我寫的東西，由內行人看來，都是這方面的反應結果。比如我的《老子哲學》，拿老子思想建立一元論系統，好與壞不談，尤其〈從形上到形下〉這章，是由形而上學推到人生觀，而這種做法前人不會這樣做，也不屑於這樣做，而我這樣做是直接受了西洋的形上學方法論的影響，間接由小孩學代數幾何訓練出來。剛才王先生提到《中國哲學史話》，《中國哲學史話》是我很得意的成果，我的二十八萬字是整個完整的系統，有如交響樂，這邊小提琴拉一下，那邊號角響起來，全都互相有關連，彼此呼應，我們前一輩不大會注意這問題，而這是受西洋方法論的影響，雖然沒有明講出那方法論。最近我寫《烹調原理》，根本離哲學很遠，是談一般生活飲食的，拿這東西來講，我能有條有理，有系統的記載，也是得力於西洋的方法論。

王：您一生研究老子，卻自認爲是儒家的信徒，最近更組織大同學會，大力宣揚儒家的思想，那是爲什麼？

張：小的說是自己做人應該如此，大的說是中國修齊、治平，傳統文化的反應。我們中國一向講天下國家，講明明德於天下，我個人深受儒家影響，孔子說：「汝爲君子儒，勿爲小人儒。」我雖不才，但大體是走君子儒的方面。我在師大教《大學》、《中庸》，《大學》是大人之學，什麼是大人，不是身體高大而是人格氣象的大，以天下爲一家，中國爲一人稱爲大。在這種思想薰陶之下，久而久之，我們有一個很好的心願，就是想對社會貢獻一些。尤其我是學社會科學出身的，深深了解人與人的關係，在今天的世界，就是要獨善其身，也必須先要兼善天下才行。不是我們關起門自己好就行，還要爲別人好，世界好，才辦得到。在這方面，正是我們傳統講的世界大同，也就是從孔子到孫中山先生的理想，而我對這點特別有興趣，至於爲什麼要做？我在《邁向大同》那本小册子說的很清楚。不論對於人類講或對於中國文化講，我們中國人應在這裏大聲疾呼。但是很慚愧由於多年來，環境發展的不如意沒有力量來推行，但是我們還是在蘊釀着，工作順利的話，我還會繼續下去。

王：現在科技發達，像以前的玄學，現代人不太願意接受，反觀現在科技文明，知識爆發的社會，又造成許多人類的問題，出現新的危機。您認爲哲學對現代人的生活，還有何作用？

張：這問題不太好講，也可說是名詞帶來的困惑，我們中國從前是沒有「哲學」這一名詞，那是近代西洋哲學介紹進來的，即 philosophy 這名詞。這 philosophy 在西洋的書本裏是另一件東西，那是一套愛智之學，是由蘇格拉底的愛智之學演變而來的；然而我們中國人了解的哲學則是希望領導社會，指導社會的一個很深的看法，此之謂哲學，而不是要幾個名詞，什麼一元論、二元論、本體論，所謂本體，說了半天，它存在，你不說它還是存在。你怎麼描述它，一元也好、二元也好，毫不發生影響。那是天道而不是人道。我們人要盡其所以爲人者，在我們有生之年，應做一點實際有益的工作。而我們讀書人，如有餘力，應把我們正確的看法告訴大家。好像把在路邊摸索的人，引導他走得更正確。這是我們所了解的哲學。但是書本上以及學校裏的哲學不是這套東西，而是黑格爾的觀念怎樣了，存在主義的內容又如何……等等，這些我們不敢說都是戲論，但與人生沒大關係，爲中國傳統觀念所不取。所以我所了解也是中國聖賢所了解的，所謂哲學是研習古代許多哲人，他的思想，他的智慧，來領導今天的人類，解決今天的問題，這種哲學比書本上名詞的分析也許更有意義。

王：您教了很多年的哲學課程，相信對這方面有很多心得，請您談一談要怎樣才能把哲學教好？

張：我談不上心得，也不知道該怎麼說，相反的，有許多感慨。我多年來感覺：哲學和別的學問不能列在平等的水準上，大學的哲學系不能跟別的系排在一個水平線上。因爲哲學是綜合的，高深的理論，先要對基礎學識有相當的了解，然後歸納、組織、做深的研究，才能得到高深的學問。今天的年輕人什麼都不懂，上來就學哲學。這好像詩，如果沒學過文學、詞章，沒有什麼感情、和經歷，一下子就學詩律平平仄仄仄平平，怎樣四聲八病，這些完全是形式，不會有內容。所以華盛頓大學哲學系的名教授李維就說，沒有基本的學科知識，一上來就學哲學，那是太狹窄了。因此我才了解，爲什麼西洋這些年哲學搞到邏輯或語意學，它只有空架子，沒有內容。就是因爲學哲學的學生，都是青年人，旣無人生體驗，又無歷史的憂患背景，一下子就來說哲學，除了學一套空架子，試問能說什麼。所以今天的哲學很難講，你只能講舞文弄墨分析些名詞，或分析前人的幾個觀念，講點邏輯，這種東西很能讓大家崇拜，敬佩，講得人家不大了解，而覺得你很高深。像漢朝太學裏的博士把《春秋》「元年春王正月」六個字講成十幾萬字，實際上，不但於事無補，對《春秋》也無補，可是它六個字就能講出十幾萬字，人家好佩服，反之能歸納很多學問，諸如社會、經濟、人生、講出一個眞正的道理，大家不佩服，認爲你沒學問，你講的時候，不能說根據政治學如何，根據社會學、經濟學如何、甚至根據歷史人生如何，因爲今天的學生沒有這個背景，他不知道政治、經濟、社會、人生，他光聽結論，就像無源之水，你講深了，他不懂，講淺了，他又說你在談天。所以哲學弄來弄去，或是耍字眼，或是不得其門而入，談一談就算了，像王陽明說的「話一場罷了」。可是等到他政治、經濟、社會、人生都懂，又各搞專業去了，不敢跳出社會學、經濟學的圈子，再回來綜合的研究思想。他要不就根本不成材，成材的又作專家去了。所以今天講哲學，找不到聽的對象，可說是吃力不討好。

所以我有個想法，大學根本不要設哲學系，哲學只設研究所，各系畢業了，想深造的，這時候來學哲學，他一定會有充實的內容，有所體會而作，才不是一場空話，也許會有更多的貢獻。

王：張先生認爲有了基本學科的訓練，然後學哲學，比較會有成果。這個我完全贊同，不過三十年來臺灣各大學的哲學教育，每下愈況，不受重視，關鍵在什麼地方？是否有缺點需要檢討，這點請您再發表一點意見。

張：高見是沒有，感觸倒很多，比如說，前些年，各院校都有哲學概論必修科，而這些年哲學概論被教育部的課程標準刪掉了，後來我們代表哲學會向教育部爭了半天，還是只列在選修科中。當時我就在哲學會說，也到教育部和他們談，當時爲什麼所有的人都反對設哲學概論課呢？事實上，是教的效果很壞。而爲什麼會效果壞？那是教材不好，教的人不對，而不是哲學本身的不對。我教哲學概論，我深知其中的甘苦。在西洋，往昔大學生普遍的先學哲學，然後才分科各習專業。例如今天化學博士、物理學博士，他的正式名稱，仍是哲學博士（Ph. D.）即可見其一斑。而西洋的選哲學概論，正是給已經學過哲學的學生唸的教材，才把他們往昔所知的學識，加以劃淸點明，這叫本體論，那叫宇宙論，這是一元論，那是二元論，學生學了都全有「恍然大悟」之感。我們今天所開設的「哲學概論」其意乃是「哲學入門」，「哲學ＡＢＣ」是給未學過哲學的學生灌輸點哲學常識。不幸竟然望文生義，把西洋哲學概論的教材拿來，生吞活剝的向學生講，試問學生又怎能了解接受，就像小代數都未學過，你能去學大代數嗎？這是教材的不對，而不是哲學本身不對。其實哲學是非常重要的，學哲學自不待說，就是學文學的、藝術的、歷史的……無不需要學哲學，試問你寫一首詩，一篇文，而沒有卓越的思想，這個作品還能站的住嗎？而思想就得靠哲學來訓練了。

王：依我了解，一個思想工作者，尤其是搞哲學的人，隨時需要有新的刺激和新的挑戰，才能激發出突破性的見解，像您剛才講的，解決現實社會人生問題的方案或方法，都是從先賢的智慧給我們的啓示，而想出一套辦法，這也是一種刺激。比如說價值取向的變遷，現實社會的問題，思想的趨向，新興的學說等等都會帶來新的刺激和挑戰，像二十世紀新興的存在主義，精神分析學，它們如何起來的？這些問題都先要對它的思想背景，社會、歷史背景做一個探討，才能了解現代思想的潮流爲什麼這樣走。不過在這方面，您好像不太留意。我曾聽過張先生說：「我現在要吐絲了，而不是要吃桑葉。」這是爲什麼？能否請您談一談？

張：說到刺激與突破，這是爲學一定的道理。學問一定是肚子先有貨，然後才發表，這才是眞正有價值的東西，那一定是多少年鑽研體會，然後才能有貨要吐，但體會之後，從何說起？多半要有刺激或機緣。其次，拿技術本身來講，學一樣東西是有所爲的，而如何用在社會，那是針對當時的社會問題，比如說我是造橋、修路的工程師，這座橋找我來修，我就針對這個地方設計一座橋，至於如何造橋的學問，則是要經過多少年的準備。所以我在中山堂講演時，我說我們今天復興中華文化，不是把孔子、論語、孟子背下來就算，而是要注意如果讓孔子、孟子活在今天，針對現在應該說些什麼。「孔子，聖之時者也」這才是他偉大的地方，不是老背他的書。當時我說中山先生要是活到現在，他還講三民主義，絕不是當年的十六講。當時一、二千聽衆一致熱烈鼓掌，可見大家對我的話很同意。中山先生還講三民主義，他不會是幾十年前的那些話，他一定是針對現在問題而有不同的看法，這是一定的。因爲這樣，我寧可看活書，而不看書本上的東西。

莊子說「吾生也有涯，而知也無涯，以有涯逐無涯，殆矣！」今天世界上，一點鐘所出的書，如果逐一的看，可能一輩子看不完，假如比我高，眞正好的話，我當然看。有的書我看了之後覺得沒價値，不値得看，唯一的後果，恐怕只是寫寫書評，投到報紙上，拿點稿費，表示我看過這本書而已，這非我的志趣所在。我看電影也是這樣，先問人家是不是値得看，然後才去，否則何必浪費時間。同樣的對新出的書也一樣，我也不是幾個人說好就看，而是要眞正站得住，大家都承認成了定論，我自然都會去看。今天一窩蜂起來，究竟它能禁得住幾個考驗，實在說，我沒時間去浪費。像康德、黑格爾、柏拉圖、亞里士多德，我當然看。假如今天存在主義也到了那個地位，我可能北面而師事之，當然它們也許很了不起，但我就像老子不敢爲天下先，不敢去浪費時間。假如我是職業教哲學的，我當然要看，但我不想去做職業的教書人。

王：最近張先生寫了一本很突出的書《烹調原理》，這對中國文化的現代意義很有重要性。把抽象的文化概念落實到生活層面來，同時將生活層裏實實在在的事項推本原理，給予理論化，我想這也是復興文化的一條正確道路。「民以食爲天」，當然吃的藝術，正是一種高度文化的表現。不過我想請教張先生，是什麼動機促使您寫這本書的？

張：這可以說站在民族文化方面的因素比較多。生命的內容有二件最重要的事，一件是維持本身的存在，第二件是繁衍種族。不但人、動、植物都是這樣。而在人來講，典雅的稱爲飲食男女，在人生各佔一半。但實際上，飲食占人生內容的百分之九十以上。比如人到二十歲還沒有結婚，也沒發生男女的事情，可是沒有一天不吃飯。這麼一件重要的事情，中國人幾千年來多少聰明才智用在這方面，你說他好吃也好，是純爲導向一種健康的人生而設計也好，總都是費了很多力，但是今天是工業社會不會有人拿很多時間來做飯，欣賞這飯，大家匆匆忙忙的拿了便當或熱狗吃吃就算了。在今天，這門學問慢慢沒落，世界四分之一人類，幾千年來的努力，到最後連個學問都沒有，變成最低淺的技術。我覺得使前聖先賢的心血白費，是後人子孫對不起先賢。今天有很多東西比烹調更幼稚更淺顯的，都成爲學問，像室內裝璜、服裝設計、觀光事業都成爲學問，而這烹調反而不是學問，所以我發奮想把它組織成爲一種 science，列於學術之林。這樣前賢的心血，才不會付諸流水。同時我也希望古人將人生導向飲食，免流於男女荒淫的精神，能繼續發揚光大。所以我寫這本書，動機超乎飲食，絕不是寫食譜，怎樣做菜，何況我也不會做菜。

王：您一生都在哲學領域裏過的，不管中國或西方的看得很多，尤其對於傳統儒家思想，有極深的認同，依您的看法，傳統的儒家思想在現代的社會裏，還有那一些是對現代人有意義的？

張：這個問題，我就很難答覆，我姑且說說：儒家的好是不矯情立異，最合乎人性，這是我了解儒家最大的一點。

儒家也不是我們中國人可得而私的，好像牛頓發明三大定律的貢獻，不止英國，它是世界性的。中國從古代列祖列宗一直發展到孔子，在立人之道方面，人性方面有極大的建樹。既然他是在人道方面，凡是中外都應該合乎人性，都應該推行人道。像基督傳教，只要人信，不分中國人、外國人、非洲人或亞洲人。不過聞道有先後，中國人對儒家是近水樓臺先得其月，我們拿普遍化，而爲人性之所同然的話，我相信全世界都能行得通。

比如我在西洋教書，感覺人性的共同處都是一樣，不因空間、時間而改變。有一次我在華盛頓大學講孔子的殺身成仁，在座有好多是業餘選課的學生。我的英文當然沒中文好，何況許多中國觀念用英文來解釋，一定不會很透徹，那知在座竟有一位年紀較長的學生，是一家石油公司的經理，我一面講，他一面忍不住的說：beautiful……，等我下了課，他特別跑來和我握手，可見喚起了這個人的共鳴。又如孝道，西洋不但沒有孝道，連孝這字都沒有，但並不是說西洋沒有孝行，大概古人沒談到，沒注意到這一點，其實每一個小孩都覺得父母非常的愛護他們，因此我們拿這觀念介紹給他們，一定會喚起他們內心的共鳴，固然現在是工業社會，家庭生活淡薄會打點折扣，不像農業社會那種情形，但基本的本質不會說是沒有。其中有些由於地域的限制或時代不合，當然我們不必抱殘守缺，拘泥固執，例如說「父母在，不遠遊，遊必有方」古代沒有通訊設備，聯繫困難，父母在一遠遊，等於永遠不能見面，把父母扔在那裏，怎麼生活，他又不知道你的方向，所以「遊必有方」。我們現在到美國到天涯海角，拿起電話就可通話，那我們還父母在不遠遊嗎？所以說這個就不必遵行了。

我認爲儒家能從古到今，屹立不搖，因爲它是立人道之極。孔子的好處就在他近人情。

王：很多學生說張先生在師大上課，常常提到以前北師大訓導長黃金鰲主持臺中師範的情形，而且每每稱讚有加，是否可以告訴我們一些有關黃校長的事，他主持臺中師範的精神和特點是什麼？

張：這個事情，我想將來有時間我做個專題來講，三言兩語很難說淸楚，旣然你問了，我可以說黃先生是眞正爲辦敎育而辦敎育，嚴格的來執行他的原則。爲學校着想，不顧一切世俗利害而堅持理想。這種精神，令人激賞。那個學校眞是辦得井井有條，學生振奮向上，他自己也一絲不苟，使我非常敬佩。

我們兩人個性都很強，又是老朋友，在私生活中時常抬槓，但對他辦學校的事，我沒有話講，雙手贊成。他眞正是個敎育家。我說一、兩個故事：當時我當訓導主任，訓導主任要兼課，他給我排的是公民，我不願敎公民，我願敎歷史，他就不准我敎歷史。他說：「我們的原則是什麼系畢業敎什麼課，你是政治系畢業，就排你敎公民。」我說：「不要說中學歷史我能敎，我在大學都敎了好幾年歷史，比如我在國立湖北師範學院敎宋代史，在中國大學敎中國政治思想史，都是教歷史吧。」他說：「我們原則先立了，誰也不能例外。」硬要我教公民，以我們倆這種關係也絕不例外，這種情形我非常敬佩。

那時我負責訓導處，以當時陣容之強，當然會辦好。但大家沒想到那麼快就辦好了，所以舊任的先生都認爲，一開學教務進步五十倍，訓導進步一百倍。當時教育部還沒有中等教育司，是普通教育司，普通教育司長是沈亦珍先生，他有一次到臺中做專案調查，爲什麼臺中師範的訓導辦得那麼快那麼好？他和我個別談話，我說訓導辦得好是因教務辦得好，假如學生都不願上課的話，我整天跟他變戲法，耍嘴皮子啊！你記過，開除他都不怕，我怎麼辦。教務辦得好，學生上課都心服口服，因此他才服你管。而教務辦得好，是教師請得好，才能勝任。而教師請得好是校長的精神。比如當時教育廳長是陳雪屏先生，當年在北平時，他是北大訓導長，黃是北師大訓導長，於私來講他們是同僚，而於公來說的話，他的校長是陳雪屏任命的，陳雪屏隨時可以決定他的命運。可是陳雪屏親筆寫信推薦的十四個人，黃校長一個也沒接受聘用。因爲黃校長用人有一定的標準，要用能夠教書的人，而陳雪屏介紹的十四個人都是官位很大，如少將、政治部主任或當過廳長的，地位雖高而與教書不合。其中有一位是陳廳長的同班同學，他本人做過院轄市的教育局長，他本身是國大代表，他的太太是立委，這個聲勢顯赫，一席談話後，黃校長一看，怎麼看怎麼不像搞教育的，不像教書的人，所以雖然有這麼大的背景還是婉謝了，他寧冒立法委員的憤恨，陳廳長的不諒解，還是堅持原則。唯其有這種精神，所以學校才能辦得好。就這一點，我非常敬佩他。至於他不要錢，那當然不必說，今天有幾個校長有這樣的精神。

王：當時在教務方面或訓導方面，是否有一些特殊的辦法或原則。

張：沒什麼特殊辦法。第一：爲政在人，第二是執行規定的嚴格不嚴格。教務方面不談了，就拿訓導方面來講，我們一開學大家就完全耳目一新，當時臺中各校訓導處都紛紛來問：「你們有什麼辦法？」我說：「辦法，還不是老辦法嗎！一樣，還不是那些規章。」最重要的是，一個人的能力、聲望和肯做事的精神。你肯做事，你沒這個能力也不行；你有能力，但你沒旺盛的精神也不行。要有決心好好去做，再有能力去勝任，事情就能辦好。以教書來講，什麼教材教法之流，都不是重要的因素。我認爲教書只要具備兩件事，第一，你要眞有本事，比如你教國文，就要眞正了解國學。而第二要熱心。至於用什麼辦法，你可以視情形來決定。這個辦法不懂，可以換個方法教，如果再不懂，你可以再換個方法教，本來學無定法。因此師資非常重要，師資的條件：一個是能力；一個是品德。你本事再好，但根本不好好教，這就沒辦法了。教書如此，辦學校也是一樣。怎麼辦好學校，只要好好做，決無標準答案。你好好做，便可辦好學校，不好好做或能力不夠，當然沒法辦。黃校長以北師大的訓導長來辦學，那是能力高，見過世面，見過場面，而有風格，他又好好做，而我們這般朋友都熱心，當然會辦得好。

王：那麼依照我們的了解，黃金鰲校長，他在辦學校的時候守住原則，他不逢迎巴結，當然在這方面會碰到一些問題或困難，黃校長是如何應付諸如此類的問題呢？

張：那很簡單，他決不應付。我行我素，所以他自己常說「我這個脾氣別人還不恨我！但我就是沒有錯。帳你怎麼查，我不貪污，我不弄假帳，錢我不要。」所以別人整他不到，也沒奈他何，但好處也不給他就是。比如全省九個師範學校，第一個先拿臺中師範改成專科，可見臺中師範辦得好，而臺中師範辦得好，是誰辦的？當然是黃校長辦的。黃先生原來是北師大訓導長，臺中師範改成專科，校長由他來當，是很順理成章的，論資格也夠，結果把他調到別的中學去，可見對他不優厚。

不過如果能多幾個像黃金鰲這樣的校長，我們的教育才能辦好，也才能上軌道。

後　記

此一訪問記原載《出版與研究》第四二期，今承文風編者採錄，並囑加贅數語，因略誌其原委於後。

某夕，國文系同仁王讚源先生攜錄音機，枉顧舍下，作錄音訪問。王君與余誼兼師友，時相過從，故對此事毫未措意，況余應約訪問，已係習以爲常乎，不意王君初問尚係「老生常訊」，繼則愈問分量愈重，愈「審」（？）督責愈嚴，卽余慵懶不喜讀書之病亦皆盤根搜底，不予放過。語態雖稱溫婉，考問不啻法官。幸余平素習於應對，勉能過關而已，今欲重刊，回懷前情不勝惶汗，尤其文中之言，皆係率爾立對，未加細想，遑論措辭，以是既不嚴謹，更欠圓到，尚希讀者神而明之，善體其意可也，幸勿苛責是幸。雖然，亦有足供讀者參考者在焉。譬如文末談黃金鰲校長辦臺中師範事，雖係述老友之高行，實爲章師道之楷模。至於談北大之學風，傳三代之快語（按：本人係民國二十七年北大政治系畢業，先君叙藩公係民國二年北大經學門左傳科畢業，家岳童公光悛係民國十四年北大德文系畢業。太岳丈童德頤公及太叔岳丈童德乾公則係北大譯學館畢業。前後凡三代）則置諸此時此地，又寧非振衰起敝，弘揚士氣之一助耶。

張起鈞識

民國六十八年五四後三日

哲人日遠・風範長存：弔張起鈞師

張起鈞教授的遽歸道山，令我感到驚訝和意外，噩耗傳來，不禁爲之掩面而泣！

去年十一月十七日，張老師因直腸瘤住進三軍總院。手術前一晚我去探望，暢談約一小時光景，醫生拿X光片進來，老師問：「打痲醉劑會不會傷到大腦，我是用腦工作的人。」醫生回答：「不會的，你放心。」當時師母在旁，我說：「不久前韋政通先生同樣情形在榮總開刀，情況良好。這是小手術，請老師好好休息，過三天我再來看您。」萬萬沒想到，這次見面竟是永別，今天想起，仍不免黯然神傷！

我聽張老師上課的時間少；反而看他的書，平時請教他的時間多。我只修過他一門課，而且上課的時間也很短。民國五十六年，我選修張老師開的「老子」，上了一學期多一點，有一天下課時，我就向他說：「老師！你上課的內容大都在《老子哲學》一書中，這本書我在臺中師範求學時代就私自讀了好幾遍，我能不能不上課，到圖書館去自修？」他說：「哦！你是中師畢業的，好，你寫一篇報告給我看看再說。」（張老師曾在臺中師範當訓導主任，上課時常稱讚中師校長黃金鰲先生如何認眞辦學，如何尊師重道。）過了一週，我拿在《崑崙雜誌》發表的〈對文化復興的認識〉一文呈上，老師看完後，面帶笑容說：「好，你可以到圖書館去看書，但考試要及格才行。」期末考我的成績全班最高分：九十五，而我呈上的文章，老師把題目改爲「文化復興的正確途徑」，發表在他主編的《新天地雜誌》六卷七期。張文彬教授好幾回向我說，他上張老師的「中國哲學史」課，期末考總共考三題，他只答一題，答案紙滿滿寫了兩張，一樣也得了九十五分。有一次吃酒席，我把這事向老師求證，他說：「這份卷子我加了很多批語，現在還保存着。雖然他只答一題，但他答得好，當然給他高分。一個好老師應該多給學生在思想上有所啓發。我這樣做也是一種教育。」張老師曾說：「造就一個好學生，抵過九十九個平庸的學生。」的確，在這裏張老師表現了大教授的風範。我想這跟他在北京大學、西南聯大接受名教授的薰陶有關。

我五十七年師大畢業，在臺北市敎高中，兩年後回師大唸研究所，六十一年通過碩士論文考試，就留在國文系任教。從此以後，我追隨張老師的機會比以前多，因而對老師的爲人和爲學旨趣也有深一層的了解。記不得是那一年的教師節，我去看張老師，閒談之下提到接辦《自由報》的情形，他說：「對了，《自由報》要請你幫忙，以後請你多寫文章。」這是擡舉也是命令，做學生的我只好滿口答應。老師說着說着就往內室走去，不一會兒，他換上一襲新的長袍出來，一本正經的立正，雙手捧着一張好似獎狀的白紙，說：「讚源，我們關係雖好，但做事還是照規矩來，這個請你收下。」我趕忙離席肅立，恭敬的用雙手接過來，一看，原來是《自由報》特約作者聘書，當時我受寵若驚，楞了好半晌。這幕情景，給我印象深刻，終身難忘。既然是師生關係，當老師的，叫學生多捧捧場也是應該的；再不然多說幾聲「幫忙」，多幾個「請」字，也夠禮貌了。可是張老師不這樣想，他認爲師生也屬朋友，再說學生已當了大學教師，也應待以禮遇，所以才有這種老師當面恭送聘書給學生的場面。方之時下有些中學校長，要教師們排隊到校長室領聘書的怪事，怎不令人大歎世風日下，師道淩夷！而張老師這種禮學生下弟子的行爲，豈非孔子所說的「克己復禮」（朱注：復，踐也。）的表現？我們欽仰之餘，能不讚揚一聲：「古道猶存」！

張老師對學生的提拔和鼓勵，一向是不遺餘力，有口皆碑的。就我所知，他幫過忙的學生，有的當立法委員，有的當部長秘書，有的當法官律師，也有不少當大學教授，各行各業，不一而足。我算是他門外的學生，但也常有春風可沐。記得六十八年中秋節後五天，因事去拜見張老師，順便告訴他今年我在教育心理系開「中國哲學史」，他聽了很高興，隨口說：「很好！我送你一本書。」這本書就是《中國哲學史話》。這本書是消化了各家的經典而後寫成，文筆流暢，淺嘗者不覺其深，深思者不覺其淺，可媲美威爾杜蘭的名著《西洋哲學史話》。我在大學時代兩本書都借來看過，今天獲贈此書，正可做爲教學參考。特別使我感動的是張老師的題字：「讚源賢棣今秋在師大講授中國哲學史，用贈此册，以賀以勉，期能張大我軍，宏揚聖道也。」另有一次，我寫好《周金文釋例》之後，再寫一篇摘要介紹，我拿着論文摘要去向老師請教，他送我《人生漫話》一書，並且題字鼓勵：「六九年三月十六夜，觀其《周金文釋例》摘要，見其體例極佳，欣閱之下，特此相贈。」老師還說：「從北大到臺灣各大學，能教甲骨文、鐘鼎文，又能教中國哲學史，我看只有你王讚源一人，我以你爲榮！」這話雖然是讚美，但勉勵的意義更大。我在大學時期，對哲學有極濃厚的興趣，不過時常發現前輩學者解釋經典，往往有錯誤，原因是缺乏文字學訓練。我爲了改正這種缺點，發憤鑽研文字學，受教於魯實先老師。魯先生是史學、曆法和文字學的大師，我從他學史記、文字學、鐘鼎文、甲骨文，受益最大。因此我讀經典，直接看本文，很少看注解，而且從甲文、金文更可找出中國文化思想的淵源。老師對我的期勉，我想是希望看到文字和思想互補共濟的成果。張老師每有新著出版，很快就送我一册，像《智慧的老子》、《文化與哲學》、《烹調原理》、《儒林逸話》、《名人好書雅典》等書，每本書對我都有莫大的鼓舞。到目前爲止，除了韋政通先生以外，張老師是送書鼓勵我最多的了。

張老師對校務很少過問，但對同事間常扮演排難解紛的長者風範。有一年國文系開系務會議，新主任主持開會，一位老教授起立，指着主席說：「《陽明雜誌》登載文章指責你不孝，一個不孝的人怎能當主任？」弄得主席很尷尬，一時氣氛很僵，大家面面相覷，不知如何是好，就在這個時候，張老師站起來，講了一個故事，講完之後，哄堂大笑，故事的內容可惜忘了，不過我記得氣氛馬上緩和過來，會議繼續進行。事後張老師說：「一個年輕人新當主任，應該讓他做做看才是恕道。」前年，黃錦鋐老師主持系務會議，這是他任期屆滿前最後一次的開會，許多教授主張由教授協助系主任治理系務，提出一份「國文學系教授會議組織辦法草案」，加以討論。發言很踴躍，大家你一句我一句，其中有不少教授是黃主任的學生，但也紛紛指責系裏處事的不當。整個會場鬧轟轟，主席有點招架不住，於是張老師站出來，手拿麥克風說話，張老師是老一輩的教授，大家聽到他的聲音，就都靜了下來，他三言兩語，把爭執解決，也把話題引開，維持了會議秩序，這樣才圓滿結束了一場糾紛。還有一件事值得一提，張老師和魯實先教授本來是不相往來的，有一次師大舉辦自強活動出去郊遊，他們分別坐在同車的前後座。旅途中，張老師向鄰座的人大談儒道同源的論調，魯教授轉過頭來向張老師說：「你的話很內行，你說的完全正確。」張老師笑着說：「眞是吾道不孤！」從此，他們兩人時常在教師休息室談學論道，有說有笑。不久魯教授便去逝了，當張老師聽到惡耗時，大哦一聲，木然呆立，許久說不出話來，我看他的眼眶都濕了。於是他親筆寫了一幅「痛失知音」的輓聯，前去弔喪。後來，魯門弟子爲魯教授在華嚴蓮社作七追悼，張老師每次如期前往，上香祭拜，他待人的眞誠，深深感動了在場的魯門學生。魯門的學生好多位都是師大國文系的名教授，他們平日與張老師沒什麼往來，從這件事以後，他們主動對張老師表示尊敬，這是魯門弟子親口告訴我的。張老師爲人如此，可以說是成功了。

張老師以《老子哲學》、《中國哲學史話》名家，是一位哲學思想家，不是一般的學者。他的寫作是六經皆注我，不是我來注六經，這在晚年出版的《烹調原理》表現的最明顯。這本書是他應用哲學家的智慧，科學家的分析方法，以及藝術家的品鑑能力，直接從人生經驗去作反省思考的結果。在美國講授西洋哲學二十多年的吳森博士，稱讚此書是「我國哲學界的一本劃時代的巨著」，誠不爲過。張老師的文章，深入淺出，流暢生動，說理之中表現文采，使人讀了餘味無窮，這在當代哲學作品中應該考第一名。但是這些都不是張老師的爲學旨趣。他常說爲學之旨是在挽救世道人心，是在救人救世，他認爲寫書是「不得已」，是「人世遊戲」，「豈大丈夫之所應爲。」我們看他不斷的提倡大同主義，闡揚恕道哲學，便可看出中國文化的眞精神。這是他一生奮鬪的目標，也正是人類通向未來的大道。

張老師一生的理想還未實現，竟溘然長逝，齎志而終，恐怕是命吧。眞是「出師未捷身先死，長使英雄淚滿襟。」不過，老師在哲學園地所播下的種子，已經發芽茁壯，不久便可開花結果了，所謂薪盡火傳，屆時，老師當會含笑九泉。哲人日遠，風範長存。張老師，安息吧！

思想的探險者：韋政通教授訪問錄

簡　介：韋教授江蘇鎮江人，曾任中學教師、專科及大學教授，半生苦學成名。為學方面有兩點最值得敬佩：(1)獨立、自由思考的精神；(2)自强不息的工作熱情。十二年來，平均每年有一本新書，廣受歡迎。他獨立完成鉅著《中國哲學辭典》、《中國思想史》，並主編《中國哲學辭典大全》嘉惠士林。

訪問者：王讚源先生，與韋先生相交三十年。現任教於國立臺灣師範大學。

時　間：一九七七年十一月十三日。

地　點：韋教授家中書房。

王：在韋先生以往的生活中，那些人對你的思想生命影響最大？

韋：這當然是現代的、過去的人都包括在裏面了！我先要說的是：在我的生命過程中，沒有一個人的影響是持久的。在過去，我有一篇文章〈中國哲學史上的四種不同人格〉，裏面提到：孟子、莊子、阮籍和王船山所代表的四種典型。像孟子的剛健，莊子的透脫、阮籍的狂放、王船山的貞固，我都很欣賞，也都很吸引我。但是沒有一個傳統的哲學家，在我生命裏是持久的，也就是說沒有一個傳統的哲學家是我思想的歸宿。

當然，在思想的過程中，我也受過現代人的一些影響，但也不是很持久的。我受過牟宗三先生和殷海光先生這兩個完全不同典型的人物的影響。牟先生在我的生命中，影響是最直接的，他使我從一個混沌的生命當中，開拓出一個思想的生命。現在看來，那個階段在我個人應該還是思想的兒童期；不過如果沒有那個階段，就沒有後來的發展。這個階段是最珍貴的。

殷先生對我的影響，他的思想本身不大，而是從他那裏認識了我自己，這一點很重要。在牟先生那裏，我只認識他，不認識自己；在殷先生那裏，使我認識了自己。認識自己以後，才有眞正的信心，這一點是非常非常重要的。

如果再推出去，也有很多思想家影響我的，譬如羅素，一直到現在還是很喜歡他。當然我不可能走羅素的路子。像佛洛姆和布魯諾斯基我也很喜歡。不過，我的喜歡在某一個短時間裏都是很喜歡的，但是過一段時間就慢慢的淡了。

在這方面，有很多人可以選取一個人，成爲他思想的歸宿，做那個思想家的專家，在我都不能也沒有辦法做得到。假如那樣做的話，也很幸福，然而我做不到。我想我的思想最後歸宿，不在傳統，也不在現代任何一個思想家，而在我自己的追求和開拓。如果我不能開拓我自己的思想道路的話，那我就是什麼也沒有了！所有傳統的、現代的哲學上的人物，對我來講，都有很大的啓發性，很大的幫助；但是，我永遠不會跟他們一樣的。

王：韋先生跟新傳統主義者有過很長時間的接觸和了解，我想請您談談他們對時代、對歷史，或者對學術史上的貢獻在那裏？他們的缺點又在那裏？

韋：這個問題要簡單說是比較難的，尤其對我來說更難。從《文星》偶爾批評了他們以後，許多年來，就一直很少正面地接觸過這個問題。因爲我始終不敢保證對他們的態度是很理性的。一直到中央研究院民族所邀請我參加「中國的現代化」討論會，我的論文是「現代中國儒家的挫折和重建」，那是從新文化運動的背景，探討現代儒家思想的，在討論那篇文章的時候，有很多人參加，中央研究院近史所的張朋園先生就講：「你對他們好像是不公平！」我知道別人對我是很客觀的，因爲我們是正式討論學問。所以我一直沒有發表那篇文章。寫那篇文章到現在又經過五、六年了，現在我或許比較能理性的看他們的問題了。

新傳統主義是從梁漱溟開始，在西化主義的壓力之下，做一種傳統的掙扎。他們在這個時代，眞正做到了一個傳統的儒家應有的反應，盡到了時代的任務，盡到了時代的責任。在西化主義的這個潮流下，這種反應是必要的，而且他們回應得很有力。他們在歷史上的地位，可以這樣來看：假如我們現在或者將來，寫這六十年來中國哲學史的話，西化派沒有一個人在哲學史上能留下重要的一章，他們都是知識份子，在一般思想史上可有重要地位。可是新傳統主義者，如梁漱溟、熊十力、牟宗三、唐君毅，甚至徐復觀都可以佔一章的地位，他們在當代的哲學史裏面有很明顯的貢獻。

王：這是否指他們站在衞道的立場上，來發揮儒家的傳統思想和精義？

韋：他們不只是一個衞道的立場，他們不是純粹讀中國書的人，他們還能夠接觸一部分西方的思想，而在西方思想的衝激之下，重新來看傳統；也就是說，傳統在他們這裏，是已經經過西方觀念的一些洗鍊，重新反省過，有一套新的東西，這當然是宋明理學家沒有的，更是先秦儒家所沒有的。

王：據我了解：新傳統主義者，他們在人格方面、生命形態以及生活方面的表現，可以說是很傳統的，也可以說是很儒家性的，在這一點上應該也是很有意義的。

韋：我的了解跟你不一樣。他們在思想方面，對傳統的認同，那種熱情，那種使命感，都和傳統的儒家非常接近；他們的生活倒不一定。

儒家最重要的，不在學術思想的成就上，而是在人格的塑造上，我想在這一點上新傳統主義者是比較失敗的。新傳統主義者他們還是落在一個大學教授，傳播知識的這個層次上。用傳統儒家道德人格的光輝來講，他們還是比較缺乏的。傳統的儒家對社會有擔當，有強烈的責任感，可是除了梁漱溟比較接近傳統儒家的形態之外，以後的幾個新儒家，主要還是在學院裏活動。對傳統儒家來說，他們成了儒家新時代的一個學者，但是，如果說是眞正的學者，都又不是，因爲他們很少做學術性的研究。從現代學者的標準來講，他們又是儒家的牧師，他們是傳道，他們不是客觀地從知識的意義上，來傳達儒家，和人去討論問題。所以，這個地方就牽涉到他們的缺點問題了。他們的缺點可以看得出來，到現在爲止，他們還沒有一個人能有一部經典性的著作出現。就是說：在這個時代要了解儒家，這本書是必讀的。這種經典的著作不但代表了儒家的精神、儒家學術的內容和創見，更重要的是這部著作能夠具有很大的發展性，要留下無數的問題，供給後人不斷地去走。每個人在裏面走，都可以走出一個獨特的學術生命來。因爲那是開放性的，使人在這兒得到啓示以後，做許多工作，而那些工作是屬於他自己，是一種發展，一種不斷地創新，而不是屬於你的。然而他們處理問題的時候，卻是問題我全處理完了，後面的人，只是在這個圈子裏去做一點修修補補的工作。在他們處理問題的時候，都是覺得問題就是這樣處理了，其他的可能性就沒有了。當然不是這樣的，而事實上也不可能這樣。這個樣子別人就沒有路可走了，如果要另外走一條路的人，就難免要表現一種叛變的形式，就等於要離開了！

王：韋先生對儒家思想的認同，曾經是經過一種反省、檢討和批判的生命或思想的歷程。依您看，儒家思想對現代人的生活，還有那些幫助？

韋：這個問題好難說哦！越是了解多的人，眞是很難說得清楚。

我常在想：究竟中國文化對現代世界有什麼意義？也許這不是馬上可以得到答案，或者我們還不知道，但一定有的，否則就不值得花那麼多時間，那麼多熱情去了解了。我最近完成的「中國哲學的現代意義」，就是這一工作的嘗試。

此外，我曾想到中國的家庭制度。人類學家林頓說：人有最基本的三種需求：一個是安全的需求、一個是感情的需求、一個是智性的需求，也就是好奇心的滿足。我曾在《中國文化與現代生活》那一本書裏分析過中國的家庭，它是個特殊意義的結構，給人安全的需求很高，對人感情的滿足也很深。而這安全感和感情上的滿足是現代人最缺乏的！現代人的家，完全變成了旅館似的，過得很可憐！傳統的家，如果能把傳統的禮教教條改變掉，那麼，中國家庭好的一面是不是可能保留下來呢？中國傳統的家跟世界上所有民族的家，是不大一樣的。

另外一種影響中國人生活最具體、最實在的就是禮教的薰陶。在過去中國的知識份子受這種禮教的薰陶很深，所以，假如說現在在法律以外，禮能夠有某種程度的保留，使一個人能夠那樣地彬彬有禮，也未嘗不是人間的一種美事！中國人跟外國人生活在一起，應該表現得一看就是中國人，不像日本人，他就是代表一個中國國民的特殊氣質，禮，可以薰陶到這種地步。因此，我想到禮對人的薰陶性可能還有它的必要。

在社會組織方面是家；在生活規範方面是禮。這兩樣影響傳統很大，而我們經過新文化運動以後，就把它拋棄掉了。這裏面可能值得再去探討。

中國文化或中國傳統哲學思想裏面，有一點很確定的價值就是：在所有的文化裏，西方的傳統文化也好，印度的傳統文化也好，他們對人格成長或人格光輝的發揚，主要是靠宗教的信仰。而中國人有獨特的路子——就是靠人格的修養，靠道德上的功夫，達到他們宗教信仰同樣的境界，同樣可以出現偉大人格。中國歷史上很多傑出的知識份子，就是拿他從道德上修養出來的人格，去面對社會的一切挫折、痛苦和邪惡的勢力，那種不屈不撓的正義表現，像朱熹、王陽明都是很傑出的例子。他們都受過嚴重的迫害，而當他們受嚴重迫害的時候，他們的反應都相當的傑出，相當的好。

中國還有一種氣節之士的傳統。這樣的人物就多啦！他們靠什麼力量來支持呢？不是靠宗教的信仰，而是靠儒家的一種道德修養的傳統，使人產生一種道德的力量，一種道德的勇氣，去面對邪惡。這是儒家的眞精神。別的民族靠宗教來達到，中國人靠道德修養來達到，而可能沒有宗教那樣的副作用。

王：從這一點上來講，可能孟子的剛健精神比孔子的影響要來得大，尤其他特別重視知識份子的尊嚴。他那「天爵」、「人爵」的劃分，以及「說大人則藐之」的精神，是否對後代的知識份子或士大夫階級發生了作用？

韋：孟子也只能是一部分，也不能說孔子的影響不如孟子。事實上孔子爲了理想，那種不屈不撓的精神，也是很好的典型。只是他不像孟子表現得那樣強烈！

我想這方面很難說是受那一個個人的影響，而是整個傳統裏面累積下來的一套修養功夫，到了宋明理學家的身上，相當成熟，在現實上遇到邪惡勢力的時候，他能夠保持他的理性，有辦法去對付它、去抗拒它，這是相當難的。我想文化到這個地方，應該是到了最有力量的狀態。不論是講道德、講宗教，都要表現在一種困境當中、苦難當中、邪惡的力量當中，這才是眞正的功夫。

王：您有十幾本著作，那一本是您最滿意的？您那種不懈的創作精神，是靠什麼力量來鼓舞的？

韋：這是兩個問題，一個是著作的自我評價問題，一個是工作動力的問題。你說我對那部著作滿意，那我告訴你：一部也不滿意。在過去比較上路的廿年工作，一直在摸索當中，摸索決定自己走什麼路子？適合處理什麼問題？

有一兩本書，我在寫的時候，也蠻滿意，甚至說：「不能生病啊！」「不能死掉啊！死掉了寫不出來很可惜！」但是，寫了以後，就通通過去了。所以，可以說：我這一生當中，過去的廿年完全是一個摸索的過程。如果有成就的話，是後廿年的事。這時候是面臨了最大的挑戰了！到現在爲止，我還沒有經驗過一個非常困難，要去克服的問題，這也就表示了還沒有眞正進入情況。進入情況的工作，一定是適合自己的，而且是極度困難的，要去克服它。這個工作慢慢在形成中。所以，任何一部著作對我來講都是過渡性的。今後的廿年，才眞是我人生的挑戰！要做出一點自己滿意的工作才像個樣，但是這相當的困難！

談到不息的動力。一個做學問的人，尤其是做思想追求的人，最難的就是持久性。如何能一直保持持久的熱情？要使自己的工作持久，條件非常多。我最主要的是不斷地工作，培養工作的好習慣。當你在工作上遇到挫敗的時候，感覺頹唐的時候，唯一的辦法，就是自己去做，不能等，只有讓自己的工作來鼓勵自己，我是一直都這樣子的。最近這十年來，外在的鼓勵幾乎是很少的，只有用自己的工作來激勵自己，這就必須要有個良好的工作習慣，而這個工作習慣，是要慢慢訓練出來的。一個人每天工作，就能夠去思考，這要長期培養的。這裏面最大的關鍵，就是要有很大的耐力。每個人都有很多興趣，但是當你眞正有強烈的成就感的時候，你就必須要把其他的興趣去掉，單一地去做該做的工作。

王：做完一件工作，是否也是一種鼓勵？一種新的推動力？

韋：當然是。因爲你每寫一本書，都是個探險嘛！我很多書不是做學術研究的，是做思想探險，而「探險」本身就是一個過程，就是一個滿足。

我還有一點——對時間的浪費有罪惡感。我覺得浪費什麼東西都可以原諒，浪費時間，絕不可原諒。

要使工作能夠持久，可能還有最重要的一點——必須這個工作適合你。我廿年來漫長的追求，就是要找一個眞正適合自己興趣的工作。忍受多大的痛苦，都願意忍受下去。我想我是找到自己的興趣了，所以，我工作的確很快樂，而且是最大的快樂。我就是感覺到：去寫、去做一種工作，把這工作完成，是我體驗中最大的快樂，最大的滿足！每天工作，每天都有充實感，而且愈辛勞，睡得愈好。

王：在你的一生中，有沒有不可動搖的信念？

韋：信念是不斷創生的，昨日的信念今日可能不一樣了，如果一定有一個不可動搖的信念，那是宗教信仰，獨斷的，我沒有。我現在常常落得很實在，就是今天有十小時可用，我該做些什麼？今天我寫這本書，那我就是希望把這本書完成了，下面的問題又來了，我想的是這種方向的。那種很懸空、玄想的信念，是很少的。

王：在您年輕的時候，是不是也有過嚮往？這些嚮往到現在的感受如何？

韋：每一個人一定有所嚮往，沒有嚮往，也就沒有所行動了；而且這個嚮往是不斷在變的。人只要有發展，嚮往就會不斷在提升、不斷在改變。

我小時候，只想當個小學老師，那也是個嚮往嘛！嚮往能充實你那個時候的生活，使你有一個追求，而這追求也是不斷在改變的。

我常常想：這個時代可以說是活得很不幸，但是也是最幸運的一個時代。對從事思想工作的人來說，很難得遇到這麼一個時代，那麼複雜，那麼多的問題要你去思考，要你去解決。你無論有多大的天賦，多大的能耐都用得上。當然是發揮人潛能最好的一個時代了！所以，現在我的嚮往是：希望能夠重建眞正屬於現代的中國哲學，可以給現代人生活很多的啓發。當然它不能完全離開傳統，但是它所建立的條件，一定是超過傳統多多的。這就是我現在的用心所在。

王：那麼要建立一個現代的中國哲學，應該具備那些條件呢？

韋：這方面非常難。要創建一個現代的中國哲學，這裏面就不純粹是中國的嘍！它一定包涵世界其他的影響在裏面。不是一個傳統的復活，也不是傳統的復興，它是一個創造。創造的一個動力是傳統，你必須對傳統有眞正深入的了解；另一方面，我們受西方的影響那麼多，因此，對西方也要有很深的了解，這個就很難。

現代的中國哲學究竟是以一個什麼模型出現？完全是模糊的。因爲中國哲學跟西方哲學，這兩個哲學在意義上根本是不一樣的，怎樣去調和？中國哲學的成就不在知識方面；但是不在知識方面的，現在不把它當作哲學來看，所以現代中國哲學所面臨的挑戰是複雜的。一方面是哲學意義的，一方面是宗教意義的。宗教意義是創造人格的，而創造人格就不是哲學。

所以，我常想：如果一個中國哲學家在世界上要成爲被人尊重的哲學家，如果僅僅靠知識性的成就——知識性的成就已經很難，還不能代表中國哲學家，還必須要有一種傳統的儒家人格、儒者氣象。你把現代那套種種的哲學訓練，和傳統人格的陶養揉合在一個人身上，只要別人看到你，你是一個哲學家，又是一個中國的哲學家。看到你，中國哲學、中國文化就在你的生命和氣象裏整個表露出來了。這個很難，但是有這個必要，這個標準應該知道。而且我們現在應該把這個模型創造出來。所以，中國哲學的創造始終面臨到一種很困難的境地。你要一個人在哲學上像個西方哲學家，在人格上又要像個傳統中國的哲學家，這兩種哲學家的型態要能夠揉合在一起，那有多困難！但是如果不那樣的話，就好像不能滿足中國的要求和發展。我覺得中國近幾十年來，喪失最大的也是最重要的，就是德行修養那一部分。講中國文化的人，在人格、氣象、光彩這方面都還不夠！

王：依你看，一個思想工作者，要具備什麼條件才能有成就？

韋：思想工作的範圍很多。我想現在從事學校裏的每一門學科，都有機會成爲思想家。而且每一學科都有它的基本學科的基本訓練，這是必要的。我想在這個問題上，眞正比較有意義的是：除了這些基本學科以外，如果一個人眞的要在思想上求發展的話，那就要自己獨立發展了。在如果你這個思想生命有價值，它一定是獨立的，不是模倣別人的，否則就沒有了獨特的價值。在生命上，每一個人的路子是獨特的；在思想上也是一樣。沒有獨特的思想生命，就沒有一個思想家。沒有一個新思想家出現，新的思想怎能得到？在別的偉大的思想生命裏，得到啓發，得到引導，得到磨鍊，得到訓練，這些是幫助你去試探自己的。你如果不學習，就沒有領路人，就不能接觸偉大的思想生命，你因此也就沒有辦法磨鍊出自己的尋求來。尋求的動力，是從別人那裏磨鍊出來的。經過一個階段磨鍊以後，你從別人的同一個問題，很多不同的思考中，產生了一種判別的能力從而慢慢形成了自己的見解，一個一個累積起來，然後就有了自己的思路，這思路就可能是你獨特的開始。這一點很重要。

本來眞正的思想家就不多，這種追求——觀念的探險——那兒是不是有寶？不知道，完全是未可知的探險。一個人投到未可知的領域裏去，就是一種很恐怖的情況。假如我保有一個現狀，要做那一個思想家的專家，這是很確定的，而且是很有把握做得到的，只要下功夫，就可以做那個專家。而思想探險是毫無把握的，也許你探險了廿年都一無所獲！也許你探險的方式錯誤，也許你能力不夠，這地方很難衡量。路子究竟怎樣抉擇？就牽涉到智慧的問題啦！比如說胡適之那麼聰明，你也不能說他不用功，但是他科學考證的路子選錯了，沒有找到他眞正的路子上去。

所以，怎麼把你所有的潛能發揮出來？而且尋到適合自己的路子，這地方，世界上沒有任何一個人能夠告訴你，你只能參考別人，最後一定要你自己去尋找，所以叫做探險。而探險，使得很多人把生命都喪失掉了，在思想的世界裏也是一樣的情況。但是很多人連冒險的動機都沒有！要冒險，也可能頭一、二十年一無所獲，那麼，如何強化這個動機？很多傑出的思想家，都要忍受生活上非常大的痛苦：忍受被別人忽視及現實上的困苦，還要繼續冒險下去，最後可能有所獲。所以，在這一個領域裏，的確沒有既成的規律，別人能幫助你的是基本訓練，至於如何去冒險，那是你自己的事情了。

所以，要做一個思想工作不斷的追求者，就牽涉到實際上的條件，至少你生存的條件要有，體能夠不夠、意志力強不強、忍受挫折的能力強不強……都有關連的。這些別人都不能幫助你。

那是一個獨來獨往的世界，等你一旦冒險成功，尋到了很好的東西，這時候，萬人歌頌；失敗了，你就在這個世界上湮沒掉了！我想世界上曾經有很多人冒險攀登喜馬拉雅山的主峯，很多人死在那裏了，世上就沒有人提他了。噢！登上去了，報紙上宣傳了。思想世界裏也類似這種情況。因此很少有人願意走這冒險的路子。

王：思想上的收穫既然很難，那麼思想工作者的名利心淡一點，也是一個必要的條件了。

韋：那是一定的。因爲追求名利，需要培養另外一些條件才能得到；而走冒險的路，只有把所有的條件不斷地失去，甚至可能連生存的條件都會喪失掉！因爲在這個冒險的過程中，沒有人同情你、了解你的，在這裏你沒有辦法跟人去溝通、去享受。只有你成功了，別人才了解你。你失敗了，人家覺得你是莫名其妙的人，不曉得你在幹什麼。所以在這個地方你要忍受多大的寂寞，甚而你會把所有的都喪失掉。因此，有許多哲學家、文學家到最後他只剩下一個人，什麼都沒有了！所以，觀念的冒險是很難的，要成爲一個思想家，雖然不是百分之百要經過這階段，然而往往是要經過這個階段的。

王：在基本型態上來講，具備了「爲學問而學問」的興趣，是否比較容易忍受挫折及不如意的事？

韋：這個當然也是。但是人不是機器，爲知識而知識也不能一天到晚廿四小時都是那樣子的。所以當你停下工作，就可以跟社會接觸、關心社會，從事社會服務工作。愛因斯坦最專心了，可是他還有其他生活，還可以關懷別人，這就是象牙塔跟不是象牙塔的問題了。如果你爲知識而知識，整個都封死了，社會不關心，死活也不關心，世界問題我都不關心，那就是象牙塔。在象牙塔裏，你思想的活力也會衰退，也會消失掉了。

一個人眞正的思想動力，有時候是由現實的關懷得來的刺激反應，而加強你的動力。人永遠不能跟世界、跟人類的命運完全隔開，不能做一個純粹封閉式象牙塔裏的人，那是一種消遣，消遣，生命也會消遣掉，那是沒有什麼成就的。像中國搞考據的人，就有這個現象。古人說：「玩物喪志」指的就是這個，學問不是拿來玩玩的。做思想家，他需要關懷，需要跟人類的命運息息相關。只是在工作時要有一種隔離性的智慧；不工作的時候，他可以關懷一切的問題，可以跟一切的人往來。沒有外在問題的刺激，思想的外在動力會消失。

王：你一生中是否也曾遇到過困境，請問你是如何渡過的？

韋：這個問題有好多方面。是學問上的困境呢？還是生活上的？心理上的？克服的方法都不同，而這些困境我都遇到過。

我談談學問上的困境。在十四、五年以前，我幾乎喪失了做學問的信心，也曾動念：在鄉下教教書過一輩子算了！但是爲什麼有後來的發展呢？就是在那灰心喪志的時候，我有一個工作的好習慣，每天辛辛苦苦地工作，而工作就是維繫人生命活力的一種方法。在那三年的歲月裏，我一個禮拜上卅多小時的課，回家每天工作五小時，睡眠五小時，爲的是什麼？完全不知道。每天讀書、作筆記，做了以後，慢慢機會來了，把你所做的工作就可以表現出來了。比如：有一本雜誌發表你的文章，那你就有那麼多的觀念去表達，不做就沒有了。「做」就是一種儲備，儲備，可以等待機會。雖然做的時候並沒有想到什麼機會，但是要做。有時候，學問的路途迷失了，迷失就迷失，我也暫時不去找，就是拼命地工作，現在還是這樣子。你要問我今後廿年走什麼路？我現在並不十分清楚，但是我天天在想、在談，一個一個問題去了解，慢慢累積了，這個路子就走出來了。所以，在這一方面的困境，就是用工作、用勤奮去克服。

王：依你看，今天的青年人還需要些什麼教育？

韋：這個問題很不具體。教育的內容很多，究竟要知識的呢？人格的呢？還是生活的？反正現在我們給青年的教育是相當不健全的。因爲我們唯一的就是給予知識，而知識又給予得很有限。基本的訓練相當缺乏。而共同的訓練——認知、思考的訓練——這一方面，我們一個受過大學教育的青年，大概很少能夠達到獨立思考的地步，甚至什麼叫獨立思考都不太清楚。跟著別人，抄抄別人的筆記，對付對付考試，這種大學生太多了！

我們這個教育，在現代的意義上，不能給予良好的方法訓練，在傳統的意義上，人格的薰陶又極度缺乏。這樣的教育下培養的青年就是混飯吃，但是大學的目的又不在此。

不過有一個好的現象：許多自己想追求的優秀青年，他們喜歡讀課外書，作自我教育，以補足學校教育的不足。在這個時代，我想一個青年不管你學什麼？都要有這個時代最基本的知識訓練。如果沒有，那麼很多的學科要想發展，就會受到很大的限制。這是個科學時代，科學的基本學科是：數學、邏輯。這種學科的訓練並不是作科學家才需要，做任何學科的研究，如果有這種訓練的話，對將來的發展，都有很大的助力，而這一點，我們還是比較忽視的。比如說：這個時代經濟問題那麼重要，如果一個完成大學教育的人，連一部普通的經濟學著作都讀不進去，那怎麼能算是這時代的青年?至少你吸收的興趣要培養得起來。又譬如說：中國文學系，有的幾乎是不屬於這一時代的教育，這時代應該有的訓練幾乎都沒有，如果有，大部分是他自我訓練來的。

要發揚中國的傳統文化，至少要具備現代的基本的能力、基本的知識、思考的訓練，這是我們的教育過程要給他的。在這個基礎上，去消化傳統的東西，去思考傳統的問題，給傳統問題一個屬於這個時代的解釋。否則，以傳統解釋傳統，還是那個樣子，不屬於這個時代!我們學術工作做得洋洋大觀，論文可以列出好幾本的目錄，但是有什麼用呢?任何傳統的東西都要滿足這個時代的要求，都要變成這個時代的學術，教育應該做到這個地步。

傳統在傳統的那個時代，雖然是一個生龍活虎、很活潑的學術思想，但是時代不同了，你要復活它，你要給它生命，必須要有現代的生命去承載它，才有現代的精神。如果還是保存傳統讀書人那種腐朽的心態，反而會把傳統弄得更腐朽了!

所以，你可以很明顯地看到，凡是有一點現代新的知識基礎、新的思考習慣的人，他去接受傳統就不一樣。他講出的東西，別人可以接受，因爲他有這個時代的精神、經驗在裏頭了。然而，我們現代的教育，實實在在很少人從這個角度去檢討它！

所以，你要眞正搞中國傳統的東西，必須先要使自己成爲這個時代的人。這時代的知識基礎和方法的訓練都要有，然後去接受傳統的思路，才能把傳統復活過來，成爲現代人能夠接受的東西。

比較哲學的健將：吳森教授訪問錄

簡　介：吳森博士，廣東人，民國廿三年生。師大教育系畢業，肄業香港新亞研究所一年，旋赴美國專攻當代西方哲學，得華盛頓大學碩士、南伊州大學博士。中英文銳利流暢，常在國際學術刊物發表論文，馳譽中外，一九七一年，獲倫敦《世界名人錄》頒贈對比較文化及哲學有特殊貢獻之獎狀。歷任密蘇里大學、華盛頓大學、北伊州大學、羅若拉大學及國立臺灣大學教授，現任美加州首府州立大學哲學系教授。中文著作有《比較哲學與文化》。

訪問日期：一九七九年一月廿九日

訪問地點：張起鈞教授家

訪問者：王讚源

王：在進入正題前，我想先請吳博士談談你的求學情形和家庭背景。

吳：我家只有我和我妹妹，我可以說非常幸運，從小父母便給予我好的教育。我父親爲嶺南藝術家，而我受母親影響較大，因她是中醫生也是西醫生，且國文底子好，我小時她便教我讀《論語》、《孟子》、《大學》、《中庸》，而父親教我書法、唐詩。我母親對中西醫都通，常把兩方面互相比較，影響我日後對中西文化比較的興趣。

說到我求學的背景也是多元性的，我小學在廣州天主教小學畢業，中學在香港，唸的是基督教中學，後來到臺灣師範大學唸教育系。未來臺灣之前，我在香港廣橋書院，國文老師就教我們義理、考據、詞章三者不可偏廢，讀國學要通小學、明義理，懂古今人情的變遷。在通小學這方面影響我後來在師大求學最大。我到師大就一心要學好文字學，剛好那時是高鴻縉老師教文字學，他講得很好，我聽得很起勁，而且意外地，高先生很欣賞我對文字學的見解。師大畢業後，回到新亞研究所，我從唐君毅先生修中國哲學。從那時起慢慢從訓詁轉入哲學，然而我並未放棄文字和訓詁，我和唐先生談及應學訓詁或哲學，他說不該放棄訓詁，因訓詁與義理分不開。我得感謝唐先生，他那兼容並收的精神影響我後來做學問的工夫。當時師大張起鈞教授在華盛頓大學講學，推薦我到華大領獎學金，後來我出國唸西洋哲學，在華大得到碩士學位後，再唸一年博士班，便在美國正式當專任講師，那時是一九六三年，教的是西洋哲學，一教便教了十五、六年之久。

王：吳先生對哲學花相當多的時間和功力，對中西哲學已有相當的了解，您認爲哲學對現代生活還有什麼意義？

吳：一般人以爲哲學是研究古代東西的，在中國來說是孔孟、老莊、宋明，在西洋是希臘、德國的黑格爾和康德等等。在我看來，前人的學說只不過是對時代人類經驗的反省，哲學一方面是超時代性，另一方面是要跟隨時代。換句話說，哲學是人類心靈的活動，對人類經驗本身的反省，我說的經驗並非像經驗主義那種狹義的經驗，而是包羅萬有的，想像力和想像的產品算是經驗，文學、宗教、道德，甚至男女之間和飲食都是我們的經驗，故哲學的對象是人類經驗的全部。哲學無法脫離人生，也無法脫離經驗，我們爲何將哲學分爲形上學、知識論、價值論等等？因爲那是爲了做學問的系統化而已。而且這種傳統的分法在美國學術界已慢慢沒有力量了。現在哲學的讀本有很多新花樣出來，譬如有一本雜誌叫 *Philosophy and public Affairs*。我在美國也教一門課叫「當代道德的問題」，在其中我提出現代人的許多問題，如墮胎、婚前的性行爲，和黃色的刊物問題，如《查泰萊夫人的情人》，那是一件色情的？還是文學藝術的？我們應以何態度對待它？還有商業問題、說理問題、價值衝突等均曾提及。哲學是否與現代有關，要視教哲學的老師、哲學的課本及學生的學習情形各方面，我們才能斷定。因爲哲學是一種活動，此種活動並非一個人的活動，有時是共同的活動。不能由教授一人在臺上自言自語，獨演獨唱，而學生在下面聽講。教授就如同北辰，居其所，而衆星拱之，這樣一來，學生就會感到哲學課索然無味。

因此我建議中國的哲學教授應視學生的需要、背景，學生的切身問題在那裏，然後運用自己所受的訓練、所得到的智慧及其了解力、鑑別力來分析問題，把哲學和人生合成一體。我在我寫的東西裏，常引用袁枚的一首詩：「但肯尋詩便有詩，靈犀一點是吾師。斜陽芳草尋常物，解用都爲絕妙辭。」換句話說，哲學是一種反省之學，是無所不包的。我曾在英文雜誌發表一篇文章叫After Making Sence只要能運用方法、技巧，對任何經驗均能 make sence，能 make sence 就有現代意義了。

王：剛才吳先生談到哲學就是對人類經驗的反省，在這意義下是否接受了現代存在主義的影響，或融會了東方哲學之後才有這種講法，或原來西方哲學就有這種講法呢？

吳：老實說，那是接受現代西方哲學各學派的影響，美國實踐主義，注重經驗，在杜威《經驗與自然》第一章中對經驗討論得相當清楚。存在主義和現象學也都講經驗。還有懷海德的哲學雖虛無漂渺，非常抽象，然而在其《歷程與實在》的第4頁，言及哲學是建立圓融合乎邏輯的系統，以對經驗的解釋。現在的西洋哲學各家各派都有所謂反本的運動，這種運動就是 go back to experience itself，即反到經驗本身。否則將犯下這個毛病，就是哲學應像一個好的厨師，要把新鮮的蔬菜、豬肉、牛肉弄成好的菜，可是有很多迂腐的學者，將前人弄好的東西，重新拿來弄，就好比到超級市場，將那弄好的菜，拿回家再切再弄一樣，這是無價値的。我們應去發掘原始的材料，所謂原始的材料就是我們自己的經驗和文化。

王：照這樣說，現代全世界對哲學的認識以及發展方向，依我了解，與儒家文化就很接近了。

吳：是的，我很贊成你的說法，梁漱溟先生在《東西文化及其哲學》的後頭已有預言，他說現在西方的哲學家們正在走儒家的舊路，也就是不離實踐；還有就是從重理慢慢走上重情、重義的道路來。像存在主義反理性主義都有這種傾向。

王：中國儒家文化爲中國哲學的代表，儒家文化最重要的爲道德的實踐及人格的完成，西洋哲學最近是否也注重人格的修養和道德的實踐？

吳：西洋的哲學比我們的哲學多元化，他們的宗教哲學很強調這一點，可是宗教以外的哲學家們都中了亞里士多德傳統的毒，以爲哲學只是一種理性的活動、和智性的活動，在實踐方面當然沒有我們的注重。在目前世界學術來說，最注重實踐和理論合在一塊，即知行合一的，大概是存在主義和美國的實踐主義了。

西方哲學爲什麼理論和實踐距離得那麼遠呢？這在我的《比較哲學與文化》裏頭〈兩種不同的心態 concern 和 wonder〉一文稍微有解釋，因爲他們的哲學是基於 wonder 的心態；我們的哲學是基於關懷的意識。因爲我們基於關懷所以我們注重行動；他們 wonder 的形態超越了經驗而去探究更遠的東西，如宇宙的本體，神的存在等等，那是因爲西方心態和我們的不同。因爲這個結果，西方的就如飛機，而我們卻腳踏實地，這些分別我們不可不知。但懷海德有一個很好的譬喻，他說哲學應當像飛機一樣，從陸地起飛出發，但飛到目的地仍要降落陸地；換句話說，哲學起於經驗，最後也要回到經驗來實證的。當然不是每一個西洋哲學家都能做得到，能做到的都很偉大。可是像我們不凌空、不超越，思維、視線就不能夠廣大，思維也不會細密。你老是在地上爬，爬來爬去也爬不動，所以還是要凌空高飛，但飛起來，一去不還，也危險萬分，所以還是要回到地球來才行。

王：懷海德這個比喻實在很妙！另外，吳先生是研究比較哲學與文化的，你認為比較東西哲學的基礎應建立在什麼基礎上？

吳：基礎是在人文的觀點，人類文化的觀點。換句話說，立場是儒家的，但我寫東西從不以儒家做標榜。因為現在在中國也好在外國也好，寫東西應避免處於什麼派什麼家的立場。儒家固然是中國文化的代表，但儒家也需要其他各家支持才能發揚光大，就像牡丹雖好，也要綠葉來扶持。在我看來，儒、道、法是我國思想最夠代表性的三家。當我小時候看《三國演義》，我最佩服諸葛亮，後來我才想起來，諸葛亮在中國思想史上很有意義，他「鞠躬盡瘁，死而後已」是儒家的精神；「淡泊明志，寧靜致遠」是道家的精神；他行軍、治國是法家的精神。諸葛亮之偉大雖比不上孔、孟，可是他人格的類型，是非常值得我們景仰的。大體上，我的比較基礎是屬於綜合性，不是純儒家的，也不是純道家、法家的，不是純東方，當然也不是純西方。我在美國講學，常常拿中國的立場批評西方，那只是力求眞善美的立場。我的立場可以說是超地域的。我受儒家的影響是非常非常大的，但我不能說儒家就是唯一奉行的南針。

王：在比較的方法上，我有一個看法，西方的阿德勒寫過《西方的智慧》，他統計西方一百個代表性的哲學家，把西方的重要觀念提出來。此地韋政通先生也寫了《中國的智慧》，他根據這些提出的觀念一一作答，另外列成一個表，表明那些是我們有的，那些是沒有的，在有之中再來比較優點，以他這個方法，似乎比較有基礎。吳先生認爲這樣的比較是否可行？

吳：假如我們中國思想史和西洋哲學中的所有觀念列舉比較，可能會產生問題，這問題是，我們很容易埋沒彼此傳統的特性。我們若用有和沒有的方式比較，看不出文化的根源和特性。舉例來說，中國人偏重藝術的文化，西洋人偏重科學的文化。我用藝術和科學這兩個字是廣義的。

西洋有的東西我們不一定有——比如他們法治的傳統；我們沒有，那麼我們是否沒有辦法統治天下呢？是否無法維持社會的秩序呢？不是的，我們有我們的一套，我們有傳統的德治。西方的心態是服從律令、程序；我們的心態是對行爲模範的模仿。他們有他們的好處，我們也有我們的優點。西洋很久以前就有很發達的法律精神，摩西十戒是他們最早的法律，一條一條訂著的。但我們翻《論語》、《孟子》、《大學》、《中庸》連一戒都沒有，可見我們不用什麼戒，我們有自己的一套。西洋必須靠法令、規矩來維持秩序，那和科學相同，科學一定要照程序做實驗。我們的道德和社會秩序不須靠科學來 follow，我們也自有一套，我們是服從模範，效法堯、舜、禹、湯、文、武、成王、周公，「高山仰止，景行行止，雖不能至，心嚮往之。」這是我們維持社會秩序的法寶。我們的教育注重身教，注重人格典型的模仿；西洋是注重法律系統化、嚴密化，所以西洋和我們的模式不同。

再拿烹飪來舉例：他們的烹飪注重用什麼材料以外，還有注意第一個步驟怎麼樣，第二個步驟怎麼樣，然後放在鍋裏幾分鐘等等，他們守規律，什麼都很準確。可是我們不管這一套，大廚師把鍋子拿在手，東一抛，西一弄，有時放鹽看也不看，抓一把撒上去。我們的烹飪是藝術，他們的烹飪是科學。可是做出來的菜那一個好吃呢？那就不用我說了。所以我覺得用有或沒有來比較中西文化，還比不到兩方面的精神所在。

王：有人說儒家文化是中國人的光榮，也有人說儒家文化阻止了中國現代文明的發展，當然功過很難說，不過在現代生活中，依吳先生的看法，儒家文化對現代人有那些幫助，能否具體提出您的高見？

吳：依我看，儒家對現代世界文化的貢獻，就是一個「情」。現代的社會是無情的社會，西歐的國家是人情的沙漠。在美國生活就體驗得出來，你要找朋友談天，人家不理你，你要找別人幫忙，叫天不應，叫地不聞。中國的社會最具人情味，人情是我們傳統的寶貴遺產，儒家把人情發揚光大，那就是孔孟所說的「仁」。假定我們把握住人情，我說的人情就是人心，人與人之間所產生的同情與了解，也就是一種關懷意識，與託人事、託人情不同。發展人情恰到好處，理便在其中。假定懂得「仁」的觀念就是人情，對於其他儒家次要的觀念都容易解釋，如「孝」是對父母之情，「忠」是對國家元首、長上之情，「悌」是對兄弟同輩之情，「禮」即表達人情的一種合理方式，所謂君子是人格、人情發展到美滿的境地。中華民族是非常重情的民族，尤其是我現在，十八年來第一次在中國過年，我實在很欣賞中國的人情味道。我是住在張起鈞先生家裏，年初一、初二學生都來向老師拜年或打電話來拜年，裏頭雖然有很多客套話，但卻充滿了人情味，可是在美國那裏有人來找你，不管是聖誕節也好、新年也好，那邊是個顧個體的、個人主義的社會，理性主義的社會最沒有情。就這一點來說，儒家情的觀念是世界人類精神病的良藥。當今世界有一個大問題即疏離問題，即人與人間的隔離問題。爲何有此問題？他們就是缺乏了情感的交流。就發揚「情」這一點，我是深受儒家的影響。

王：從知識社會學的角度來看，儒家文化之所以提出「情」，應該是在農業社會，在一個沒有陌生人的社會產生的。現在的工商社會，個人忙個人的，無形中人與人之間的感情自然疏離，在這種情形下，儒家的文化能否保持下去呢？

吳：農業的時代似乎過去了，但農業的精神是不必過去的。農業文化把任何東西都視爲有生命，因爲農人每天接觸的，樹木也好，花菜也好，鷄犬也好，都是有生命的東西。換句話說 concern 的觀念是農業社會的產物。工商業有一個特點，即令生物也要視爲死物。譬如一個商人把魚運到臺南，他總不會連魚帶水運去，爲了節省運費，他一定把魚通通宰掉，冰凍起來再運走，像這個就是在美國無法吃到活魚的原因。把有生命的變成沒有生命的東西，你才容易管理它，容易控制它。在醫學上也表現的很明顯，在美國你去檢驗體格，醫生把你當作一個物體來看待，那個地方有毛病，他把你切開、割開，假定腿哪一段治不好，他把你鋸斷，完全把你當物來處理。中醫就不這樣，大夫三個手指頭用超級的直覺把脈，直透進你生命的本體，來探討你的生理狀況。現在美國已經發現工商業文化的毛病，在食物上也注意到活的東西、生的東西。最妙的是廿世紀大哲學家懷海德，批評西洋的傳統哲學，是把宇宙視爲無生命體，他高呼宇宙是有生命的。懷氏生長在工商業社會裏，他了解到工商社會是一種死的精神。中國人是講生的精神、生命的價值。譬如「氣韻生動」是藝術上的大原理，這是從農業社會來的。你到百貨公司去看商品，是看不到「氣韻生動」的。可是你去觀察生物的世界，觀察白鶴啦、老虎啦、魚啦，你可以看到氣韻在他們的生命表現出來。王羲之看到白鵝游水，他就懂的書法的道理。我覺得農業的精神是什麼呢？是淸靜自然的精神，生生之謂德，有好生之德這就是農業的精神。農業社會可以過去，農業精神是可以保留的。

王：中國哲學在知識爆發的現代中，受了很大的衝擊，二、三十年來，臺灣的哲學界不被重視，各大學的哲學系每下愈況就可以看的出來。依吳先生看，中國哲學未來的方向應如何走？

吳：這是一個很大的題目，我在《比較哲學與文化》有一章專門討論，這裏我簡單的說一下。哲學不受重視的原因很多，其中一個原因是，現代分科分的太細。你唸甲行業的，對乙行業、丙行業不懂，隔行如隔山，因此其他行業對哲學，大都一知半解。第二點，唸哲學、教哲學的人都喜歡讀書本，那是傳統「萬般皆下品，唯有讀書高」的意識在作祟。所以哲學系的書本都以經典爲主，很少有教授活生生的來談東談西，什麼題材都談。假定有一個哲學家把經典讀透了，再活生生的應用起來，對人生的經驗，作直覺的反省，學哲學的人也能這樣提倡，那麼一般人慢慢就會了解，哲學並非關在象牙塔裏的東西。我們是要唸書本，可是我們要超越書本。爲什麼呢？書本是將前人經驗系統化、結晶化，放在一起，使我們容易消化而已。可是我們消化了之後，絕不要以爲孔孟之學、魏晉玄學、隋唐佛學、宋明理學、一直到清代樸學，都眞通了，是通儒了。我說那叫不通，那只是通書而已。中國有一句智慧的話說：「事事洞明皆學問，人情練達卽文章。」我們要懂得這個道理，然後配合書本，這樣書本才是活的，不是死的。換句話說，我們要將古人的書本，賦予新的生命，這樣我們中國的哲學才有前途。其他的，在我那本書裏有詳細的說明，不再多說。

王：吳先生在廣州、香港、臺灣，後來到美國都受過教育，我想請問吳先生在這幾個不同的地方受教育，它們的教學方法和教學環境有何不同？還有青年人學習的精神有何不同？

吳：我先談談青年人學習的精神，我在去年十一月十四、十五兩天的《中央日報》副刊，發表了一篇文章——〈中美師道的比較〉，我便把美國學生的學習精神稍微談一談。我可以武斷地說，一般而論他們的學習精神遠比不上我們。遠比不上我們的原因很多，最大的原因是他們求學的機會太好了。在美國有五千多個大學和學院，加州一州就有一百零四個初級學院，我們州立大學就有十幾個分校，這樣該州納稅人的子弟和納稅人本身就有很大的機會進學校。而我們不一樣，我們進大學都是經過很大的奮鬪，很大的痛苦、用功，而且立志要很堅定才能進大學之門的。而他們不是，他們可以一方面做工，然後唸唸書來當兼差一樣的。我有一次開一門「美國的哲學」是在晚上爲他們開的，裏面的一位空中小姐，有時從聖地牙哥打一個電話來說：「吳教授，對不起啊！今天我這班飛機誤點，無法趕回來上課。」還有一個房產管理員，有時他就來一個電話說：「對不起！我有一個房客，他的洗手間水不通，我要馬上救急去了。」他又不來上課了。他們是把學業放在很次要的地位，跟我們的大學生是不一樣的。所以我前年回來在臺大當客座時，跟中國學生在一塊，心情是非常愉快的。

好！現在就回頭來談到兩方面教育重點的比較。我們的教育是比較重情的教育，重身教的教育，無論教什麼，老師要喚起學生的情意。就拿教國文來說，有時候老師在堂上背一段好的唐詩出來，或講一些好的故事出來，若從西方的立場來說那是廢話，而從我們的教育觀點，這喚起學生情意的方面，也是一個很重要的措施。西方尤其是美國，教育重「知」，在大學裏或中學裏頭是重材料、重方法，這是知性的培養。憑心而論，我們的方法比不上他們，可是他們情意的教育是比不上我們的，這是大略的比較。

香港剛好是在兩者之間，香港這個地方洋不洋、中不中的，雖然是洋不洋、中不中，也有它的好處，香港的學生眼界比較廣大，因爲他們什麼東西都有得看。在香港那個地方有中國的傳統在，還有中國的文化，也有西洋的一面。香港教育最壞的一面，就是中文中學跟英文書院的分別設立，造成社會的歧視。有錢人家子弟多半是唸英文書院，想進香港大學；家境比較差的才唸中文學校。很不幸地就是現在中文中學慢慢地減少，反而英文中學數目愈來愈多。可是現在香港中文大學的教授，是由我們臺灣這裏的學者過去的。最近于靜蒲先生跟高信哲夫想要廢除中英文學校分開的老辦法，說不定將來香港中學的教育會比較接近中國的教育。

王：中國哲學裏面對方法跟處理資料的能力比較差，我們比較重直覺，而西方比較重方法的訓練。依吳先生的看法和經驗，一個青年人要學哲學，他的起步是先由中國哲學入門，或者先把西洋的方法訓練好，再回過頭來研究中國哲學好呢？

吳：兩種說法都有人提倡。可是我提倡的跟他們不一樣，我認爲最主要最主要的是，中英文兩方面的能力要先搞好。你西方語文不好，就看不懂原典，你只能看二手材料或者看翻譯本，那是沒有用的。中國語文這一方面呢？除了一般語文能力以外，我認爲要懂文字學，你假如不懂文字學的話，你只好看註解，註解並不一定可靠的，鄭康成也好，朱夫子也好，都有很多錯誤的地方，你一定要有文字學的根底，才容易發現註家的錯誤，或者有時不須要註家的註釋，你自己就可以解釋。所以在我看來，你假如中英文都好的話，那不管你先學西方，或是先學東方，都沒有什麼多大的問題，最大的問題就是，現在研究哲學的也好，教哲學的也好，語文程度一般都不夠，這一方面必須先克服。

王：吳先生這些話，我深深同感。我教書也教了很多年，從民國五十年教起，教了小學、中學、現在教大學，我有一個看法，我也一向對學生講：語文訓練一定要搞得很好，這是基礎。你有語文的基礎以後，你想讀什麼書自己都可以讀。還有就是語意學（semantics）、理則學（logic）的訓練要弄好。一方面語文能力要好，一方面把頭腦弄清楚，這樣什麼都可以搞得很好。底下我想請問最近的卡特風潮，依吳先生在美國的看法，臺灣以後努力的方向應如何？前途怎樣？

吳：卡特最近的表現，第一是個人英雄的表現；第二他這種愚笨的行爲，就是他自己頭腦不精靈，上了共產黨的當了，這是很顯然地可以看出的。可是我們臺灣今後的前途，的的確確是有賴我們自己的努力。

我可以這樣說，我從西元一九六〇年（民國四十九年）出國，那個時候我已發覺，我們在國外做的功夫的確是不夠的。第一、宣傳方面——沒有中共這樣厲害，第二、連文化宣傳也比不上日本人。在日本城、日本商店我看到圍棋——上面寫是日本人的，算盤——上面寫是日本人的，書法——是日本人的書道，山水畫——是日本人的，我們的文化盡被日本人佔光，禪宗也被認爲是日本的產物，從這一點看來，我們對外的宣傳很不夠。有一天我跟一位太太談到這些事，她也覺得很驚訝，可是她的女婿講一句話很妙，他說：「我們的老前輩，沒有向外宣傳，只懂得向後輩宣傳，這是沒有用的。」啊！這句話的確是發人深省！我們政府所辦的雜誌、報紙，宣傳的對象都是國人，國人當然也很重要，但是國人有很多都知道的，應對外國人宣傳才是重要的。光是對自己的子孫說我們中國偉大，那是沒有用的，我們一定要把我們中國的偉大在外頭發揚光大，這個才有用。

現在我們要在美國做統戰的工作更難，可是雖然很難，卻是有路可尋的，很多參議員也好、衆議員也好，他們是顧全民意的，我們可以多跟參議員、衆議員的左右接近。或者在學術界也好、商業界也好，有計劃的跟他們拉關係，然後從事打好心理的基礎，這一方面假定能做得好，我們還是有很好的前途。

本文刊於六十八年六月一日《出版與研究》四七期。吳先生將此文收入其《比較哲學與文化(二)》一書中。

思想史的拓荒者：汪榮祖教授訪問錄

簡介：汪榮祖先生民國二十九年生，安徽郎溪人。臺大歷史系畢業，美國華盛頓大學史學博士。專攻近代思想史。現任美國維吉尼亞州立大學教授。曾任師大歷史研究所客座教授。中文著作有《史家陳寅恪傳》，主編《五四研究論文集》，由聯經出版公司發行。汪先生是名學者蕭公權教授的得意高足。

獨立與民主自由

王：汪先生在臺大讀的是歷史系，在美國的博士論文是研究什麼題目呢？

汪：我的博士論文是談：十九世紀後半葉變法維新思想的內容與發展。在這篇論文裏頭，我說變法思想是一個新的思潮。那是在西方思想衝擊之下而產生的一個融合中西的新傳統。五四新文化運動也是深受這個思潮的影響而產生的。

王：原來汪先生是研究近代思想史的，難怪我看你編的《五四研究論文集》，在取材和用意方面都很能把握問題，切中事情，尤其那篇〈卷首語〉寫得夠精彩的。不過其中一段你說：「察看近代中國受到列強壓迫的事實，我們也許可以接受這樣一種說法：中國必先向帝國主義爭國家的自由、尊嚴、權利與平等，然後再能爭取個人的自由、尊嚴、權利與平等。」這種說法有何根據呢？

汪：我講這個話，是從檢討為什麼中國自由民主到現在還沒有能夠充分實現，從這裏做出發點，我的意思並不是說一定要分成兩個步驟，一定要先國家得到自由，然後才能得到個人自由。我是說也許往後來看，現在自由民主沒有成功的原因，是不是因為這個緣故。也就是說不是我們國家一直沒有完全得到自由獨立，所以個人不能得到自由。為什麼國家沒有得到自由獨立影響到個人呢？因為在帝國主義侵略之下大家犧牲小我，為了大我，大家都為了國家的獨立。假如是以這個為前提的話，那麼個人的自由就很難獲得。我就是從這樣的前提，得到這個看法。

王：不過從歷史來看，內政是外交之本，一個國家內政弄好了，在外交上也會比較順利。我們在向帝國主義爭獨立、爭自由、爭平等的同時，也可在內政上實行自由民主，那並不衝突。如果照汪先生的說法，我擔心會被利用做極權統治的藉口。

汪：中國的情形很特殊，從鴉片戰爭以後，中國內政、外交的配合，就不是在正常的情況下進行。列強侵略中國是一件事實，而且在歷史上是少有的。我的意思是說，在列強侵略之下，大家爲了民族主義，爲了爭取國家的獨立自由，就很難理智的安靜下來，談個人的自由民主，因爲大家爲了國家都很熱血沸騰。講到民主自由，個人主義是很重要的一個因素，你不尊重個人的話，自由民主就很難談。可是在這種羣衆運動的時代，大家爲了爭取國家的主權，在這種狂熱的時代你怎麼能談個人主義呢？怎麼能實現自由民主呢？我整個意思就在這個地方。所以從這種看法出發，往後來看，也許要在國家眞正獨立，不受外來的壓迫，大家才能靜下心來，談個人的自由民主，到那個時候，也許個人的自由民主才能夠發展出來。

王：我們知道，從五四到現在，中國的政治，始終沒能走上自由民主的正軌，它的因素，除了汪先生以上的解說，是否還有其他的原因呢？

汪：我想最主要的因素，就是中國還不能安定下來。我再舉一個簡單的例子：美國是一個自由民主的國家，可是在二次大戰的時候，自由民主通通受到限制。很多人講，那個時候的羅斯福總統簡直是一個獨裁者。爲什麼呢？在戰時，爲了外力的壓迫，爲了避免納粹統治世界，大家爲了國家，因此個人自由受到限制。中國近百年以來，整個國家在動盪，你看從鴉片戰爭以來，一般知識分子所高呼的，最多的就是：取消不平等條約，國家要獨立，民族要自救。很少談到個人主義，很少談到民主自由，就像自由主義者嚴復，他談到自由的時候也小心的不得了。他覺得「自由」這兩個字不好，可是又找不到更好的名詞。所以五四的時候雖然提倡民主、科學，可是我覺得五四的精神根本反民主科學的。

科學主義與西醫

王：依我看那是一種泛科學主義。它的壞影響，目前依然存在。比如西醫的進步，是現代科學發達的產物。而科學注重懷疑的態度，驗證和客觀的方法。可是目前臺灣西醫對中醫的態度卻是武斷的、反科學的。這方面我和吳森博士深有同感。當然，現在的中醫師程度沒有西醫師高，那是五四以來不注重培養中醫人才的結果，我們不能因而一筆抹殺中醫的價值。在日本，高明的醫師都精研中西醫理，惟有臺灣的西醫，以武斷的、反科學的態度在排斥中醫，我想這是五四以來泛科學主義的幼稚病。

汪：你說的很對。沒想到王先生對中醫有那麼深的了解。

王：不敢當，以前我也反對中醫，經過研究和體驗之後，我發現中醫的確有很多優點。我們還是談你的本行，蕭公權著的《中國政治思想史》你認爲如何？

汪：蕭先生是我的老師。他退休有十多年了，他的《中國政治思想史》是很有見解的一本傑作，這本書已經翻成英文，在美國很受重視。

行為科學模式方法的弊病

王：蕭先生的大作據他自己說是民國二十九年脫稿，三十四年出版。當時他用的方法，與目前美國一般研究政治思想史所用的方法，有何不同呢？

汪：蕭先生對最近新的方法，就是行爲科學建立模式的方法，他是很反對的。他認爲方法是從研究裏面得到的，不能是拿一種模式來套的。他一直是強調實事求是。他說做研究，所謂方法就是「放眼看書」，放眼看書以後，你自然可以從研究裏頭，得出你自己的見解，把那個見解組織起來，寫成論文，這就是最好的方法。

王：你這一說，讓我想起蕭先生在他的《問學諫往錄》，主張寫論文的步驟是：放眼看書，認清對象，提出假設，小心求證。他非常強調「放眼看書」的重要性。而把它分爲兩點：一是儘量閱覽各種資料；二是極力避免主觀偏見的蒙蔽。蕭先生這種看法是很高明的經驗談。不過他反對目前行爲科學建立模式的方法，汪先生認爲怎樣？

汪：當然他有他堅持的理由。三十年來他在美國學術界一直在做研究工作，也看到很多這方面的書，他看出新方法的毛病來，我們也都看到。當然有非常好的，但好的很少。就是好的，也有它基本的缺點，缺點就是剛剛所說的去套。所謂好的，就是它套得對。可是多半套得都不很對，而且有的套得一團糟。哈佛大學楊聯陞教授，他認爲先用成見來看事情，會「誤認天上的浮雲爲天際的樹林」。他的話引人深省，這是針對新方法的毛病說的。我也認爲這的確是一種毛病。

對於新方法，我並不是反對或不接受，現在主要問題是，他們把新方法當作一種捷徑。這樣一來，你用新方法去套的話，就不必看很多書，不必作很深入的研究，你就抓了這一點，好像探照燈照上去，照到那裏就是那裏。也就是說你有一個模式的話，你就可以作文章。我想蕭先生批評的就是這一點。這一點我也是贊同的。

中西哲學文學與方法問題

王：五四以來研究中國哲學的人，往往拿西方哲學的本體論、宇宙論、形上學、知識論等等來套中國哲學，我想跟這種情形差不多相類似吧！

汪：對。包括馮友蘭及胡適之的《中國哲學史》，嚴格講，它們不是中國哲學史，它們是西洋哲學史的中國篇。你講到這一點，這是一個很大的問題，不但在哲學方面，在文學批評、比較文學都有這種毛病。那就是拿西洋的一些概念來看中國的東西，這樣講來講去，還是在談西洋文學或西洋哲學，而不是在談中國文學、中國哲學。舉個例來說，很多人講西洋文學的悲劇很精彩，一看中國文學沒什麼西洋式的悲劇色彩，就覺得不好；或者看到中國的一些作品帶點悲劇性，就認爲是傑作，這個就是以西洋的標準來看中國的東西，那根本不是中國的東西，像這種戴有色眼鏡來看東西，一定看不到眞東西。

王：中國哲學是以天人合一的觀念爲主流，重道德主體、道德實踐以完成人格，顯然與西方哲學純爲知識而知識的思想方向不同。不過文學方面差別似乎小一點，用西方文學的方法，來研究中國文學是否應該比較能相應呢？

汪：他們的方法當然可以引用，可是在引用的時候，兩邊要相通，就像作數學一樣要能通分才好。你怎麼通分呢？就是在中國文學與西洋文學，兩邊有共同的東西，要深入去研究，比如在意境、技巧等等方面。你不能拿西洋文學的概念或西洋文學的標準，來看中國的，那一定不對。你看西洋詩，篇幅很長，中國詩很短，他就覺得不過癮，他就覺得中國詩不好。夏志清就這樣講。最後他們鬧出什麼笑話呢？他說中國沒有莎士比亞，你說好不好笑！當然我們也可以說西洋沒有李白、杜甫啊！這就是不通分的毛病，我對文學是外行，我所敬佩的高友工教授對比較文學有精闢的見解，值得我們參考。

哲學史與思想史

王：目前在美國研究近代中國思想史，成績怎樣？

汪：思想史的研究在美國一直很重視，思想史我們並不覺得是很新的東西，可是最近在國外，把思想史當作一門獨立的學問，是很新的東西。不過我們講思想史講得很泛，往往與哲學史混在一起。到底什麼是哲學史？什麼是思想史？搞得不很清楚。這在西方就有比較清楚的界限，過去講哲學史，是指哲學家思想的發展。而美國的舊思想史家認爲，思想史就像一條鍊子一樣，一個思想一個思想的串下去。但最近的思想史家卻認爲思想史是介於哲學史和文化史中間的東西，照這樣來看，思想史是一個比較新的學問。就是說思想是在文化、歷史的背景上發展的。研究中國思想史的學者也採這個觀點。哈佛大學的 B. Shwartz 是研究中國近代思想史的元老學者，他在哈大訓練了不少學生，中國學者當中像林毓生、杜維明都是他指導的。其他美國學者大都注重專題研究，像威斯康辛的麥斯勒教授，哈大早期畢業的 Cohn，他們都有很好的成績。

王：專題的研究實在很重要，沒有這些點點滴滴的成就，寫思想史的人就要從頭一個一個去研究，那實在太苦了。在臺灣這方面的工作做得太少，大家涵天蓋地的說，究竟在寫前人的思想，或寫個人的看法，根本分不清楚，這是可以滿足個人的情緒，但對學術研究並沒什麼幫助。

汪：你說得很對。

馬列主義為何能獨霸中原

王：五四運動前後，西方各種思潮紛紛被介紹進來，各種思想對當時的中國都有很大的衝擊，後來為什麼只有馬列思想能壓倒其他思想，獨霸中原呢？

汪：馬列思想把其他思想壓下去，那是五四之後的事情。馬列思想雖然是五四之前介紹進來的，不過在五四之前，就像你說的它只是西方思潮的一種。同盟會朱執信最先在《民報》介紹馬列主義，可是介紹那麼久，大家並沒有特別注意它，為什麼沒有特別注意？因為西方思想很多，馬列思想只不過是其中之一。當然你這問題是，為什麼五四之後馬列主義好像蒸蒸日上，勢力愈來愈大？我想這跟政治環境有關係，第一就是俄國革命成功。當時李大釗對俄國革命的反應特別強烈，而當時中國知識分子對俄國革命的了解並不很正確，他們是帶有理想主義的色彩，他們認爲俄國革命的成功，是代表被壓迫人的翻身，工、農、兵都是比較下層的人，他們能翻起來，那是史無前例的。

第二，中國當時正好受外國壓迫，所以這種理想主義色彩非常吸引人。他們認爲俄國革命是人道主義，它解決了被壓迫人的問題。在這種情況之下，知識分子慢慢都趨向馬列思想，像陳獨秀在五四之前並不是馬列的信徒，可是到了五四以後，就成了馬列信徒。

王：我想這裏面狂熱的情緒成分比理智多。

汪：對。所以我說五四是一個浪漫的時代。

王：以今天的知識來看，三民主義還是相當了不起的思想，何以在當時三民主義抵擋不住馬列主義的思潮呢？

汪：這是一個很好的問題，但它不是某一個原因就可以解答的。據我看，三民主義在基本上說是社會主義的一種，共產主義卻是一種特殊的社會主義。一般的社會主義和共產主義最根本的不同是手段的問題。一般的社會主義是用漸進的、和平的方法達到社會主義的理想；共產主義卻是用革命的手段。講簡單一點，五四的時代是革命的時代，革命的時代當然革命的主義比較容易被接受。所以爲什麼孫中山先生要國共合作，他就是要革命。後來看看情勢不對，蔣委員長到了上海清黨，清黨就是要阻擋共產主義，可是情勢已經阻擋不住了。你要打倒軍閥，打倒帝國主義，只好採取革命的手段，所以在國共合作的時候，孫中山先生說三民主義是共產主義，就是在這個特定的時候爲了革命才這樣說。事實上三民主義不是共產主義。

王：我看經濟可能也是一個很重要的因素。像在美國、法國，共產主義就無法得勢，唯獨在中國卻被瘋狂的接受，這可能是因爲他們經濟富裕，而中國太貧窮，窮人比較容易受誘惑。

汪：我們剛才說，這個原因很多，談到經濟方面，最大的就是土地問題。這不是近代中國的問題，而是歷史的問題，中國二千多年來未解決的問題。這個問題不解決的話，就有革命的潛在危機。三民主義並不是完全沒有成功的希望，三民主義也不是一定會被馬列主義壓下去，三民主義成功的關鍵就在土地改革。不管你講什麼原因，國民黨在大陸的時候，土地改革沒能夠實施，這是很遺憾的事！所以爲什麼後來外國人把共產黨員看成土地改革者，因爲他們叫出這種口號，而且後來他把這個問題解決了，不過他是用暴力的手段來解決的，但我們是不贊成暴力的方式。所以，以經濟的觀點來看的話，三民主義的失敗就在沒有實施土地改革，後來到了臺灣才實施土地改革。

海峽兩岸的民主與人權

王：以汪先生編的《五四研究論文集》可以看出，中國的前途還是要順著五四的目標——科學與民主邁進，中國才有希望。拿民主來說，在臺灣多少已實施了三十年，三十年算一世，這個時候，也該檢討其得失，並展望未來，希望汪先生在這方面發表高見。

汪：臺灣的民主，有它實際上的限制，雖然我們在講實行民主。民主的花朵要它開得漂亮，一定要在肥沃的土壤上，加上充足的陽光和水分才行。如果是長在枯瘠的土地上，民主的花朵怎麼能夠開得出來。這個問題在那裏呢？就是臺灣根本的政治問題不能解決。要實行民主政治，一般學者都認爲要在非常安定，非常理性，非常有秩序的環境下才能成長，這個安定、理性、有秩序之對於自由民主，就像水分、空氣、養分之對於花的重要。這些東西，在臺灣表面上看起來好像都具備了，可是實際上，臺灣一直處於戒嚴時期，在這種情況下，談自由民主總是有限制的。這個牽涉到政治環境的因素，實在很複雜。（訪者按：現在戒嚴令廢除，代之以國安法）

王：汪先生對目前大陸上的人權運動有什麼看法？

汪：人權運動，我認爲是人類思潮上的必然發展。爲什麼？人類的歷史雖然很長，可是文明史卻不長，人權史更短，這不僅僅是東方如此，在美國，一九二〇年女子才有投票權，就是到目前爲止，美國還有百分之十的人，他們的人權受壓制。但是趨勢是愈來愈朝向講究所有人的人權。爲什麼呢？因爲人隨著文明的發展，每一個人都變成一個人。我這話什麼意思呢？比如拿中國以前來講，在乾隆時候，中國就有四億五千萬人，可是百分之八十的人是看不見的，是不起作用的，他們等於一條牛、一匹馬差不多，默默在耕田，最多是百分之十到百分之二十的人才起作用。可是現在進步了，每一個人都可以起作用。每一個人要起作用，自然要去爭取人權。比如臺灣剛開始辦選舉的時候，很多人不知道該把票投給誰，你叫他去投票，他隨便蓋一個，像這種人他對民主的要求不強，他是被動的。等到自己參與了，你曉得你選這個人就是要代表你自己的權利了，那時候你就會積極了，積極的話就會要求。換句話說，你在以前，根本就沒有感覺到這個人權，所以你就不會要求。很多人根本不曉得人權是什麼東西，它好像跟我不相干。你現在覺得相干了，你自然會要求。以整個趨勢的發展來看，我認爲每個人都會有這種要求的。目前大陸正在努力於四個現代化，如果它成功了，對人權的要求一定會更加強烈，因爲一個現代化的社會，人民參與的機會更多，參與的意願也會增高。

王：依你看目前大陸的人權運動，與文化大革命有沒有關係？

汪：文化大革命當然有破壞的一面，共產黨自己也承認，所謂七分是好的，三分是壞的，不管他怎麼講，有破壞是事實。共產黨是搞羣衆運動的，文化大革命也是羣衆運動。開始的時候，羣衆沒什麼參與感，久了之後，就會因這些運動而覺醒，他就會有參與感。所以以某一方面來看，最近他們要求民主自由，也許是受到文化大革命的刺激。爲什麼呢？在你未受到不民主，不自由的壓迫的時候，你不覺得民主自由的可貴。在文化大革命的時候，許多人受到那種不自由，不人道的待遇之後，就更要求民主自由。像最近報紙上報導，彭眞提出了地方選舉，他就是在文化大革命的時候，被紅衞兵整的人，拉他遊街，批鬪他，最後關到牢裏，種種不人道的待遇，他是深受其害的人，所以他才曉得民主自由的可貴。所以這次由他提出地方代表的選舉，這可以證明民主自由這東西，要先嘗到它的苦，才能嘗到它的甜。

影響中國近代政治思想的人物

王：依照汪先生研究近代中國政治思想史的了解，那些人對中國近代政治思想影響力比較大？

汪：斷代本來是很難確定的，一般是以鴉片戰爭之後算是近代。影響比較大的，在十九世紀應該算是變法維新思想，就是要求改制，這種改變專制的政治思想，在中國歷史上來講，可以說是空前的，其中康有爲，以及革命派章太炎的思想應該是很有影響力的。可是章太炎的思想一般人不太了解，最近余英時在《五四與中國傳統》稍微提到一些。我覺得章太炎的思想可以做一個專題研究，他對中國近代思想史影響的部分，應該有一個淸楚的交代。

王：孫中山、梁啓超、胡適這三位先生的影響如何？

汪：胡適在五四之後的影響很大，如果他影響不大的話，中共也不會有幾百萬字來批判他。胡適可以說等於是歐美思想在中國的代言人，對一般知識分子有很大的影響。孫中山先生的影響是在實際政治方面。梁啓超用那支帶感情的筆，介紹新思想的功勞很不小。他們的影響看起來比較淸楚。可是章太炎的不夠淸楚，我覺得他有很大的影響力，文化大革命的時代，四人幫就利用過章太炎，可見章太炎的思想不像一般所說的過時了。

新儒家思想的闡揚

王：依你看，唐君毅、牟宗三、徐復觀他們三位先生的努力，對近代思想史有何意義？

汪：他們的意義，我覺得是新儒家思想。五四時代是打倒孔家店，其實並不是把整個儒家都打倒，而打倒最厲害的還是理學，像禮教殺人。反對理學並不自五四時代開始，五四只能說是一次很有力的打擊。從鴉片戰爭之後，談變法的人就反對理學那種空談的作風，一路下來，到了五四，反對最爲劇烈。這個傳統到臺灣都還保存，像臺大歷史系、哲學系不談理學，中央研究院史語所也不談理學。大家不談，可是唐、牟、徐他們談，等於維持了這個傳統，現在我們以歷史的角度來看，理學並非完全沒有價值，現在來看，新儒學還是有它的價值，新儒學有價值的話，這幾位先生的努力也就有了意義。

王：你看錢穆先生的學術貢獻在那裏？

汪：錢先生在民國史學上當然有他的地位，尤其他的《先秦諸子繫年》，這是他的成名之作，可以看出他的功力。不過錢先生的缺點是偏執，偏在什麼地方呢？就像西洋人拿西洋的標準來看中國，他是拿中國的標準去看西洋。尤其表現在談中西文化方面。我覺得他不應該多談，他對西方的歷史文化了解不夠深入。他有自己一定的看法，這種看法講得不好聽，就是戴有色的眼鏡看問題。我覺得錢先生在中國歷史專門的研究方面很有成就，至於通論性的東西就有問題了。

學術植根於基本訓練

王：汪先生在臺灣讀完中學、大學，在美國讀研究所，然後在兩邊都教過書，請你比較一下臺灣和美國的學術風氣，以及學生的學習情形如何？

汪：我覺得臺灣的學生都很勤奮，也許我接觸的幾個學校都不錯，美國的學生也有很用功的，但一般來說，臺灣的學生至少用功的程度不下於他們。問題在什麼地方呢？就是整個學術水準的問題，主要是基本訓練。學生的素質一樣高，可是你接受的訓練不同，像在臺灣很多的學生白花了時間，他們不曉得讀什麼書，這種情形在國外不會有。在國外假如你很用功，你想眞正研究學問，多半有很多書可以看，多半可以受到完整的訓練。

王：你所謂「完整的訓練」能不能說具體一點呢？

汪：比如說你現在在臺灣要受社會學的訓練，你就沒有辦法受到完整的訓練，在臺灣沒有一個社會系可以涵蓋整個社會學的每一層面，每一個層面的專家都沒有具備，那你一個學生進到社會系，他怎麼能在各方面受到應有的訓練？在歷史學也是如此，歷史系的教授教的是「史實」，而不是「史學」，中國史跟美國史不同，那是「史實」；可是「史學」是一種基本訓練，不管你要研究那一國的歷史，都是一樣的。

王：最後我想請汪先生對目前臺灣教育須要改進的地方，發表一點高見。

汪：我只說說自己的感覺，我這次回來教一年書，發現學生的語文能力不如以前好，不管中英文都如此。還有思想方法訓練也很不夠，邏輯教學一直不很受重視，這種情形應該改善。有良好的語文能力，才能放眼看書，從事研究；有良好的邏輯訓練，才能判斷別人思想的對錯，也才能使自己想得清楚和正確。這種基本訓練弄得很好，我們的學術才能有進步。還有聯考的方式應該改進。聯考方式，實際上引導著教學的內容，目前這種方式只能使學生強記一些支離破碎的東西，不能有融會貫通的理解，也沒法培養綜合、組織的能力，我想學生語文能力低落，與目前的聯考方式有關，希望教育當局能注意這些問題。

本文刊於七七年五月一日《國文天地》三六期

滄海叢刊已刊行書目(八)

書名	作者	類別
文學欣賞的靈魂	劉述先	西洋文學
西洋兒童文學史	葉詠琍	西洋文學
現代藝術哲學	孫旗譯	藝術
音樂人生	黃友棣	音樂
音樂與我	趙琴	音樂
音樂伴我遊	趙琴	音樂
爐邊閒話	李抱忱	音樂
琴臺碎語	黃友棣	音樂
音樂隨筆	趙琴	音樂
樂林蓽露	黃友棣	音樂
樂谷鳴泉	黃友棣	音樂
樂韻飄香	黃友棣	音樂
樂圃長春	黃友棣	音樂
色彩基礎	何耀宗	美術
水彩技巧與創作	劉其偉	美術
繪畫隨筆	陳景容	美術
素描的技法	陳景容	美術
人體工學與安全	劉其偉	美術
立體造形基本設計	張長傑	美術
工藝材料	李鈞棫	美術
石膏工藝	李鈞棫	美術
裝飾工藝	張長傑	美術
都市計劃概論	王紀鯤	建築
建築設計方法	陳政雄	建築
建築基本畫	陳榮美 楊麗黛	建築
建築鋼屋架結構設計	王萬雄	建築
中國的建築藝術	張紹載	建築
室內環境設計	李琬琬	建築
現代工藝概論	張長傑	雕刻
藤竹工	張長傑	雕刻
戲劇藝術之發展及其原理	趙如琳譯	戲劇
戲劇編寫法	方寸	戲劇
時代的經驗	汪琪 彭家發	新聞
大衆傳播的挑戰	石永貴	新聞
書法與心理	高尚仁	心理

滄海叢刊已刊行書目(七)

書名	作者	類別
印度文學歷代名著選(上)(下)	糜文開編譯	文學
寒山子研究	陳慧劍	文學
魯迅這個人	劉心皇	文學
孟學的現代意義	王支洪	文學
比較詩學	葉維廉	比較文學
結構主義與中國文學	周英雄	比較文學
主題學研究論文集	陳鵬翔主編	比較文學
中國小說比較研究	侯健	比較文學
現象學與文學批評	鄭樹森編	比較文學
記號詩學	古添洪	比較文學
中美文學因緣	鄭樹森編	比較文學
文學因緣	鄭樹森	比較文學
比較文學理論與實踐	張漢良	比較文學
韓非子析論	謝雲飛	中國文學
陶淵明評論	李辰冬	中國文學
中國文學論叢	錢穆	中國文學
文學新論	李辰冬	中國文學
離騷九歌九章淺釋	繆天華	中國文學
苕華詞與人間詞話述評	王宗樂	中國文學
杜甫作品繫年	李辰冬	中國文學
元曲六大家	應裕康 王忠林	中國文學
詩經研讀指導	裴普賢	中國文學
迦陵談詩二集	葉嘉瑩	中國文學
莊子及其文學	黃錦鋐	中國文學
歐陽修詩本義研究	裴普賢	中國文學
清真詞研究	王支洪	中國文學
宋儒風範	董金裕	中國文學
紅樓夢的文學價值	羅盤	中國文學
四說論叢	羅盤	中國文學
中國文學鑑賞舉隅	黃慶萱 許家鶯	中國文學
牛李黨爭與唐代文學	傅錫壬	中國文學
增訂江皋集	吳俊升	中國文學
浮士德研究	李辰冬譯	西洋文學
蘇忍尼辛選集	劉安雲譯	西洋文學

滄海叢刋已刋行書目(六)

書名	作者	類別
卡薩爾斯之琴	葉石濤	文學
青囊夜燈	許振江	文學
我永遠年輕	唐文標	文學
分析文學	陳啓佑	文學
思想起	陌上塵	文學
心酸記	李喬	文學
離訣	林蒼鬱	文學
孤獨園	林蒼鬱	文學
托塔少年	林文欽編	文學
北美情逅	卜貴美	文學
女兵自傳	謝冰瑩	文學
抗戰日記	謝冰瑩	文學
我在日本	謝冰瑩	文學
給青年朋友的信(上)(下)	謝冰瑩	文學
冰瑩書柬	謝冰瑩	文學
孤寂中的廻響	洛夫	文學
火天使	趙衛民	文學
無塵的鏡子	張默	文學
大漢心聲	張起鈞	文學
回首叫雲飛起	羊令野	文學
康莊有待	向陽	文學
情愛與文學	周伯乃	文學
湍流偶拾	繆天華	文學
文學之旅	蕭傳文	文學
鼓瑟集	幼柏	文學
種子落地	葉海煙	文學
文學邊緣	周玉山	文學
大陸文藝新探	周玉山	文學
累廬聲氣集	姜超嶽	文學
實用文纂	姜超嶽	文學
林下生涯	姜超嶽	文學
材與不材之間	王邦雄	文學
人生小語(一)(二)	何秀煌	文學
兒童文學	葉詠琍	文學

滄海叢刊已刊行書目(五)

書名	作者	類別
中西文學關係研究	王潤華	文學
文開隨筆	糜文開	文學
知識之劍	陳鼎環	文學
野草詞	韋瀚章	文學
李韶歌詞集	李韶	文學
石頭的研究	戴天	文學
留不住的航渡	葉維廉	文學
三十年詩	葉維廉	文學
現代散文欣賞	鄭明娳	文學
現代文學評論	亞菁	文學
三十年代作家論	姜穆	文學
當代臺灣作家論	何欣	文學
藍天白雲集	梁容若	文學
見賢集	鄭彥棻	文學
思齊集	鄭彥棻	文學
寫作是藝術	張秀亞	文學
孟武自選文集	薩孟武	文學
小說創作論	羅盤	文學
細讀現代小說	張素貞	文學
往日旋律	幼柏	文學
城市筆記	巴斯	文學
歐羅巴的蘆笛	葉維廉	文學
一個中國的海	葉維廉	文學
山外有山	李英豪	文學
現實的探索	陳銘磻編	文學
金排附	鍾延豪	文學
放鷹	吳錦發	文學
黃巢殺人八百萬	宋澤萊	文學
燈下燈	蕭蕭	文學
陽關千唱	陳煌	文學
種籽	向陽	文學
泥土的香味	彭瑞金	文學
無緣廟	陳艷秋	文學
鄉事	林清玄	文學
余忠雄的春天	鍾鐵民	文學
吳煦斌小說集	吳煦斌	文學

滄海叢刊已刊行書目㈣

書名	作者	類別
歷史圈外	朱桂	歷史
中國人的故事	夏雨人	歷史
老臺灣	陳冠學	歷史
古史地理論叢	錢穆	歷史
秦漢史	錢穆	歷史
秦漢史論稿	刑義田	歷史
我這半生	毛振翔	歷史
三生有幸	吳相湘	傳記
弘一大師傳	陳慧劍	傳記
蘇曼殊大師新傳	劉心皇	傳記
當代佛門人物	陳慧劍	傳記
孤兒心影錄	張國柱	傳記
精忠岳飛傳	李安	傳記
八十憶雙親 師友雜憶 合刊	錢穆	傳記
困勉強狷八十年	陶百川	傳記
中國歷史精神	錢穆	史學
國史新論	錢穆	史學
與西方史家論中國史學	杜維運	史學
清代史學與史家	杜維運	史學
中國文字學	潘重規	語言
中國聲韻學	潘重規 陳紹棠	語言
文學與音律	謝雲飛	語言
還鄉夢的幻滅	賴景瑚	文學
葫蘆·再見	鄭明娳	文學
大地之歌	大地詩社	文學
青春	葉蟬貞	文學
比較文學的墾拓在臺灣	古添洪 陳慧樺 主編	文學
從比較神話到文學	古添洪 陳慧樺	文學
解構批評論集	廖炳惠	文學
牧場的情思	張媛媛	文學
萍踪憶語	賴景瑚	文學
讀書與生活	琦君	文學

滄海叢刊已刊行書目（三）

書名	作者	類別
不疑不懼	王洪鈞	教育
文化與教育	錢穆	教育
教育叢談	上官業佑	教育
印度文化十八篇	糜文開	社會
中華文化十二講	錢穆	社會
清代科舉	劉兆璸	社會
世界局勢與中國文化	錢穆	社會
國家論	薩孟武譯	社會
紅樓夢與中國舊家庭	薩孟武	社會
社會學與中國研究	蔡文輝	社會
我國社會的變遷與發展	朱岑樓主編	社會
開放的多元社會	楊國樞	社會
社會、文化和知識份子	葉啟政	社會
臺灣與美國社會問題	蔡文輝 蕭新煌主編	社會
日本社會的結構	福武直著 王世雄譯	社會
三十年來我國人文及社會科學之回顧與展望		社會
財經文存	王作榮	經濟
財經時論	楊道淮	經濟
中國歷代政治得失	錢穆	政治
周禮的政治思想	周世輔 周文湘	政治
儒家政論衍義	薩孟武	政治
先秦政治思想史	梁啟超原著 賈馥茗標點	政治
當代中國與民主	周陽山	政治
中國現代軍事史	劉馥著 梅寅生譯	軍事
憲法論集	林紀東	法律
憲法論叢	鄭彥棻	法律
師友風義	鄭彥棻	歷史
黃帝	錢穆	歷史
歷史與人物	吳相湘	歷史
歷史與文化論叢	錢穆	歷史

滄海叢刊已刊行書目（二）

書名	作者	類別
語言哲學	劉福增	哲學
邏輯與設基法	劉福增	哲學
知識·邏輯·科學哲學	林正弘	哲學
中國管理哲學	曾仕强	哲學
老子的哲學	王邦雄	中國哲學
孔學漫談	余家菊	中國哲學
中庸誠的哲學	吳怡	中國哲學
哲學演講錄	吳怡	中國哲學
墨家的哲學方法	鐘友聯	中國哲學
韓非子的哲學	王邦雄	中國哲學
墨家哲學	蔡仁厚	中國哲學
知識、理性與生命	孫寶琛	中國哲學
逍遥的莊子	吳怡	中國哲學
中國哲學的生命和方法	吳怡	中國哲學
儒家與現代中國	韋政通	中國哲學
希臘哲學趣談	鄔昆如	西洋哲學
中世哲學趣談	鄔昆如	西洋哲學
近代哲學趣談	鄔昆如	西洋哲學
現代哲學趣談	鄔昆如	西洋哲學
現代哲學述評(一)	傅佩榮譯	西洋哲學
懷海德哲學	楊士毅	西洋哲學
思想的貧困	韋政通	思想
不以規矩不能成方圓	劉君燦	思想
佛學研究	周中一	佛學
佛學論著	周中一	佛學
現代佛學原理	鄭金德	佛學
禪話	周中一	佛學
天人之際	李杏邨	佛學
公案禪語	吳怡	佛學
佛教思想新論	楊惠南	佛學
禪學講話	芝峯法師譯	佛學
圓滿生命的實現（布施波羅蜜）	陳柏達	佛學
絶對與圓融	霍韜晦	佛學
佛學研究指南	關世謙譯	佛學
當代學人談佛教	楊惠南編	佛學

滄海叢刊已刊行書目(一)

書名	作者	類別
國父道德言論類輯	陳立夫	國父遺教
中國學術思想史論叢(一)(二)(三)(四)(五)(六)(七)(八)	錢穆	國學
現代中國學術論衡	錢穆	國學
兩漢經學今古文平議	錢穆	國學
朱子學提綱	錢穆	國學
先泰諸子繫年	錢穆	國學
先泰諸子論叢	唐端正	國學
先泰諸子論叢（續篇）	唐端正	國學
儒學傳統與文化創新	黃俊傑	國學
宋代理學三書隨劄	錢穆	國學
莊子纂箋	錢穆	國學
湖上閒思錄	錢穆	哲學
人生十論	錢穆	哲學
晚學盲言	錢穆	哲學
中國百位哲學家	黎建球	哲學
西洋百位哲學家	鄔昆如	哲學
現代存在思想家	項退結	哲學
比較哲學與文化(一)(二)	吳森	哲學
文化哲學講錄(一)(二)(三)(四)	鄔昆如	哲學
哲學淺論	張康譯	哲學
哲學十大問題	鄔昆如	哲學
哲學智慧的尋求	何秀煌	哲學
哲學的智慧與歷史的聰明	何秀煌	哲學
內心悅樂之源泉	吳經熊	哲學
從西方哲學到禪佛教—「哲學與宗教」一集—	傅偉勳	哲學
批判的繼承與創造的發展—「哲學與宗教」二集—	傅偉勳	哲學
愛的哲學	蘇昌美	哲學
是與非	張身華譯	哲學